LES BOIS DE DISCORDE

DU MÊME AUTEUR

LES PRESSES DE LA CITÉ

Les Labours d'hiver, 1995, Pocket 1997, prix Emile-Guillaumin, 1995
Les Terres abandonnées, 1996
La Croix de Fourche, 1997 ; coll. Trésors de France, 2015
Étrangers à la terre, 1998 ; coll. Trésors de France, 2019
L'Héritage de Ludovic Grollier, 1999 ; coll. Trésors de France, 2016
L'Alambic, 2000, Pocket 2002 ; coll. Trésors de France, 2018
Adam en héritage, 2010
Sur les cendres des ronces, 2012 ; coll. Trésors de France, 2017
Le Prieuré, 2013
La Trace du loup, 2014
L'Atelier de Capucine, 2015
Pardon, Clara, 2016
Les Trois Chats de Chamasson, 2017
Thibaut des choucas, 2018
Un violon en forêt, 2019
Le Chemin de la Roncerai, 2020
Gentille Blandine, 2021
Le Vol de la buse, 2021

ÉDITIONS RANDONNEUR

Les Chemins oubliés du Haut-Morvan, 1978, BRL, Dijon, 1992
Les Faubourgs de Bibracte, 1989

ÉDITIONS DE L'ARMANÇON

La Croix du Carage, 1994
Autun, toute une histoire, 2004
Nouvelles inuit, carnet de voyage, 2004
Le Réveil des villages, essai, 2006
Sur la route de Djenné, carnet de voyage, 2008
Les Quatre Saisons de Romaric, nouvelles, 2009
Les Chroniques de Claudius, 2013

(*suite en fin d'ouvrage*)

Didier Cornaille

LES BOIS DE DISCORDE

Roman

TERRES DE FRANCE

Les Presses de la Cité

92, avenue de France – 75013 Paris
ISBN 978-2-258-19634-6
Dépôt légal : février 2022

1

Sous le ciel des Aurès

Les apparences sont parfois trompeuses.

Au vallon étroit que la route remontait en musardant au plus près du cours d'une petite rivière tumultueuse succédait sans transition, au sortir d'un ultime virage, une large marqueterie de prés enserrés de haies vives. Ils tapissaient le fond d'une ample vallée. Elle semblait avoir rejeté la forêt loin et haut, au flanc des collines qui l'enserraient. Établi tout au fond de cet espace de lumière, un village s'alanguissait aux rayons du soleil.

Le contraste était saisissant. Juste au-dessus du désordre paisible de ces toits enchevêtrés, coiffant un promontoire, les longs murs de pierres crépis d'ocre, les toits d'ardoises gris bleuté de longs bâtiments à l'allure sévère évoquaient irrésistiblement la domination, l'autorité qu'on imaginait s'étendre, de là-haut, sur tout le pays.

C'était mal connaître la famille Fauverand, qui tenait le domaine depuis la nuit des temps. Jamais aucun des aînés de la famille, génération après génération, n'avait eu d'autre préoccupation que de conforter le bien, l'accroître si possible, au moins le préserver pour mieux le transmettre.

Mais les temps changent. Certes, la ferme Fauverand restait envers et contre tous un lieu différent, un peu hors du commun. Cela tenait moins, de nos jours, d'une quelconque ambition que de sa situation, de son histoire et surtout du tempérament original et bien trempé du dernier descendant de cette famille dont le nom se confondait avec l'histoire du village.

Charles Fauverand se souciait peu de se mêler des affaires du pays. Célibataire endurci, il avait bien assez à faire avec les siennes, qu'il avait, au demeurant, fort bien menées sa vie durant.

N'eût été sa passion des chevaux, et quelques petites originalités moins ostentatoires, Charles Fauverand aurait pu passer pour un paysan comme un autre. Qu'il n'ait jamais pris femme et qu'il ait toujours vécu seul, depuis la mort de ses parents, dans la grande ferme un peu isolée à l'écart du bourg n'était pas, hélas, de nature à le distinguer. En ces temps où les filles, plutôt que de subir la forme d'esclavage qu'avaient connue leurs mères, préféraient s'expatrier dans les grandes HLM des villes, bien d'autres s'étaient résignés au célibat.

Rien de tel chez Charles, pour qui il s'était vite avéré que la solitude lui allait comme un gant. Il y avait d'ailleurs là une certaine logique, qu'il n'exprima jamais bien qu'elle appartînt à ses plus intimes convictions. La grande ferme sur laquelle il régnait en maître avait-elle jamais appartenu à d'autres qu'à la famille Fauverand ? On ne l'imaginait même plus tant les origines de cette propriété se perdaient dans la nuit des temps. Au point que l'idée ne serait venue à personne de la désigner autrement que sous le nom devenu générique de « ferme Fauverand ». Génération après génération, prendre femme et procréer au moins un fils à qui transmettre le bien avait été considéré comme un devoir ; le premier des devoirs à l'accomplissement desquels Charles devait d'avoir hérité.

Certes, les temps changeant, il lui avait bien fallu racheter à sa sœur la part d'héritage lui revenant. De quelques années sa cadette, Justine ne s'était pas expatriée vers la ville. Elle avait pris pour époux un brave homme du pays n'ayant rien d'autre à fournir que la force de ses bras en guise de gagne-pain. Il avait fait une honorable carrière de cantonnier en même temps que cinq enfants à Justine, avait à peine profité d'une retraite pourtant bien méritée et s'était laissé bêtement emporter par les complications d'une méchante grippe.

Devenue veuve, Justine avait pu laisser s'exprimer pleinement son penchant naturel à se mêler des affaires des autres, à semer alentour tous les ferments de discorde possibles et imaginables, et à poursuivre son frère de sa vindicte. Le cantonnier était un brave homme sans l'ombre d'une méchanceté. De tout le temps qu'ils avaient vécu ensemble, il avait temporisé, enveloppant le penchant naturel de son épouse à l'acrimonie des effets compensateurs de sa bonhomie. Après qu'elle l'eut porté en terre, restée seule dans leur modeste petite maison d'où leurs enfants s'étaient envolés depuis belle lurette, plus rien ni personne n'aurait pu entraver le goût de Justine pour les basses intrigues et les règlements de comptes, de préférence entre voisins manipulés par ses soins.

Elle en voulait surtout à son frère. Une vieille rancune recuite tenant surtout, sans surprise, au partage du bien laissé par leurs parents. Selon elle, il l'avait bel et bien spoliée de l'essentiel de ce qui aurait dû lui revenir. Rien là que de très banal, sans cesse ressassé, toujours assorti des pires menaces, mais évidemment jamais étayé de la moindre preuve. Ce n'était là pourtant que l'aspect le plus visible et le plus bruyant de sa rancune. Sans jamais l'avoir exprimé, mais de façon bien plus violente encore, elle reprochait à son frère d'assumer sans complexe qu'il serait le dernier de sa race.

Charles le savait bien, qu'il était le dernier des Fauverand. Ce n'était pas parce qu'il n'avait pas pris femme. C'était même l'inverse. Charles avait failli au devoir de procréer un mâle continuateur par claire conscience de l'inanité de la démarche. Après lui, la ferme Fauverand n'existerait plus. Les temps étaient révolus de ces dynasties qui se transmettaient le bien et le savoir-faire de père en fils dans une continuité immuable. Les prés et les champs iraient grossir les possessions déjà immenses de quelque exploitation vouée à tous les modernismes que Charles exécrait. Les bâtiments seraient abandonnés à eux-mêmes, à moins qu'un Parisien ou un Hollandais passant par là ne s'en entiche et n'en fasse une somptueuse et ridicule résidence secondaire.

Alors, à quoi bon prendre femme ? Dès sa petite enfance, Charles avait manifesté un goût certain pour la solitude. Il n'avait jamais eu besoin de s'associer à d'autres galopins de son espèce pour mener en forêt de mémorables expéditions, pour y dénicher les pies et y accomplir, dans le secret de son isolement, toutes les bêtises qui forgent le caractère des hommes.

Trente mois passés en Algérie, au plus fort de ce qu'on s'est longtemps obstiné à qualifier de « simples opérations de police », n'avaient fait qu'accroître son penchant pour l'introspection. S'il avait fallu dire tout ce qu'il pensait de ce qu'il y avait vu et vécu… Il se connaissait, Charles, et préférait se taire plutôt que céder aux mouvements d'humeur qui l'emportaient trop facilement s'il n'y prenait pas garde.

Un taiseux, voilà ce qu'il était devenu quand, à son retour, son père l'avait accueilli à la ferme comme s'il l'avait quittée la veille. Les habitudes n'eurent pas à se reprendre. Elles n'avaient pas été perdues. Simplement, le temps passant et les années pesant de plus en plus sur les épaules du vieux Fauverand, ce fut au tour de Charles de décider et de prendre des initiatives. Or, l'élevage et le commerce des vaches sur lesquels les Fauverand avaient bâti la solidité de leur ferme, ce n'était pas ce qui passionnait Charles. Tant qu'à prendre docilement la suite du père, autant que ce fût pour travailler à ce qu'il aimait. Charles était un homme du bois. Il n'était heureux que la cognée à la main au plus profond des futaies qui cernaient le pays.

Les Fauverand, comme tous les paysans de l'époque, possédaient quelques parcelles de bois. Il fallait bien se chauffer. Elles n'avaient d'ailleurs guère d'autre utilité, même si on ne dédaignait pas les trois sous que rapportait la vente aux voisins de quelques stères de charbonnette. Pas question, bien entendu, de renoncer à l'élevage qui faisait vivre la ferme, au profit de ce bûcheronnage de complément.

Charles n'en eut jamais l'idée. Toute sa vie, aux yeux de tous, il resta éleveur et marchand de vaches. Mais il avait son point de vue sur l'affaire du bois et la mena à son train, sans tambour ni trompette, et même pour l'essentiel dans le plus grand secret. Pas question qu'on sache ce que, occasion après occasion, il élaborait avec son vieux copain de régiment, le notaire de la ville voisine. Comme Charles, Patrice Villevieil n'avait jamais envisagé de pouvoir faire autre chose que succéder à son père. Il avait fait son droit et n'attendait que la fin de son temps aux armées pour s'installer dans le fauteuil paternel.

À passer tant de mois ensemble au bled, Charles et Patrice avaient eu tout le temps de tisser une solide amitié qui ne devait jamais se démentir. Ce fut d'ailleurs dans les Aurès que Charles formula son plan pour la première fois, et à l'intention de son ami. Un soir où, malgré toute une journée de « crapahut », il faisait vraiment trop chaud pour aller s'enfermer sous les grandes tentes faisant office de dortoirs, allongés dans l'herbe hors de vue des sentinelles, ils reposaient leurs regards en les laissant se perdre dans l'immensité d'un ciel vertigineux.

— Des parcelles de bois, ça se vend encore souvent ? demanda tout à coup Charles.

Patrice, surpris, abandonna les quelques étoiles auxquelles il faisait de l'œil et se tourna vers lui.

— Pourquoi tu me demandes ça ?

— Dis toujours.

— Bof, dans les successions, il y en a toujours

quelques-unes. Mais ce n'est pas grand-chose. Des petits bouts de rien du tout. Tu penses, depuis le temps que c'est partagé à chaque succession, ça fait quoi ? Des lopins inexploitables. Rien que du mauvais bois de surgeons, du taillis, quoi. Qui c'est qui voudrait de ça ?

— Et ça ne se vend pas ?

— Pas beaucoup. Des fois, ça arrange un voisin. Il achète juste pour agrandir son lot. Mais ça ne fait jamais que des mouchoirs de poche. Le bois, tu sais, ça ne vaut pas grand-chose s'il n'y a pas au minimum un ou deux hectares d'un seul tenant. Et encore…

Charles le savait pertinemment. Et c'était bien là où il voulait en venir.

— Eh bien, moi, dit-il en détachant ses mots dans la nuit maghrébine, ces bouts de parcelles là, je les rachèterai.

Patrice Villevieil, pour le coup, s'était redressé. Appuyé sur le coude, il posait sur son ami un regard un peu effaré.

— Racheter ces confettis-là ? Et tu en feras quoi ? Occupe-toi donc de tes vaches, ça vaudra bien mieux.

Il en aurait fallu plus pour faire dévier Charles de son raisonnement.

— Le tout, dit-il, c'est de ne pas racheter n'importe comment. Tu as une parcelle ; tu attends que celle d'à côté se vende ; et puis encore celle d'à côté ; et puis encore une autre ; et ainsi de suite. Quand tu en as réuni assez, tu as un bon bout de bois qui vaut quelque chose. Les queues de cerise que tu as payées pour chaque petit bout, c'est devenu un bon paquet, une bonne valeur. Ou bien tu revends en faisant plusieurs fois la culbute, ou bien tu exploites. Si tu sais travailler, au bout du compte, tu as du bon bois. Et tu gagnes encore plus. Ce n'est pas bien calculé, ça ?

Le futur notaire en resta pour le coup bouche bée.

— Ben toi alors ! s'exclama-t-il enfin. Si j'avais cru ! Mais attends… Très beau, ton plan, mais ça ne tient pas. Tu te rends compte le temps qu'il va te falloir pour rassembler toutes ces minuscules parcelles ? Si tu ajoutes à ça le temps qu'il faut pour faire une futaie d'un taillis, tes arrière-petits-enfants en verront peut-être le bout, et encore…

— J'ai tout mon temps, dit calmement Charles sans quitter des yeux une lointaine constellation au doux clignotement. Et puis…

— Et puis quoi ?

— Et puis si tu me donnes un petit coup de main, ça peut aller bien plus vite.

Dans la pénombre, les yeux de Patrice Villevieil avaient tout des billes de loto.

— « Un petit coup de main » ? Attends… Explique-toi un peu.

— C'est pourtant bien simple. S'il y en a un qui sait ce qui va se vendre, c'est bien le notaire, non ? Alors que moi, tout seul, si je dois attendre qu'on me le dise, là, pour le coup, ça peut durer longtemps. Quand tu vois qu'une parcelle peut m'intéresser, tu me préviens, c'est tout. Je te dis « je prends » ou « je prends pas » et l'affaire est faite. Bon, il y aura bien un petit bout de commission à te laisser au passage. Je sais ce que c'est !

— Tu es gonflé, toi, tout de même. C'est limite honnête, ce que tu me proposes là…

— Et pourquoi donc ? Tu le dis toi-même, que ça ne se vend pas, ces bouts-là, que ça n'a pas de valeur. Si tu leur trouves un acquéreur, à tes héritiers qui ne savent pas quoi en faire, de leur taillis, sûr qu'ils ne vont pas te le reprocher.

— Normalement, il doit y avoir un avis de mise en vente…

— Eh bien, fais-le, ton avis de mise en vente. Si je suis le seul à y répondre…

La plupart du temps, les chances d'aboutir étaient si minces que le notaire ne se donnait même pas la peine d'annoncer la vente. Il le savait bien, ce roublard de Charles.

— Le seul truc à ne pas louper, ajouta-t-il sans plus douter qu'il avait mis son copain Patrice dans sa poche, c'est qu'il ne faut pas que ça se sache. Top secret ! Tu vois bien ce qui se passerait si on apprenait qu'il y a un acheteur presque systématique. Ça filerait vite, les prix. D'accord, j'achèterai, mais à ce que ça vaut, rien de plus.

Ils étaient encore restés un long moment silencieux, leurs regards perdus dans les étoiles. Charles ne réfléchissait plus. Il était sûr de son fait. Patrice, lui, continuait de tourner en tous sens ce qu'il venait d'entendre. Il ne pouvait pas s'empêcher de chercher la faille.

— Et les sous, tu les trouveras où ? s'inquiéta-t-il enfin.

— Tu sais ce que ça vaut, une vache ou un broutard, sur le marché de Moulins-Engilbert ? Tu ne crois pas que je vais me contenter de ce que je tirerai de la ferme ? Je vais me mettre marchand, vieux gars. Fais-moi confiance que le négoce, je m'en sortirai. Je garderai juste ce qu'il faut pour vivre. Tout le reste, ça ira dans le bois. Toi aussi, tu as des sous à te faire, sur ce coup-là.

Dans un premier temps, l'affaire en était restée là. Charles n'en avait plus parlé. Patrice Villevieil se remémorait parfois en souriant leur conversation sous les étoiles des Aurès. Ce brave Charles, dans la désespérance de la situation qui était alors la leur, il avait voulu se changer les idées en refaisant le monde à sa façon ! Pas si bête, d'ailleurs, son projet, mais quant à le réaliser…

C'était mal connaître Charles. La tombe de son père n'était pas refermée de trois jours qu'il était dans le bureau de Patrice.

« A partir de maintenant, lui avait-il lancé, tout ce qui te passe comme parcelles de bois à vendre sur Sarmigny et les environs, tu me proposes ! »

Dire que Patrice avait été totalement pris au

dépourvu serait exagéré. Il ne s'y attendait tout de même pas si vite.

« Voilà que ça te reprend ! s'était-il exclamé. Depuis le temps... »

Charles n'avait pas relevé l'allusion à leur lointaine conversation du temps de l'Algérie.

« Tu comprends, avait-il cru nécessaire d'expliquer, tant que mon père était là, et même s'il ne faisait plus rien dans la ferme depuis longtemps, c'était lui qui décidait. Une idée comme celle-là, je ne lui en ai même jamais parlé. Un coup à ce qu'il me déshérite ! Maintenant, c'est mon affaire. Je la mène comme je l'entends.

— Ta mère ? Elle est encore là, elle...

— Tu sais bien que les femmes ne se mêlent pas de ces affaires-là. Ce n'est pas elle qui s'opposera. »

C'était là un argument péremptoire qui fit un peu tiquer Patrice. En toute autre occasion, il aurait réagi. Bien calé dans le fauteuil notarial que lui avait légué son père, il savait que les considérations personnelles ne devaient en rien interférer avec les contraintes professionnelles.

Depuis, ils n'étaient revenus sur le sujet que pour négocier l'une après l'autre les innombrables parcelles de taillis que Patrice glanait comme des miettes dans les héritages dont il avait à traiter. Charles achetait sans la moindre hésitation, pourvu que les tarifs ne s'envolent pas et que ces confettis de bois lui permettent, ajoutés à d'autres, de former des ensembles de plus en plus importants.

Les années étaient passées sans que quiconque se doute de l'étonnant puzzle que Charles montait, pièce après pièce, finissant même par devenir le plus gros propriétaire forestier de la région.

« Ce n'est pourtant pas secret, grommelait-il quand Patrice lui en faisait la remarque. Ils n'ont qu'à aller au plan cadastral. Ils verront bien. »

Qui se serait mis en peine d'aller localiser sur la matrice cadastrale les innombrables confettis de taillis qu'il collectionnait ? Même Justine n'en eut jamais l'idée. Pour tout le monde, Charles Fauverand, même si on se demandait ce qu'il pouvait bien faire à traîner dans les bois avec ses chevaux, n'était plus qu'un vieil ours solitaire acharné au commerce des vaches qu'il raflait à bas prix dans les fermes des environs et allait revendre au marché de Moulins-Engilbert.

La bétaillère sans âge dont il s'était équipé peu après la mort de son père était connue comme le loup blanc à travers tout le pays. On la redoutait un peu et s'en moquait beaucoup. Il n'en avait que faire. Elle était le rideau de fumée derrière lequel il dissimulait tranquillement ses autres activités.

2

Mon ami Charles

— C'est quoi, ça ? grommela Charles.

Il était dans son étable, occupé au pansage des quelques bêtes qui s'y trouvaient. Elles n'étaient là, en fait, qu'en transit entre les prés où il était allé les acheter et le marché aux bestiaux où il comptait bien les revendre au plus vite à un prix bien supérieur à celui dont ses vendeurs avaient dû se contenter.

Les visites étaient rares à la ferme Fauverand. Un bruit de moteur, dans la cour, à pareille heure, un jour de semaine ; qui cela pouvait-il bien être ? Un instant, il espéra que ce puisse être Aurélie, sa petite-nièce. Mais non, le bruit de la petite voiture rouge d'Aurélie, il l'aurait reconnu entre mille. Et puis, ce n'était pas son jour. En semaine, elle était à Dijon, dans ses écoles.

— Encore un gêneur, ronchonna Charles en posant sa fourche.

Sourcils froncés, sans hâte, il vint se planter dans l'encadrement de la porte.

Deux hommes traversaient la cour, un jeune et un vieux. Ils avaient laissé leur voiture, une antique Renault passablement défraîchie, près du portail et se dirigeaient vers la maison.

— On est là ! cria Charles.

Ils s'arrêtèrent net, lui firent face. Le vieux leva les bras au ciel.

— Charles ! Tu es donc là. J'avais peur... Je craignais... Je m'étais dit peut-être qu'il sera au bois. Pas vrai, Farid, que je m'étais dit ça ?

Ils venaient vers lui. Cet homme qui l'appelait par son prénom et le tutoyait... Il le connaissait, bien sûr. Mais c'était qui ? Et puis cet accent, cette drôle de façon de parler... On aurait dit... Ce n'était pas Dieu possible...

— Ah... Ahmed... bredouilla-t-il. C'est donc toi. Si j'avais cru... Viens donc là que je t'embrasse. Depuis le temps...

Ils étaient tombés dans les bras l'un de l'autre et se donnaient de grandes claques dans le dos en riant aux éclats. L'autre, le jeune, restait planté là, les mains au fond des poches, un léger sourire au coin des lèvres, mais l'air surtout très embarrassé.

— C'est qui, lui ? demanda Charles sans façon, quand ils en eurent fini de leurs accolades.

— Lui, parut tout à coup triompher le dénommé

Ahmed, c'est Farid. C'est mon petit-fils. Tu vas voir, c'est un bon, Farid. Il va te plaire, celui-là.

Il ne savait pas si bien dire.

Il fallut entrer. Il fallut encore que verres et bouteille soient sur la grande table, sur les bancs de laquelle ils s'étaient installés, pour qu'on revînt à l'essentiel.

— Vieux drôle, faisait mine de gourmander Charles, de tout ce temps, tu n'aurais pas pu donner des nouvelles ? Bien vite oublié, ton copain Charles.

Bien sûr, des nouvelles... Encore aurait-il fallu savoir écrire... Comment le dire ? Ahmed ne relevait pas, continuait son récit. Il avait eu si peu l'occasion, de toute sa vie, de se retourner ainsi sur les années passées. Il parlait autant pour lui-même que pour Charles, et pour Farid, tout étonné de découvrir ainsi des pans entiers de la vie de son grand-père.

Avec femme et enfants, il était arrivé en France en 1962, trop heureux d'avoir pu embarquer à bord d'un vieux rafiot, dans le port d'Alger. Il était « supplétif » de l'armée française, comme on disait à l'époque, Ahmed. Harki, quoi. Cinq lettres qui allaient leur coller à la peau, à tous, jusqu'à la fin de leur vie et même souvent empoisonner celle de leurs enfants.

Cette peau qu'ils avaient sauvée de justesse, mais qui allait en avoir de dures à subir. Après, il y avait eu les camps de harkis... Comme les autres, Ahmed et sa famille les avaient tous faits ou presque, sans trop savoir ce qui leur arrivait, pourquoi ce pays qu'ils avaient choisi de servir les internait, les traitait comme des parias et les brimbalait d'une terre de proscrits à l'autre, aux seuls horizons de barbelés et de miradors.

Bref. N'en parlons plus. Ce fut dur. Des temps de misères et d'humiliations. Mais c'est du passé. Beau temps qu'Ahmed, comme les autres, a renoncé à comprendre ce qui lui est arrivé. Curieusement, pourtant, ce temps maudit des camps, dans ses vieux jours, Ahmed y revenait sans cesse. Comme si, de tous les épisodes de sa vie, c'était celui-là qui lui laissait les souvenirs les plus forts.

Il y en avait même, parmi tous ceux-là, qu'il chérissait tout particulièrement. Bien rare qu'au cours d'une conversation il n'arrivât pas à évoquer Sarmigny. Ah, Sarmigny ! « Le hameau forestier » de Sarmigny !

« Tu nous saoules, Ahmed. On les connaît par cœur, tes histoires de Sarmigny. Passe à autre chose, mon frère », le rabrouaient ses amis. Mais rien n'y faisait. Ahmed n'en démordait pas. Sarmigny, pour lui, c'était comme une seconde naissance, quelque chose comme une résurrection.

À l'époque, il avait une trentaine d'années. Avec Aïcha, son épouse, ils traînaient déjà à leur suite leur smala de sept gamins. Quatre garçons, trois filles, dont les plus jeunes étaient nés dans les camps et n'avaient pas idée d'un monde sans barbelés, gardiens et sordides baraquements où l'on gelait l'hiver et étouffait l'été. Ils n'avaient guère échappé qu'au camp de Bias, dans le Lot-et-Garonne, le pire de tous, celui où il ne fallait surtout pas accepter de se laisser déporter. Mouans-Sartoux, dans les Alpes-Maritimes, Rivesaltes, dans les Pyrénées-Orientales, Bourg-Lastic, dans le Puy-de-Dôme, pour ne citer que les principaux qu'ils avaient connus, n'étaient certes pas des lieux de villégiature, mais, à force de ténacité, on parvenait encore à y sauvegarder un reste d'humanité et de cohésion familiale.

Puis était venu l'ordre de faire les bagages. Pourquoi ? Pour aller où ? Et pourquoi eux, Ahmed et sa famille, plutôt que d'autres ? Allez savoir. Beau temps qu'ils avaient appris à se taire. Ce n'est qu'au moment d'embarquer dans des camions de l'armée qu'on leur avait annoncé leur destination. « Vous allez à Sarmigny, dans le Morvan. » Ah bon. Parce que ça existe, ça ? Jusque-là, dans la chronique pourtant abondante des camps, ce nom-là n'était jamais apparu. Du moins, il n'était jamais parvenu jusqu'à leurs oreilles. Il y en avait tant…

Et puis, à l'arrivée, la surprise. Exténués par les heures de route dans l'inconfort des camions, encombrés des enfants pleurant leur faim et leur fatigue, ils n'avaient pas pu ne pas remarquer. Six baraquements, pas un de plus, plantés au flanc aimable d'une colline verdoyante ; ni barbelés, ni miradors, ni gardiens. À moins qu'il n'eût fallu nommer ainsi les quelques solides gaillards en tenues bleu nuit qui les accueillaient, les aidaient à descendre des camions et à porter leurs paquets et leurs colis jusqu'aux portes des logements qui leur étaient affectés.

Une telle prévenance, c'était simple, ils n'avaient jamais connu. On les aida à s'installer, on coupa court au souci des mères déjà inquiètes des repas à préparer pour leurs marmailles affamées, on les conduisit jusqu'à une grande salle, dans le village voisin, où une collation avait été préparée pour tout le monde. Ils n'en croyaient pas leurs yeux et, intimidés, n'osaient pas s'approcher des tables derrière lesquelles des dames en tabliers blancs leur souriaient en leur adressant des signes encourageants.

Il fallut bien, tout de même, subir le discours dit de bienvenue d'un homme dont l'âge et la prestance semblaient faire le chef de ceux qui les avaient si bien reçus. Ahmed était un des rares à entendre suffisamment le français pour saisir approximativement le sens du propos de ce personnage probablement important qui s'était juché sur une estrade et leur parlait au travers d'une sonorisation plus ou moins bien réglée qui faisait crachoter sa voix. Il ne lui en fallut pas moins traduire pour les autres. Genre d'exercice auquel il était évidemment peu rompu et d'autant plus difficile à exécuter qu'il n'était pas très sûr d'avoir tout bien compris.

Comment pouvait-il savoir ce qu'était le service[1] tout à fait civil des Eaux et Forêts qui les accueillait ? Ici, plus d'armée, plus de représentants de l'administration chargée des réfugiés d'Algérie. Rien que de rudes forestiers plus habitués à la solitude et à la sérénité des bois qu'à l'avalanche des inquiétudes, des tensions et des méfiances dans lesquelles les harkis vivaient depuis bien trop longtemps. Rien que des hommes en recevant d'autres venus travailler avec eux.

Une évidence toute simple, trop simple pour des hommes et des femmes aux codes de conduite depuis longtemps dictés par la nécessité de lutter, de se battre, au jour le jour, contre les adversités et les injustices. Beaucoup eurent toutes les peines du monde à s'y faire, recréant comme à plaisir de l'incompréhension entre eux et ces hommes qui les accueillaient sans le moindre préjugé.

Qu'il parvînt, vaille que vaille, à soutenir une conversation en français fut la chance d'Ahmed. Les

---

1. Créée en 1291 par le roi Philippe le Bel, l'Administration des Eaux et Forêts a subsisté jusqu'en 1966, date à laquelle une réorganisation complète a séparé le service des Eaux, devenu du ressort du Génie rural, de celui des Forêts domaniales, dont la gestion a été confiée à l'Office national des forêts (ONF).

gardes des Eaux et Forêts qui organisaient les chantiers se tournèrent tout naturellement vers lui. Il en vint même à sympathiser avec certains d'entre eux et surtout avec les quelques braves Morvandiaux qui travaillaient avec eux.

Et en tout premier lieu Charles et ses chevaux ! Cela, Farid ne pouvait pas l'ignorer. Il en avait tant entendu parler. Il était intarissable, ce brave Ahmed, au sujet de son ami Charles et de ses deux chevaux avec lesquels il sortait des futaies le bois qu'ils avaient abattu. Ils effectuaient tous les travaux auxquels leurs bras ne suffisaient pas. Au pays des galvachers, où les bœufs sont les maîtres de tous les charrois, que Charles ait préféré des chevaux en faisait, aux yeux d'Ahmed, une remarquable exception. Plus de quarante ans après, il ne se lassait pas de défendre l'originalité de ce choix.

D'avoir vécu dans la proximité d'un tel personnage, c'était son exploit, à Ahmed. Tout le reste de son existence n'était que banalité, sinon misère, comparé à ce moment de sa vie où il avait pu se dire l'ami d'un homme capable d'assumer une telle différence.

Charles, pourtant, n'avait pas été, pour Ahmed, que l'incomparable charretier de deux magnifiques chevaux de trait de l'Auxois. C'était à lui et à nul autre qu'il devait de s'être enfin sorti de son triste état de harki des camps. C'était Charles qui les avait convaincus, lui et sa femme, qu'ils devaient se prendre en main, tourner le dos à l'administration des camps et entrer dans la vie normale du pays où ils devraient maintenant vivre.

La peur des démarches, la certitude de ne pas être à la hauteur quand il faudrait s'assumer seuls au milieu de cette société aux codes de laquelle ils ne comprenaient rien, voilà ce qui retenait le plus sûrement les harkis dans les camps. Charles ne l'entendit pas de cette oreille. Fort de ces solides certitudes de paysan morvandiau, il n'avait eu de cesse de démontrer à Ahmed et à sa femme qu'ils étaient dans l'erreur. « Faut vous en sortir ! » répétait-il en faisant lui-même des pieds et des mains pour résoudre les problèmes auxquels le couple de harkis n'osait pas s'affronter.

Un matin, en arrivant sur le chantier, il héla Ahmed du plus loin qu'il le vit. « Je t'ai trouvé du boulot ! » À l'époque, ce n'était pas trop difficile. Bien que peu au fait des réalités du monde de l'usine et des ouvriers, Charles avait réussi à inscrire Ahmed sur les listes d'embauche de plusieurs usines des villes les plus proches. Il venait de recevoir une réponse positive pour un poste évidemment sans grande prétention mais relativement bien payé, suffisamment en tous les cas pour qu'Ahmed et sa famille puissent débuter une autre vie.

La suite, au fond, perdait de son intérêt. Ahmed ne s'était pas trop mal débrouillé. Il avait fini sa carrière comme ouvrier spécialisé dans une grande usine automobile de la région parisienne. Juste à temps pour ne pas avoir à subir les réductions d'effectifs et les vagues de licenciements qui allaient venir… Paisible retraité, il vivait avec sa femme chez une de leurs filles, au milieu de six de leurs petits-enfants.

Bien sûr, ça faisait du monde. Par chance, l'appartement était grand. « Un F4 », comme on disait maintenant. À condition de ne pas y rechercher trop de calme et d'isolement, on y vivait plutôt bien. Il savait se contenter de peu, Ahmed. La vie s'était chargée de lui apprendre à ne pas trop en demander.

Et puis il y avait les amis, tous les vieux comme lui, à retrouver sur le palier, dans le hall de l'immeuble, sur les trottoirs de la cité quand il faisait beau, et tous les dimanches matin dans les allées du marché. « Tu nous saoules, Ahmed, avec tes histoires du Morvan. On ne sait même pas où c'est, ton Morvan. Et puis, on les connaît par cœur, tes histoires. » Ils en riaient, parlaient d'autre chose jusqu'à ce que, inexorablement, Ahmed remette son Morvan, Sarmigny et les chevaux de Charles sur le tapis.

Ça ne faisait rien. Ça les amusait plus qu'autre chose. On faisait mine d'être lassé, mais on écoutait. Il y avait, dans les histoires d'Ahmed, comme une bouffée d'un autre air que celui de la cité, comme un exotisme qui n'était évidemment pas celui du bled, mais qui changeait tout de même les idées.

C'était comme s'il élargissait l'horizon, au-delà de la grisaille des barres d'immeubles HLM, jusqu'à des pays dont on ne rêvait plus, mais dont il était réconfortant de savoir qu'ils existaient.

3

Les chevaux

— Et comme ça, ça vous a pris tout par un coup ? Allez, hop, en voiture, on part rendre visite au vieux Charles, à qui on n'a pas donné signe de vie depuis... Depuis... Je préfère pas compter.

Le grand-père et le petit-fils échangèrent un regard mi-amusé, mi-penaud.

— C'est lui, c'est le Farid, osa Ahmed. Il a acheté la voiture. Tu l'as vue, sa voiture ? On l'a laissée à l'entrée de ta ferme. Avant, comment voulais-tu qu'on vienne ? Mais, là, du jour où il l'a eue, cette voiture, sûr que ça devait se faire. Tu sais, c'est un bon gars, mon petit-fils. Il n'a pas hésité. Il m'a dit : « Allez hop, tu montes en voiture et on y va. Depuis le temps que tu nous en parles... » Alors, nous voilà.

C'était une façon comme une autre de présenter les choses.

Le teint basané, le cheveu noir et crépu, Farid ne pouvait pas nier ses origines, mais il les portait avec aisance et décontraction. Il était la fierté de son grand-père. Pour le vieux, il incarnait la page tournée. Il était bien dans sa peau, Farid. Avec lui, tout semblait simple.

« Celui-là, il n'est pas comme les autres, disait Ahmed. Jamais un problème. Tout ce qu'il touche, il réussit. » C'était compter sans les études que Farid n'avait pas poussées bien loin. Pour savoir ce qu'il lui en avait coûté de ne savoir ni lire ni écrire, Ahmed en avait été chagriné. Mais que faire ? Depuis, l'application qu'avait mise son petit-fils à effacer cette petite déception l'avait rassuré. Farid y avait mis tant d'ardeur que, contrairement à bien des jeunes de la cité, il avait vite réussi à trouver un travail. À guère plus de vingt ans, il y avait fait son trou et semblait s'en satisfaire.

Ah, bien sûr, sur le plan de la religion, c'était autre chose. Farid n'en parlait jamais, et déclinait systématiquement les invitations de son grand-père à l'accompagner à la prière du vendredi. Cela désolait bien un peu Ahmed, mais, lui-même ne respectant que par tradition les rites et les règles d'un islam assez tiède, il se consolait en se disant que ce n'était peut-être pas cher payer le plaisir de voir sa descendance effacer peu à peu la déchéance par laquelle il lui avait fallu en passer après la guerre d'Algérie. S'il y en avait un, parmi tous ses petits-enfants, qui ne semblait plus marqué par le sceau infamant de « descendant de harki », c'était bien Farid.

« Viens donc défendre ton grand-père, l'interpellait-il lorsque, sortant de leur immeuble, celui-ci passait auprès du petit groupe qui palabrait paisiblement en profitant des premiers rayons du soleil. Ils sont là à m'attaquer, toujours parce que je leur dis qu'on a été bien, dans le Morvan. Tu ne l'as pas connu, toi, le Morvan. Tu es bien trop jeune. Mais tu sais bien ce qu'elle en dit, ta grand-mère. Et puis ta mère. Elle s'en souvient, du Morvan, ta mère. Elle était bien petite, mais elle s'en souvient. Dis-leur. Dis-leur comment elle parle de son école et de la maîtresse. Dis-leur comme elle y était bien. »

Indulgent, Farid souriait. Ces mots-là, il les connaissait par cœur. Cent fois, mille fois, il les avait entendus. Au point qu'il n'y prêtait plus attention. Le Morvan des rêves de son grand-père, c'était pour lui comme une sorte de vaste nébuleuse à laquelle il n'aurait jamais accès mais qui l'avait toujours rassuré. Quand Ahmed s'abandonnait à l'évocation de ses souvenirs morvandiaux, le gamin qu'il était alors se sentait rassuré, apaisé. Tant que le grand-père avait ce regard très doux, un peu dans le vague, tant que ce sourire presque attendri illuminait son visage, les inquiétudes, les craintes, les ressentiments étaient oubliés.

Pour Farid, cela avait été la porte d'accès au monde de l'imaginaire. Il ne le savait pas. Le rêve n'avait pas sa place dans le rude quotidien des barres et de l'appartement surpeuplé. Farid était un rêveur qui s'ignorait. Sans le savoir, en rabâchant ses litanies, le grand-père lui révélait l'existence d'un univers comme enchanté qu'il n'espérait même pas pouvoir entrevoir un jour.

« Tiens, dis-leur, avait insisté le grand-père cette fois-là, emporté par son enthousiasme. Un jour, on ira, à Sarmigny. Sûr. Maintenant que tu as l'auto, un jour tu m'y emmèneras et moi je te montrerai. Comme ça, tu pourras leur dire. Hein, que tu m'emmèneras ? »

Il n'y avait bien que Farid et son grand-père pour ne pas être effondrés de rire. Ils s'en tapaient sur les cuisses, tous ces vieux fellahs sous le ciel trop gris du Val-d'Oise. Ils en rajoutaient, faisant mine de s'en étouffer.

« Avec ta bagnole... Tu comptes aller jusqu'où avec ça ? était parvenu à articuler l'un d'eux.

— Tu passes pas la porte d'Orléans, je te dis, moi. Avant, ta Renault, elle est arrêtée sur la bande d'arrêt d'urgence, morte ! estima un autre.

— Tu rigoles ? »

Ce n'était pas que la polémique tentait Farid. Mais pouvait-il laisser insulter de la sorte sa récente acquisition ? Une vénérable Renault 21 qui, certes, avait connu des jours meilleurs, mais dont il se devait, dès lors qu'elle était sa propriété, de défendre âprement les qualités. Il vit le piège, mais avait-il le choix ? Hors de question, bien sûr, de laisser transparaître la moindre faille de solidarité entre le grand-père et le petit-fils.

« Un voyage comme ça, ma voiture, elle vous le fait tout aussi bien qu'une autre ! »

Trop tard. Les jeux étaient faits. Sauf à se dédire piteusement, il faudrait bien l'entreprendre, ce sacré voyage. Le grand-père jubilait. Les vieux parlaient déjà d'autre chose et Farid en était à s'inquiéter de savoir où pouvait bien se trouver ce Morvan dont Ahmed leur rebattait les oreilles depuis tant de temps. Pourvu que ce ne soit pas trop loin...

— Et le camp ? Vous y êtes passés, au camp. Bien sûr.

Ce n'était pas une question. C'était l'évidence. Ahmed et Farid confirmèrent d'un même mouvement du menton.

— Alors ? insista Charles.

Visiblement, ils n'avaient pas trop envie d'en parler.

— Vieux, c'est que ce n'est pas trop beau à voir, laissa tout de même tomber Ahmed d'une voix sourde.

Charles s'esclaffa.

— Et de ton temps, tu crois que ça valait mieux ? À se demander pourquoi ils n'ont pas tout rasé. Ça ressemble à quoi, ce bâtiment tout seul au milieu de nulle part ?

— Six, qu'il y en avait, dit Ahmed, qui ne pouvait empêcher les souvenirs d'affluer. Juste, ils ont laissé celui qu'on habitait. Ça fait drôle, tout de même. Le logement qu'on avait, il est fermé. Mais sur la rangée de trois, les deux autres, ils sont ouverts. Il y a du monde dedans. Les taudis que ça doit être… Ce n'était déjà pas trop beau à l'époque. Je ne te dis pas maintenant…

— Bien gentils, ces gens-là, crut bon de préciser Farid.

— Ah, ça, sûr, renchérit Ahmed. L'accueil qu'ils nous ont fait ! À toute force, il a fallu qu'on partage l'omelette avec eux. Ils étaient allés aux champignons ce matin. Je ne te dis pas ce qu'on s'est régalés. Et puis aimables, souriants. C'est qui, ces gens-là ?

Charles, soudain assombri, haussa les épaules.

— C'est qui, ces gens-là ? répéta-t-il. Qu'est-ce qu'ils font là ? Rien. C'est notre maire. Il est trop brave, notre maire. C'est vrai que sans ça ils étaient à la rue. Il leur a ouvert deux logements. Des gens au bout du rouleau, qui ont tout perdu, même l'espoir de retrouver du boulot. Des traîne-misère, quoi. Sait-on seulement de quoi ils vivent ? Quelques aides, par-ci par-là, rien de plus. Ça ne va certainement pas chercher bien loin. Des gens comme ça, il faudrait… Je ne sais pas… Est-ce que c'est seulement leur rendre service que de les loger dans de pareilles conditions ? Crois-tu que c'est les pousser à s'en sortir ? Ils se contentent de leur sort. Et puis, rien de plus. Tu vois, ce camp, moi je dis, ils auraient mieux fait de le raser complètement. C'est du passé, tout ça. Tu le sais bien, toi, Ahmed, que c'est d'un temps où la solidarité, l'entraide, ça avait encore un sens. Aujourd'hui, si tu savais… C'est du chacun pour soi, aujourd'hui. Et le reste, basta… Alors, tu vois, moi je dis que, dans ces conditions-là, comme il est, ce camp, le garder c'est de l'hypocrisie, rien de plus.

Ce n'était évidemment pas l'avis d'Ahmed et de Farid. Savait-il ce que c'était, ce brave Charles, que la vraie misère ? Savait-il pourquoi ce sont les gens qui l'ont vécue ou, plus encore, qui la vivent qui sont les plus accueillants, les plus disposés à partager le peu qu'ils ont ?

Le vieux paysan était déjà passé à autre chose. Une idée venait de lui passer par la tête. Une idée un peu folle, qui illuminait déjà son regard d'un large sourire.

— Et pourquoi tu n'y reviendrais pas, toi, dans ton logement du camp ? s'exclama-t-il soudain. Tu as bien vu : il est libre, ton logement. Sur ce rang-là, c'est le seul qui soit encore libre. Tiens, pour ta retraite, avec ta femme, vous y seriez mieux que dans votre banlieue. C'est vrai, quoi. Pourquoi vous n'y reviendriez pas ?

Y croyait-il ? Quelle part de provocation y avait-il

dans sa curieuse suggestion ? Ahmed dissimula son trouble derrière de grands éclats de rire. Bien sûr, ça ne pouvait pas être sérieux. Il se moquait, l'ami Charles, même si, au fond, l'idée de se retrouver entre amis, dans ce pays qu'il avait tant aimé… Mais les enfants, les petits-enfants… Et puis le changement… Jamais il n'avait vraiment choisi. Il n'avait fait qu'assumer aussi bien qu'il l'avait pu toutes les situations, pas toujours très roses, que la vie lui avait imposées. Alors, prendre une telle décision… Il ne fallait même pas y penser. Sacré Charles, il les aurait bien fait rigoler, avec son idée de revenir au camp !

Mais il fallait y aller. C'était qu'ils avaient de la route à faire. Farid s'impatientait. Quoi qu'il en dise, et même si elle avait parfaitement tenu le coup à l'aller, l'état de sa vieille Renault l'inquiétait. Charles les aurait bien gardés. Ce n'était pas tous les jours qu'il avait de la compagnie. Il dut pourtant se résoudre à ce qu'ils partent.

— Tiens, dit-il tout de même en les raccompagnant, avant de prendre la route venez donc voir mes chevaux. Tu t'en souviens, Ahmed, de mes chevaux ? C'était que tu les aimais, mes chevaux. Naturellement, ce ne sont plus les mêmes, depuis le temps. Mais j'en ai là une paire, vieux gars, tu m'en diras des nouvelles…

Il fallut le suivre. Un des cheminements qui zébraient la cour en tous sens contournait la grange et aboutissait à une large porte de pré. Tout en l'ouvrant, Charles appela :

— Venez, les chevaux, venez ! Venez donc vous montrer !

Ils débouchèrent sur la crête, en haut du pré, s'arrêtèrent, tête haute, côte à côte, comme s'ils humaient le vent et voulaient s'assurer qu'il n'y avait aucun risque à répondre à l'appel de leur maître. Puis, du même mouvement, ils se lancèrent dans la pente. Ils la dévalèrent au grand galop et vinrent s'arrêter net, à bonne distance des trois hommes. Il y avait là deux présences étrangères, et ils attendaient que Charles les rassure. Il leur parla :

— Allons, les gars. Vous n'avez pas à avoir peur. Ils ne vont pas vous manger, ces hommes-là. Ce sont des amis. Venez donc.

Il avait sorti de la poche de sa veste deux croûtons de pain qu'il leur tendait. Prudemment, les chevaux approchèrent. C'étaient deux superbes hongres de trait de l'Auxois dans la force de l'âge. Chacun eut sa croûte de pain et quelques caresses.

— Des belles bêtes, hein ? se rengorgeait Charles. Et braves, vous pouvez pas savoir. Un plaisir de travailler avec des bêtes pareilles. Peuvent aller se rhabiller, avec leurs tracteurs et tous leurs engins du diable. Jamais ils ne feront un aussi beau travail que moi avec mes chevaux. Pas vrai, les gars ?

Les chevaux, ignorant les visiteurs, l'entouraient, penchant leurs fortes encolures vers lui qui les caressait et faisait retentir de rudes claques d'amitié sur leurs épaules.

— T'as vu cet état ? Tout en muscles ! Pas une once de graisse. C'est que je ne les laisse pas chômer. Pas vrai, les gars, que je ne vous laisse pas chômer ?

Farid était captivé. Son impatience de reprendre la route s'était envolée. Jamais de sa vie il n'avait approché des chevaux de si près. L'envie lui venait d'aller vers eux, de se faire connaître, admettre par ces bêtes énormes dont il devinait, par le comportement montré à l'égard de Charles, l'immense sensibilité et les infinies capacités d'empathie.

— Je peux ? demanda-t-il en s'approchant.

— Sûr que tu peux. Viens donc les voir. Caresse-les. Ils ne demandent que ça.

Sous le regard surpris d'Ahmed, qui n'avait jamais osé une telle familiarité avec les chevaux de Charles, Farid s'approcha. Les chevaux tournèrent la tête vers lui et reçurent ses caresses sans la moindre réserve. Farid avait eu un mouvement de recul quand les deux bêtes s'étaient ruées vers eux au grand galop. Maintenant, sans la moindre appréhension, il leur tournait autour, les flattait, les détaillait sans pouvoir s'en détacher.

— Et vous faites quoi, avec ces chevaux-là ? demanda-t-il.

— Eh, pardi ! Qu'est-ce que tu veux que je fasse ? Je sors du bois. Tu verrais les grumes qu'ils tirent ! Et puis, je fais du charroi. Je ne sais pas, moi, bon an mal an ils me sortent peut-être mille ou deux mille stères de bois de chauffage. Tu les vois là au pré, au repos, mais c'est au travail qu'il faut les voir. Pas vrai, Ahmed ? Tu les as vus, toi, mes chevaux, au travail. C'est que ce n'est pas rien.

Pour un peu, Farid aurait demandé à les voir au travail. Mais non. Il fallait y aller. L'heure tournait. Déjà, ils n'avaient plus d'illusions à se faire. Ils feraient l'autoroute de nuit. Ce n'était pas pour rassurer Farid. Il fallut se quitter, reprendre la route.

Ahmed, surpris, surveilla longtemps son petit-fils du coin de l'œil tout en respectant son silence. Puis il n'y tint plus :

— À quoi tu penses ?

— Aux chevaux, pardi. Tu as vu ça, ces bêtes ? Je n'aurais jamais cru.

— Tu n'aurais jamais cru quoi ?

Farid eut une moue dubitative.

— Je ne sais pas, moi… Cette force, cette puissance, cette élégance et cette gentillesse… Des bêtes… Est-ce qu'on imagine quand on ne connaît pas ?

Le soir venait. Ils étaient encore loin de l'autoroute. Ahmed, tout à coup, fut pris de scrupules. Avait-il bien fait d'entraîner Farid dans cette aventure ? Une pareille journée ! En avait-il jamais vécu de semblables ? Il faut être raisonnable, se répétait le vieux harki. Il faut se contenter de ce que l'on a. Jamais se mettre dans la tête des idées d'autre chose. N'avait-il pas été imprudent en révélant à son petit-fils que sa banlieue, sa tour et son boulot de magasinier n'étaient pas tout ce qui existait au monde ?

4

La tentation de la rupture

L'épopée de Farid et d'Ahmed fit grand bruit. Indéfiniment répété par le vieux, son récit fit beaucoup pour accroître l'estime qu'on portait à Farid. Un petit-fils qui ne « soutenait pas les murs » et était capable d'offrir une telle équipée à son grand-père, beaucoup de ceux qu'Ahmed retrouvait chaque dimanche, sur le marché, auraient bien voulu pouvoir en nommer un parmi leur nombreuse descendance.

Mais Farid était unique ! Le bouche-à-oreille, qui a tendance à magnifier les récits qu'il colporte, eut tôt fait d'en établir la conviction. L'intéressé n'était pourtant pas du genre à s'en faire une grosse tête. Ces compliments qu'on lui servait à toute occasion l'amusaient plus qu'autre chose. Il était bien placé pour savoir que la réalité était bien plus modeste. Certes, cette journée de voyage avait été chargée en émotions, en découvertes et même en révélations de toutes sortes, mais il n'y avait aucun mérite particulier. Il n'était pour rien dans le fait que sa vieille voiture, déjouant tous les pronostics, avait consenti à couvrir tous ces kilomètres sans la moindre défaillance. Qu'on y vît de véritables prodiges à porter à son crédit lui semblait vaguement puéril et juste bon à en sourire.

Tout cela passait totalement à côté de ce qui lui restait, pour l'essentiel, de ce voyage. Oh, bien sûr, quand il était enfant Farid avait bénéficié, comme les autres gamins de son âge, de quelques sorties à la campagne et même, une fois, au bord de la mer, offertes par les services sociaux de la commune. Il y avait découvert que le monde entier n'était pas identique à sa banlieue. La campagne à perte de vue, les villages aux maisons couvertes de tuiles et surtout la mer, dans laquelle il avait même pu brièvement se baigner, avaient été pour lui de véritables révélations. Mais il n'avait vu tout cela que depuis son état d'enfant parmi d'autres enfants issus des mêmes tours grises et surpeuplées où ils étaient tous nés et avaient toujours vécu. Ces beaux paysages, pour l'essentiel entrevus depuis les fenêtres des autocars qui les transportaient, n'avaient pas beaucoup plus de profondeur, pour lui, que de belles cartes postales.

Pourtant, contrairement à ses camarades plus occupés de leurs jeux et de leurs cris que de ce qui les entourait, Farid avait été captivé par ce qu'il avait ainsi découvert. De là lui était venue la conviction qu'existait une autre vie que celle de la cité. Quant à désirer la découvrir et peut-être la partager avec ces hommes, ces femmes, ces enfants entrevus dans les rues des villages qu'ils traversaient, c'était là une ambition dont l'idée qu'il puisse légitimement la nourrir ne l'avait même pas effleuré.

Farid était un rêveur à qui personne n'avait dit qu'il avait le même droit que les autres à espérer plus. Farid ne connaissait qu'une réalité, celle de la cité, où n'existait qu'un seul précepte : « Sois content de ce que tu as, défends-le autant que tu le peux, mais surtout ne te risque pas à vouloir plus. Quand tu auras tout perdu, tu ne seras pas plus avancé… »

Farid avait rangé dans un coin de sa mémoire ces belles images rapportées des rares occasions qu'il avait eues de les collecter, mais n'avait pas pu empêcher qu'elles continuent de se superposer, pour un oui ou pour un non, à la réalité de son existence quotidienne dans la cité. Il n'en avait rien dit à personne, pas même à sa mère, à sa grand-mère ou à son grand-père, surtout pas à ses frères et sœurs, encore moins à ses copains, mais son regard sur ce qui l'entourait en avait été profondément changé.

Pas de révolte, ni même de frustration. Simplement, Farid avait acquis la conviction qu'il n'était pas comme les autres, qu'il ne vivrait pas comme les autres. Par conséquent, il ne servait à rien de s'appliquer, comme le faisaient ses frères et sœurs, à se couler dans le moule commun, à vouloir être, parmi eux, celui qui se conformerait le mieux au paraître en vigueur.

Ce que Farid ignorait encore parce qu'il ne savait que cela pût exister, c'était qu'il était un solitaire. Quel sens ce mot peut avoir quand on vit sur une soixantaine de mètres carrés au milieu d'une bonne dizaine de parents, grands-parents, frères et sœurs ? Farid n'avait même pas eu l'impression de devoir se contraindre pour refouler son penchant à l'isolement. C'était simplement là une notion qui n'existait pas dans leur vie. Il se contentait de mener la sienne comme il l'entendait, sourd depuis toujours aux remarques et souvent aux lazzis de ceux pour qui il n'était pas « comme les autres ».

Être différent n'est rien tant qu'on n'en acquiert pas la conscience. Pour que Farid prenne la mesure de ce qui le faisait « autrement que les autres », il aurait fallu que la tentation puisse lui venir d'une autre existence. Ce n'était pas depuis la cité où il était né et avait toujours vécu qu'il risquait d'être saisi d'une telle envie.

Si Ahmed n'avait pas eu besoin d'un chauffeur, peut-être se serait-il à jamais satisfait de son état. Ce voyage en Morvan, pour bref qu'il avait été, n'en avait pas moins joué le rôle d'un révélateur après le choc duquel plus rien n'est comme avant. Certes, Farid n'enviait rien à l'existence minimaliste des gens qui les avaient si bien reçus dans les pauvres logements du camp. Il n'envisageait pas que Charles et ses chevaux, même si ces derniers l'avaient fortement impressionné, puissent être les modèles de quelque utopique reconversion. Tout cela, en définitive, était un tout au cœur duquel il ne concevait pas que sa place pût exister. Il lui suffisait pourtant d'avoir maintenant la conscience précise de ces autres existences pour que change son regard sur celle qu'il menait dans sa cité.

Il en découvrait l'étroitesse, l'irrémédiable absence d'espoir. Il ne se révoltait pas pour autant. Ce n'était pas dans sa nature, mais, sans même qu'il en ait pris clairement conscience, de peu loquace qu'il était jusqu'alors il avait tourné franchement taiseux. Les incontournables réunions entre copains, au pied de la tour, auxquelles il participait jusque-là parce que c'était la norme, se mirent à l'ennuyer profondément. Il s'y fit de plus en plus rare et se bâtit une solide réputation d'ours dont, au demeurant, il n'avait que faire.

À plusieurs reprises, Ahmed, en s'assurant que personne ne pouvait les entendre, était revenu sur cette étonnante suggestion de Charles leur mettant dans la tête qu'ils feraient mieux de revenir vivre dans leur logement du camp. Ahmed en riait à gorge déployée. « Tu parles d'une idée, disait-il. Tu nous vois, ta grand-mère et moi, retournant dans ce trou à rats ? Il perd la boule, ce brave Charles. Ou alors, il a voulu se moquer de nous. » Et pourtant Farid était persuadé qu'il y avait, derrière les propos de son grand-père, une sorte de tentation qui l'amusait et qu'il ne pouvait pas s'empêcher de trouver fort sympathique.

La parenthèse, pourtant, s'était refermée. Il n'y avait rien d'autre à faire que de reprendre le rythme régulier et sans espoir du quotidien. Le bus, tôt le matin, jusqu'aux portes de l'entreprise de sous-traitance qui l'employait ; la journée de travail, dans des entrepôts sinistres ; le bus, le soir, pour le retour à la cité ; l'appartement grouillant de monde et de vie… Et ainsi de suite.

Le temps aurait pu passer comme cela sans même qu'il s'en aperçoive. Il passa même assez longtemps pour que l'expédition morvandelle prenne place peu à peu dans l'étroit panthéon des vieux souvenirs qu'on évoque de loin en loin pour se prouver qu'on existe encore. Il se fracassa pourtant brutalement le jour où Farid apprit que la fermeture d'une grande usine automobile, principal donneur d'ordres de son entreprise, contraignait cette dernière au dépôt de bilan et au licenciement collectif.

Du jour au lendemain ou presque, Farid se vit relégué au rang de tous ceux qui « soutenaient les murs » à longueur de journée, sans espoir ni grande volonté de retrouver du boulot. Jusque-là, la chance avait voulu qu'il ait toujours échappé à ce triste état. Y être contraint lui fut insupportable. Il fit des pieds et des mains pour retrouver un job, mais sa bonne volonté n'en faisait pas un cas différent des milliers d'autres qui se trouvaient dans la même situation.

Farid n'était pas du genre à se résoudre à cet anonymat de l'échec. Seul Ahmed prenait la mesure de la désespérance dans laquelle il se débattait. Avec parfois un peu de maladresse, il faisait tout ce qu'il pouvait pour le détendre et lui changer les idées. Le Morvan et le souvenir de l'escapade qu'ils y avaient menée revinrent évidemment plus souvent qu'à leur tour dans son discours. Un soir où Farid était encore plus abattu que de coutume, en désespoir de cause, il osa une proposition complètement folle à laquelle, lorsqu'il l'énonça, il ne croyait pas lui-même. Mais que n'aurait-il pas fait pour voir s'ébaucher l'ombre d'un sourire dans le regard de son petit-fils !

— Eh ben, tu sais ce qu'on va faire ? On va aller s'installer à Sarmigny... Vouai, à Sarmigny, dans le camp, dans notre logement, puisqu'il est libre. Charles, il va bien se débrouiller pour nous le faire avoir. Pour ce que c'est, le loyer, il ne doit pas être bien lourd. Et puis, là, on verra bien. On se débrouillera. Les voisins, ceux qui occupent les autres logements, ils se débrouillent bien, eux. Pourquoi pas nous ?

Il n'y croyait pas vraiment, le vieux, mais il en rêvait tellement ! Il obtint le sourire escompté. Plus large peut-être que ce qu'il avait espéré. La proposition, pour farfelue qu'elle était, n'en avait pas moins amusé Farid.

— Sacré grand-père, lui dit-il en lui posant une main chaleureuse sur le genou. Si je ne t'avais pas, il faudrait bien que je t'invente ! Aller se planter dans ces ruines du camp, à Sarmigny ! Et pour y faire quoi ? Au moins, ici, j'ai mes indemnités de chômage. Tu crois qu'elles me suivraient là-bas ? Et puis, le jour où il n'y en aura plus… Parce qu'il viendra, ce jour-là. Qu'est-ce que j'y ferai, à Sarmigny ?

Il avait tout de même jugé nécessaire de se justifier. C'était bien que, au fond, l'idée ne lui avait pas paru totalement saugrenue. Mais soit, on passa à autre chose. On n'en parla plus. Jusqu'à ce que le grand-père, sous un prétexte ou un autre, remette l'affaire sur le tapis. C'était qu'il commençait à y croire, le vieux. La boutade prenait corps. Les quelques mots lancés sans trop y réfléchir, faute d'autre argument, juste pour tenter de dérider son petit-fils, n'en finissaient plus de lui tourner dans la tête. Le temps passant, il oubliait ce que son idée pouvait avoir d'irréaliste pour se persuader qu'elle était la plus lumineuse qu'il ait eue depuis longtemps.

Farid n'était évidemment pas dans le même état d'esprit. Il crut avoir trouvé l'objection décisive pour qu'on n'en parle plus :

— Et la grand-mère ? demanda-t-il. Tu crois que ça la tenterait, elle, de retourner au camp ?

Ahmed prit un petit air gêné.

— Ce n'est pas que tu lui en as parlé ?

— Ben si, justement.

— J'imagine. Elle a dû t'envoyer aux pelotes vite fait bien fait.

Il suffisait de voir l'air morose d'Ahmed pour imaginer la réaction de son épouse.

— À dire vrai, ce n'est pas qu'elle soit tout à fait pour…

— Ce qui veut dire qu'elle ne veut pas en entendre parler.

— Est-ce que j'ai dit ça ? Moi, je pense qu'en insistant un peu… Tu sais comment elle est. Si c'est pour toi, pour te faire plaisir, elle irait n'importe où, même au bout du monde.

— Justement, c'est bien le cas. Non mais, grand-père, tu y penses sérieusement ? Tu voudrais enfermer la grand-mère dans cette masure ?

— Charles, il nous aidera à la remettre en état.

Il avait réponse à tout. C'était qu'il y croyait, le bougre. Farid, à court d'argument, se contenta de hausser les épaules. À force, il commença lui aussi à rêver. Au fond… Tout envoyer bouler… Tourner le dos une fois pour toutes à l'absurdité de leur vie dans cette cité sans espoir… Il y avait son côté raisonnable qui lui criait que ce n'était pas en niant les réalités qu'on en dépasse les difficultés. Et puis il y avait de plus en plus ce fichu rêve, cette immense tentation de l'inconnu qui avait toujours été en lui, mais qu'il avait ignorée jusqu'à ce qu'une omelette aux champignons et surtout deux chevaux rencontrés le même jour fassent voler en éclats l'étroit carcan du mode de vie qu'on leur avait imposé.

Ah, évidemment, s'il n'y avait pas eu le chômage… Mais l'hydre l'avait rattrapé. Ça changeait tout. Si seulement l'espoir avait existé de pouvoir lui échapper. Mais non, il n'y croyait plus. Alors, céder à l'appel du vide… Il y avait un peu de ça. S'abandonner, se laisser emporter. C'était tellement fatigant, en fin de compte, de s'acharner à vouloir être raisonnable dans ce monde absurde…

De là à dire « Banco ! » et à se précipiter, il y avait une marche qu'ils n'avaient tout de même pas franchie. L'affaire était restée longtemps, entre le grand-père et son petit-fils, comme une sorte d'antienne qui refaisait surface épisodiquement, comme un beau rêve qu'ils caressaient en s'avançant jusqu'à l'ultime limite qui le séparait de la réalité, sans que jamais ils se décident à franchir le pas. Ça les occupait, ça leur changeait les idées. C'était déjà ça de pris.

Ce fut la grand-mère qui finit par décider pour eux. Aïcha était une petite femme un peu rondouillarde, aux cheveux blancs de neige, qui posait un regard limpide toujours souriant et plein de prévenance sur son entourage. Le F4 pouvait être plein comme un œuf et bouillonnant de toute son habituelle activité, elle parvenait toujours à ses fins lorsqu'elle jugeait opportun de prendre l'un ou l'autre de ses descendants entre quatre-z'yeux.

— Alors, c'est vrai, ce qu'il me dit, ton grand-père, que tu veux qu'on parte s'installer à Sarmigny ? attaqua-t-elle sans tourner autour du pot.

Elle avait réussi sans se faire remarquer à attirer Farid dans la minuscule chambre qu'elle occupait avec Ahmed tout au fond de l'appartement. Peut-être d'ailleurs n'était-ce pas une chambre. Juste un « dressing », comme on lit sur les dépliants des agences immobilières. À lui seul, leur lit, sur le bord duquel elle s'assit, occupait pratiquement tout l'espace disponible. Et comme il n'y avait pas de fenêtre, une ampoule nue pendant du plafond restait allumée à longueur de journée.

— Viens là, dit-elle en caressant la couverture de la main.

Sans un mot, pressentant ce qui allait venir et déjà bien embarrassé, Farid obtempéra.

— Alors ? insista-t-elle. C'est donc vrai que tu veux qu'on parte ?

— Je n'ai jamais dit ça. C'est grand-père qui a eu l'idée. Depuis, on en parle, mais…

— Mais quoi ? Je le vois bien, que tu ne tiens plus ici. Tu n'es pas comme tes frères, toi. Rester à ne rien faire, dans tout ce bruit, dans tout ce monde, tu ne supportes pas. Je le sais bien, va. Alors, si tu crois que tu seras mieux à Sarmigny…

— Mais, grand-mère, si tu voyais l'état dans lequel il est, ce logement, là-bas. Pour toi…

— Et alors ? Tu crois que c'était mieux quand on y a débarqué, du temps des camps de harkis ? On s'y est fait, voilà tout. Et puis Charles, l'ami de ton grand-père, il nous aidera. Tu ne crois tout de même pas que je vais vous laisser y partir sans moi ?

Elle eut un sourire encore plus large, plus lumineux que d'ordinaire, puis elle se pencha vers son petit-fils en lui posant doucement la main sur la cuisse.

— Et puis, tu sais, je n'en garde pas un si mauvais souvenir que ça, du camp de Sarmigny.

5

Quelques bouquets de fleurs des champs

Par chance, il faisait beau. Une de ces belles journées de printemps tout à la gloire du réveil de la nature et de l'exubérance avec laquelle, en quelques jours, elle s'emploie à réoccuper cet espace que les frimas, six mois plus tôt, avaient contraint à une longue somnolence hivernale.

Le long bâtiment gris, seul subsistant de ce qu'avait été le hameau forestier de Sarmigny, n'en était pas plus gai pour autant. Son allure irrémédiablement provisoire et sa décrépitude le rendaient inaccessible aux effets des saisons. Le vert tendre de la pelouse qui le cernait ne faisait qu'accentuer le contraste. Il semblait plus avachi, plus ramassé sur lui-même que jamais. On n'aurait pas juré que, depuis l'été précédent, le lent travail de digestion, auquel semblait s'appliquer l'ardente nature qui l'entourait, ne l'avait pas encore un peu plus assimilé à la terre, comme si peu à peu, irrémédiablement, il devait s'y enfoncer, y sombrer jusqu'à disparition totale.

Il n'y régnait pas moins, ce matin-là, une ambiance presque festive. L'événement, il est vrai, était de taille et pour tout dire quasi inespéré. De nouveaux occupants étaient annoncés. On avait commencé à se douter qu'il y avait anguille sous roche quand les cantonniers de la commune étaient venus démonter les grands panneaux de bois défraîchis qui aveuglaient fenêtres et porte du troisième logement, celui du bout, le seul de la rangée qui ne fût pas occupé. On était venus aux nouvelles. Sans interrompre leur travail, les deux employés communaux avaient confirmé du bout des lèvres. « Si on les démonte, ces panneaux-là, c'est bien qu'il y en a d'assez fous pour venir habiter là-dedans », avaient-ils consenti à dire. Ils avaient ouvert le logement, donné un rapide coup de balai et avaient disparu sans autres commentaires.

En soi, la nouvelle était déjà de taille. Amplement suffisante pour faire naître, chez les deux familles qui vivaient dans le même bâtiment, une impatience proche de l'hystérie. Ce n'était pas tous les jours, tant s'en faut, qu'on avait à se mettre sous la dent une nouvelle d'une telle importance. Les enfants surtout étaient excités comme des puces. Le hasard faisant bien les choses, il se trouvait que cela tombait un mercredi et ça leur laissait donc tout le loisir de surveiller la porte voisine comme le lait sur le feu. Ils se relayaient sans cesse devant les deux logements voisins en trépignant d'impatience. De temps à autre, un adulte venait jeter un coup d'œil, des fois qu'il y verrait mieux que les enfants. Mais l'heure tournait et rien ne se passait.

On commençait à se lasser et à regarder dans la direction d'autres jeux possibles quand en fin de matinée, à la stupéfaction générale, on vit apparaître l'attelage pourtant bien connu du Charles. Qu'est-ce qu'il venait donc faire là ? Il n'y avait pourtant pas de bois à charrier ou à « débusquer » loin à la ronde…

— Venez donc aider ! cria-t-il en arrêtant ses chevaux devant la porte tout juste ouverte du troisième logement et en sautant de son fardier qu'il avait pour l'occasion équipé de ridelles.

On s'approcha. Il y avait là-dedans tout un bric-à-brac de meubles un peu défraîchis, poussiéreux, qu'il avait extrait en urgence du fond de son grenier.

C'était qu'il n'y avait pas de temps à perdre. Le coup de téléphone d'Ahmed, à huit jours de là, l'avait laissé pantois. S'il s'attendait à cela ! Oubliant quelque peu que c'était lui et nul autre qui avait mis cette idée saugrenue dans la tête d'Ahmed, il avait commencé par tempêter. Il avait tout tenté pour faire revenir son vieux copain de sa décision. Peine perdue. Ahmed n'en avait pas démordu. Affolé, Charles avait demandé un rendez-vous en toute urgence au maire. Encore heureux qu'ils s'entendaient plutôt bien. L'autre n'en avait pas moins commencé par lever les bras au ciel.

« Louer ce taudis ? Tu n'y penses pas. Tu veux me faire avoir des ennuis avec les services sociaux ? Si tu crois que c'est parce que je suis maire que je peux faire ce que je veux... »

Charles avait insisté. Il avait expliqué. Un ancien harki qui revenait, c'était plutôt bon, non ? Cela prouvait qu'ils n'y avaient pas été si mal qu'on avait bien voulu le dire, dans leur pays. Et puis un gars bien, Charles s'en portait garant. Avec lui, on n'aurait pas d'histoires.

Le maire l'avait laissé parler tout en réfléchissant. Depuis longtemps, il caressait un vieux rêve. C'était d'ailleurs à cela que le vieux baraquement devait de ne pas avoir subi le même sort que les cinq autres qu'on avait rasés. Il aurait voulu qu'au moins se garde la mémoire de ce camp de harkis. Il avait quelques lectures, monsieur le maire. Il savait le très mauvais souvenir que laissaient presque tous les autres camps. Ce n'était pas pour rien qu'on s'était empressé de les faire disparaître les uns après les autres. Restait un sixième du sien auquel, il le savait, était attachée une réputation plutôt bonne.

Quand on est maire d'une commune qui a vu sa population fondre comme neige au soleil, qui n'a plus de commerces ni le moindre artisanat, à quoi peut-on se rattacher pour ne pas sombrer totalement dans l'oubli, pour se distinguer un peu des autres, pour affirmer qu'on a bien vécu et qu'on vit encore ? Et s'il tenait là enfin le moyen de réveiller le vieux sens de la solidarité et de l'accueil qui avait fait qu'ils avaient été si bien reçus, en leur temps, ces harkis ? Son camp, à monsieur le maire, c'était son originalité, sa différence. Il n'en avait pas d'autres. Mais comment faire un atout d'un souvenir généralement entaché de tant de polémiques ? Et si ce vieux harki qui avait l'idée saugrenue de revenir habiter son logement du camp était sa chance ?

« Il est seul, ton vieux gars ?

— Penses-tu ! Il est avec sa femme et son petit-fils.

— Un gamin ? »

Déjà l'espoir d'une recrue de plus à l'école allumait le regard du maire.

« Un gamin d'une bonne vingtaine d'années, oui. Un solide gaillard qui m'a eu l'air bien. »

Le maire n'attendait pas de Charles qu'il lui dise l'inverse.

« Il n'a pas de boulot, bien sûr ?

— On lui en trouvera un. C'est pour ça qu'ils quittent la ville. Il a perdu son emploi il y a quelque temps, son petit-fils, à Ahmed. Il sait bien que là où ils vivent actuellement, une grande cité de banlieue, il n'a aucune chance d'en retrouver un avant longtemps. Alors, il vient tenter sa chance par ici. »

Plutôt sympathique. Bien que le travail, au fond du Morvan… Il y avait tout de même ce harki et sa femme revenant vivre dans « son » camp. C'était ce que le maire avait retenu de tout ce que Charles lui avait exposé. Il avait fini par céder. Qu'ils viennent. Le loyer était symbolique.

« Mais tu les préviendras. Des fois qu'ils s'attendraient à trouver le grand confort ! »

Charles n'en demandait pas plus. Restait tout de même à rendre ce taudis à peu près habitable. Il était allé fouiner dans son grenier et en avait sorti deux vieux bois de lit, une commode, un bahut un peu défraîchi, une table en sapin et quelques chaises qui s'étaient entassés là au fil des générations. Ce serait un début. Il avait même déniché deux fauteuils aux rembourrages fatigués mais qui, faute de mieux, donneraient au moins une impression de confort.

Il avait embarqué toute cette brocante sur son fardier et s'était empressé d'aller houspiller les cantonniers pour qu'ils viennent ouvrir le logement toutes affaires cessantes. Sous prétexte de tas d'autres travaux en cours, ils n'étaient venus que le matin même du jour où Ahmed, Aïcha et Farid s'étaient annoncés.

Il n'eut pas à répéter deux fois son injonction d'avoir à venir aider. Tout le monde se précipita. Deux hommes, deux femmes et cinq gamins, bras tendus, prêts à recevoir toutes les charges qu'il lui plairait de leur confier. Dans un joyeux désordre, le contenu du fardier se retrouva vite transféré dans le logement.

Il en aurait fallu plus pour le rendre accueillant. Ce ne fut que lorsque la dernière chaise eut été déposée auprès des autres que Charles prit le temps de lever le nez et d'inspecter les lieux. C'était positivement sinistre. On ne pouvait plus parler de peinture sur des murs mangés d'humidité. Par larges marbrures, elle les badigeonnait de taches noirâtres. Des plaques du plafond s'étaient disjointes et béaient sur l'obscurité malsaine des combles. Il alla s'assurer que l'électricité avait été rebranchée.

— Un coup à foutre le feu à la baraque, grogna-t-il en inspectant rapidement les gaines plus ou moins déchirées qui couraient en haut des murs.

La pièce minuscule qui faisait fonction de cuisine n'était équipée que d'une petite pierre d'évier posée sur quelques parpaings. Un robinet unique la dominait. Il l'ouvrit. Un jet d'eau brunâtre en jaillit en crachotant.

— Ça, ce n'est pas le pire, dit-il. Il suffira de laisser couler quelques minutes. Après, ça ira mieux. Mais mieux vaudra ne pas la boire avant longtemps…

L'unique chambre n'était pas en meilleur état. L'humidité, pourtant, semblait y avoir fait moins de dégâts.

— On va vite monter un bois de lit et installer la commode, décréta-t-il. Ça fera moins nu.

Ils passèrent toute la matinée à monter les meubles et à les disposer de telle façon qu'ils dissimulent un peu la misère du lieu. Puis Charles dut partir. Ses chevaux n'avaient que trop attendu dans la ruelle.

— Ne vous inquiétez donc pas, voulut le rassurer une des femmes. On est là. On va les accueillir, nous, ces gens-là. Et puis, on va bien voir. Bien le diable si, avant qu'ils arrivent, on ne trouve pas le moyen de le rendre un peu plus accueillant, ce logement-là.

Il promit de repasser en fin d'après-midi, grimpa sur son fardier, fit faire un demi-tour sur place à son attelage et repartit au grand trot de ses chevaux.

Ils arrivèrent sur le coup de quinze heures. Une fois encore, la vénérable Renault 21 réputée incapable de dépasser la porte d'Orléans avait tenu bon. Elle y avait du mérite. Les deux matelas arrimés par quelques ficelles sur son toit n'étaient que la partie visible d'un chargement auquel il aurait été difficile d'ajouter le moindre petit paquet.

Sous le regard surpris des deux familles voisines réunies devant la porte de leur logement, Farid et Ahmed, sitôt sortis de la voiture, durent aller prêter main-forte à cette pauvre Aïcha. Elle était incapable de s'extraire seule de l'empilement des paquets, des sacs et des valises entre lesquels elle était restée coincée durant tout le voyage.

Les mots de bienvenue que les voisins avaient préparés leur restèrent dans la gorge. Les deux femmes se précipitèrent et voulurent la prendre chacune par un bras. Aïcha s'en défendit. Elle tenait à garder l'usage de ses mains, avec lesquelles elle se massait énergiquement les reins, mais elle savait encore se tenir debout et marcher seule. Elle n'en restait pas moins souriante et prétendait même rire de ce qu'elle voulait faire passer pour une banale mésaventure.

L'important, pour elle, était ailleurs. Le dos voûté et la tête exagérément relevée, on aurait dit une petite vieille détaillant d'un regard aigu ce décor désolé qui avait été celui de trois années de sa vie, à plus de quarante ans de là, et qui allait le redevenir.

— C'est... à ne pas croire, bredouillait-elle. C'était bien ça ; je reconnais. C'est comme dans le temps. Enfin, presque... Tiens, regarde, là, à gauche de la porte, il y est toujours. Des lessives que j'ai faites dans ce bac en ciment... Vous y avez mis des fleurs. C'est bien. Au moins, il sert encore à quelque chose.

Puis elle prenait du recul, renonçait aux détails pour envisager l'ensemble. Le sourire se voilait d'une pointe de nostalgie.

— Vrai, c'est comme moi. Ça n'a pas rajeuni. Ça n'a jamais été bien gai, mais alors là...

Et, toujours un peu voûtée, toujours se massant

les reins, d'un pas décidé elle se fraya un chemin au milieu de la petite foule amassée devant sa porte et pénétra chez elle. Cette fois, le sourire s'était éteint. Sans un mot, elle détailla le maigre ameublement de la salle, s'attarda à peine sur les grandes taches d'humidité qui maculaient les murs. Elle alla jusqu'à la porte de la cuisine, ne vit pas la nécessité d'y pénétrer, rebroussa chemin jusqu'à la chambre, apprécia tout de même le bois de lit et la commode, puis revint dans la salle.

Tout le monde s'y était entassé. En silence, ils attendaient sa réaction. Ahmed, pas très fier de lui, se tenait encore dans l'encadrement de la porte. Leurs regards se croisèrent.

— Faudra bien faire avec, dit Aïcha en haussant les épaules.

Alors, l'une des deux femmes du groupe qui les avait accueillis s'avança. Elle la prit par les épaules et lui posa deux bises claquantes sur les joues.

— Moi, c'est Juliette. Je suis votre voisine du bout du bâtiment.

L'autre lui succéda aussitôt :

— Moi, c'est Simone. J'habite juste à côté. Et vous ? Comment on vous appelle ?

Il n'en avait pas fallu plus pour rendre son sourire à Aïcha. Elle se présenta.

— Et le vieux, là, dans la porte, qui n'ose même pas rentrer, c'est Ahmed, mon mari. Et puis celui-là, le grand qui perd son temps au lieu d'aller décharger la voiture, c'est Farid, mon petit-fils. Un bon petit gars, tout de même.

À peine si on eut le temps de lui préciser que, ceux-là, on avait déjà une omelette aux champignons en commun avec eux. Autant dire qu'ils étaient presque de la famille.

Quand Charles réapparut, sur le coup de six heures du soir, la voiture était vide, mais le désordre, dans le logement, était à son comble. Il s'agissait de parer au plus pressé. Juliette avait décrété qu'il serait temps plus tard de s'occuper de tout ce qui concernait la cuisine et les repas. Ce soir, tout le monde mangerait chez elle. Il n'y avait pas à en revenir. C'était un souci de moins. On avait envoyé paître les enfants, qui encombraient tout le monde et se trouvaient toujours où il ne fallait pas. On s'était occupé des lits ; celui des vieux dans la chambre ; celui de Farid au fond de la salle. On vidait cartons et valises dans la commode. On tentait vaille que vaille de mettre un peu d'humanité dans tout ce pauvre capharnaüm.

— Farid, avance donc un peu ta voiture. J'ai là quelque chose qui pourra vous être utile, dit Charles.

On sortit. Les deux chevaux attelés au même fardier attendaient patiemment au cul de la vieille Renault. Charles avait déniché un énorme poêle à bois dans un coin de sa ferme. Il l'avait hissé sur le fardier et, pour faire bonne mesure, avait complété le chargement de deux bons stères de bois.

— Faudra bien ça pour évacuer un peu de toute cette humidité, commenta-t-il.

Ils s'y mirent à quatre, casèrent le poêle sous la prise de la cheminée, branchèrent les buses et se mirent en devoir de l'allumer.

— Tout doux, dit Charles. Depuis le temps... Voire si elle n'est pas bouchée, cette cheminée-là.

Par chance, elle ne l'était pas. Mais l'humidité empêchait le tirage.

— Faudra du temps, mais à force, ça le séchera bien un peu, votre logement.

Les hommes rangèrent le bois sur le trottoir, sous la fenêtre de la cuisine.

— J'ai des vieilles tôles, à la ferme. Je t'en passerai une paire pour que tu le couvres. Faudrait pas qu'il prenne la pluie.

Quand ils revinrent dans le logement, la plupart des paquets, des colis et des valises étaient vides, entassés dans un coin. La fumée s'échappant du poêle piquait bien un peu les yeux, mais elle n'avait pas eu raison de l'ardeur des femmes. Sans trop qu'on sache comment ils étaient arrivés là, la table, la commode et le buffet s'ornaient d'énormes bouquets de fleurs des champs. Il suffisait de ces taches de couleurs pour transfigurer les pièces. Il n'en fallait pas plus pour qu'elles finissent par paraître presque vivables.

— Ce sont les enfants, dit Juliette. Ce sont eux qui sont allés cueillir toutes ces fleurs.

C'était bien. Il n'y eut pas de commentaire, juste, peut-être, comme un apaisement. Il fallait si peu de choses pour effacer les craintes. Quand Charles prit argument de ses chevaux qui attendaient pour annoncer qu'il partait, Georges, le mari de Juliette, le fit taire :

— On a encore besoin de toi. Viens donc.

Armand, le mari de Simone, leur emboîta le pas. Ils ne furent pas absents longtemps. Quand ils réapparurent, ils avaient les bouteilles de l'apéro sous le bras et les mains encombrées des verres et des biscuits.

— On s'est dit comme ça que, tout de même, le premier apéro, c'était mieux qu'on le partage chez vous.

Charles ne parlait plus de partir. Debout autour de la table, on trinqua à l'installation d'Ahmed, Aïcha et Farid.

— À votre retour, on devrait dire, précisa Georges. Et puis, tiens, pendant que j'y pense, ajouta-t-il, on a là une vieille cuisinière à gaz dont on ne se sert plus. Demain, il sera bien tant de vous l'installer. Vous verrez, on a serré dans son four des tas d'ustensiles de cuisine. Vous prendrez ce qui peut encore servir.

Quand ils rentrèrent à la nuit de chez Georges et Juliette, chez qui ils avaient dîné, dans la lumière un peu jaune de la seule ampoule électrique qui pendait du plafond, Aïcha ne put s'empêcher de laisser courir un regard morose sur le décor qui allait être désormais celui de son existence. Mais elle se reprit vite :

— Des braves gens, dit-elle. On va être bien avec eux.

6

Forestier

« Et maintenant, quoi faire ? »

Les premiers jours avaient été occupés par tous les petits travaux d'installation et le souci de rendre le logement plus habitable. Farid s'était même hasardé à grimper sur le toit du baraquement pour aller ramoner la cheminée. Il en avait récolté une volée d'insultes d'Aïcha en déclenchant une épouvantable avalanche de suie.

Il fallut longtemps pour que, à force d'épousseter, la brave femme parvienne à faire disparaître la dernière des traces grisâtres qui avaient souillé tous ses meubles. Mais ils y avaient gagné un bien meilleur tirage du poêle. À force de ronfler à longueur de journée, la porte restant grande ouverte sur la ruelle, il finit par venir à bout de l'humidité ambiante. Ce n'était pas ce qui rendrait leur fraîcheur aux peintures des murs, mais c'était tout de même un inconfort de moins.

Farid put détourner les yeux et son attention du seul logement. Ce fut alors seulement qu'il commença à prendre la mesure du changement auquel il était confronté. Ce n'était pas que la cité lui manquât. Bien au contraire, il ressentait un véritable soulagement à ne plus avoir à en supporter l'oppressante suggestion. Il n'en était pas moins dans l'état qui doit être celui de l'oiseau devant qui on ouvre la porte de la cage dans laquelle il a été élevé. Que faire de cette liberté ? Par quel bout la prendre ?

La nature qui s'offrait à lui sitôt la ruelle traversée le tentait. Il entreprit de monter jusqu'à la sapinière sur la lisière de laquelle s'achevait la grande pelouse où s'étaient jadis élevés le camp et ses dépendances. Il buta sur un sous-bois sombre, presque impénétrable. Il le longea, se heurta à une clôture de barbelés au-delà de laquelle s'étendait un pré occupé par un troupeau de vaches blanches. Pouvait-il y pénétrer ? Que ferait-il si les vaches le chargeaient ? Il avait entendu dire qu'une mère accompagnée de son veau peut être agressive. Or, le pré contenait presque autant de veaux que de vaches. Il préféra ne pas tenter l'aventure.

Il se sentait maladroit, emprunté de son corps, comme s'il lui fallait réinventer tous les gestes, toutes les postures qui font l'aisance du comportement. Comment, dans ces conditions, oser entreprendre la seule chose dont il rêvait depuis qu'ils étaient arrivés ? Aller jusque chez Charles, retrouver cet homme étonnant aux dehors un peu rugueux. Les propos un peu abrupts du vieux bonhomme l'avaient un peu choqué, lorsqu'ils étaient passés chez lui avec Ahmed. À le voir agir comme il l'avait fait le jour de leur installation, il était revenu de ses réserves. Peut-être cette façon d'être bourrue n'était-elle qu'une façade ; comme un écran de fumée derrière lequel Farid pressentait une grande capacité d'attention. Il saisissait mal les ressorts de ce comportement étrange et aurait aimé comprendre.

Il aurait voulu savoir. Il aurait voulu retrouver Charles au milieu de ses chevaux. Farid pressentait là un accord de vie tel qu'il ne pouvait évidemment pas le concevoir. Il allait lui falloir apprendre, oublier ce qu'il avait été, depuis sa naissance dans la cité, pour appréhender ce nouvel état auquel, sans qu'il sache pourquoi, il lui semblait crucial d'accéder.

Mais comment se présenter devant Charles avec en lui cette lourde conscience de sa maladresse ? Ce fut Ahmed qui, sans se douter du débat qui déchirait son petit-fils, lui offrit l'occasion dont il rêvait :

— Faut que j'aille remercier Charles, annonça-t-il un matin. Tu as vu tout ce qu'il a fait pour nous ? C'est bien de lui. Mais, n'empêche, faut que j'aille le remercier. Tu m'y emmènes avec ton auto ?

La ferme Fauverand n'était pas si loin du camp qu'on ne puisse s'y rendre à pied. Des vieux chemins permettaient même d'en raccourcir notablement le trajet. Il leur restait à les découvrir. Farid, trop content de l'aubaine, mit tout de suite sa voiture à la disposition de son grand-père. Il alla même jusqu'à oser proposer à la grand-mère d'être de l'expédition. Il ne récolta qu'un refus prudent d'Aïcha et un froncement de sourcils sans équivoque d'Ahmed. Il y a des affaires qui ne se traitent qu'entre hommes. Il ne faut pas confondre.

Ils durent s'y prendre à deux fois. À leur première tentative, ils trouvèrent porte close.

— Tiens, dit Ahmed, qui savait ces choses-là, regarde la porte du pré. Elle est grande ouverte. Et puis la chienne n'est pas là. Il est parti avec ses chevaux. Il doit être au bois. On reviendra ce soir. Il sera peut-être rentré.

Charles dételait son fardier au milieu de la cour quand Farid y fit pénétrer sa voiture pour la deuxième fois de la journée.

— À cette heure-ci qu'on vient aider ? leur lança le vieux depuis la tête de ses chevaux.

— On est venus ce matin. Tu n'étais pas là.

— Je bossais, moi, monsieur ! Alors, ça y est ? Vous êtes installés ? C'est que ce n'est pas trop brillant, mais il faut faire avec, pas vrai ?

— C'est justement, on voulait te remercier. Sans toi, je ne sais pas trop comment on aurait fait. Dès qu'on le pourra, on te les rendra, tous ces meubles que tu as apportés. Et puis le poêle…

Charles eut de la main le geste d'évacuer tout ça.

— Et puis quoi encore ? Laisse, tu veux. Pour ce que ça me manque…

Farid ne les écoutait plus. Il tournait autour des chevaux, les flattait, détaillait leurs harnais.

— C'est qu'ils te plaisent, ces chevaux-là, pas vrai ? lui lança Charles, pas mécontent de pouvoir changer de conversation.

— C'est que c'est nouveau, pour moi. Jamais je n'aurais pu croire…

— Eh ben, tu vois ! Pas de tracteur, ici. Des chevaux. Les seuls moteurs que tu pourras trouver chez moi, et encore c'est parce qu'il le faut bien, ce sont ceux de la tronçonneuse, de la débroussailleuse et de ma mobylette. Tiens, demain j'y retourne. Tu veux venir avec ? Tu n'as qu'à être là sur le coup de sept heures. Tu verras ce que c'est que le travail au bois avec des chevaux.

Farid n'en demandait pas tant. Sous le regard un peu surpris de son grand-père, il s'empressa d'accepter.

— Qu'est-ce que tu vas aller faire au bois ? s'étonna Ahmed alors qu'ils revenaient vers le camp. Tu ne vas pas faire bûcheron, tout de même ?

Et pourquoi pas ? Farid n'en était évidemment pas là, mais comment expliquer à son grand-père tout ce qui l'attirait vers ces chevaux et cette nature au milieu de laquelle ils travaillaient ? Lui-même, au fond, ne le savait pas. Il se laissait simplement porter par cette attirance étonnamment puissante dont il était le premier surpris.

En cette saison, Charles ne coupait pratiquement plus de bois. Si la tronçonneuse l'accompagnait sur son chantier, c'était plus pour faire du nettoyage qu'autre chose. Il avait pourtant à transporter jusqu'aux aires de chargement, en bord de route, tout le bois abattu durant l'hiver et soigneusement stocké sur les chantiers. À longueur de journée, il s'agissait soit de sortir d'énormes grumes que les chevaux traînaient à leur suite, soit de charger et de décharger le fardier de bûches destinées aux usines de trituration ou au chauffage.

Il y avait là toute une organisation et un savoir-faire que le vieux, flatté de l'intérêt qu'y portait Farid, s'appliqua à lui expliquer jusque dans les détails. Qu'un jeune de la ville, de surcroît un Arabe, soit à ce point curieux de ce qu'il faisait sidérait Charles. Aurait-il pu imaginer qu'un travail de vieux fou des bois comme celui qu'il faisait puisse encore avoir un sens pour d'autres que lui-même ? On se moquait tant de lui, on brocardait tellement ses façons de faire, ses chevaux d'un autre âge, son obstination à pratiquer son métier comme le faisaient les anciens, au temps où n'existaient ni tracteurs ni débardeurs.

Même les vieux du pays, ceux qui avaient connu

ce temps-là, continuaient de lui en vouloir d'avoir toujours préféré les chevaux aux bœufs. C'était qu'on était au pays des galvachers, ces vieux gars qui partaient six mois de l'année, jadis, s'échiner à sortir le bois des autres, dans les grandes forêts de l'Est, de Puisaye ou du Berry. Pour eux, l'obstination de Charles à travailler avec ses chevaux était une véritable offense au folklore et à la tradition de leurs anciens.

— Qu'est-ce que tu veux, expliqua Charles tout en chargeant le fardier, j'ai été élevé au milieu des chevaux. Ça vient de mon père, tu n'as qu'à voir. Il a fait la Grande Guerre dans la cavalerie. Le pauvre homme, il a surtout vu le fond des tranchées. Mais justement, c'était sa plaie, son crève-cœur. C'était qu'il l'avait commencée pour de bon à cheval, cette guerre-là. La boucherie que ça a été. D'avoir vu tous leurs chevaux hachés par la mitraille des boches, il ne s'en est jamais remis. Encore, il a eu la chance de s'en sortir. Alors, revenu à la ferme, il n'a pas hésité. Il a remplacé les bœufs par des chevaux. Le scandale que ça a été ! Faut dire, ce n'est pas un pays de chevaux, par ici. Trop pauvre, trop dur, à ce qu'ils disaient, les gars du pays. Les chevaux, c'était trop fragile, juste bon pour les pays de plaine. Ou alors, c'étaient ceux des nobles et des gendarmes. Tu comprends pourquoi on ne les aimait pas. C'était qu'ils ne savaient pas. N'empêche, il n'y en a pas eu un pour suivre l'exemple. Rien à faire, pour eux, les chevaux, ça ne pouvait pas marcher dans un pays comme le nôtre. Et puis, c'est toujours comme ça. Même s'il y a beau temps que les bœufs ont été remplacés par les tracteurs, ça reste comme ça. Mes chevaux, jamais ils ne les accepteront.

— Ça vous fait tort ?

Farid questionnait juste pour le plaisir de relancer le vieux et de l'entendre encore se raconter.

— Penses-tu ! Ils pensent bien ce qu'ils veulent. Ça ne m'a jamais dérangé. Ce n'est pas maintenant que je vais m'y mettre. J'ai toujours mené ma barque comme je l'entendais et, tout vieux que je suis, j'en ai encore quelques bonnes à leur réserver, marche !

Tout en lançant ses bûches à geste précis du tas sur la remorque, il jubilait. Cela étirait les rides de son visage de part et d'autre du pétillement de ses yeux et lui donnait de faux airs de ces diables hilares qu'on voit aux chapiteaux des cathédrales. Mais, manifestement, il estimait en avoir dit assez.

D'ailleurs, le fardier avait sa charge. Il se redressa, s'étira, les deux mains sur les reins.

— Tiens, avance donc l'attelage. Sors-le de là.

Farid roulait un regard un peu effaré. Lui, le petit-fils d'Ahmed le harki, se saisir des guides, prendre la place de Charles et donner les ordres qu'il fallait aux deux chevaux à qui, jusque-là, il n'avait jamais distribué que des caresses ?

— Et alors ? fit Charles sur le ton le plus rogue qu'il put trouver. Tu m'as bien vu faire. Je l'ai bien vu, marche, que tu m'observais, depuis ce matin. Tu sauras bien faire comme moi.

Farid prit les guides. Déjà les chevaux s'étaient redressés et la chienne filait vers le chemin. Il n'eut qu'à émettre un léger sifflement, presque comme il l'avait vu faire à Charles, et les deux bêtes, s'appuyant du même mouvement dans leurs colliers, ébranlaient le lourd charroi. À dire vrai, Farid comprit vite qu'ils savaient parfaitement où ils devaient aller et il n'eut plus qu'à suivre le mouvement. Ils allèrent ainsi jusqu'à la route sur le bas-côté de laquelle ils entreposaient leurs charges. Le chemin fut bien assez long pour que les gestes lui viennent. En y parvenant, il eut exactement ceux qu'il fallait pour guider son attelage et pour l'immobiliser au plus près de la pile de bois.

— Tu vois ! dit Charles. Ah, bien sûr, c'est pas comme le volant de ta voiture. Ça comprend, ce n'est pas la même chose.

C'était exactement la sensation qu'avait eue Farid, comme si un courant s'était établi, au long des guides, entre les chevaux et lui, comme si les impulsions qu'il leur transmettait ressortaient plus du dialogue que des ordres. Une collaboration ! Voilà le mot, pensa-t-il. On ne leur impose rien. On collabore avec eux.

Il se garda bien de montrer son émoi et se mit aussitôt en peine de décharger la remorque avec Charles. Il savait bien, au fond de lui, qu'il venait de trouver la réponse à la grande question qui le tarabustait depuis le premier contact qu'il avait eu avec cet univers qu'il découvrait. Il n'était plus temps de se torturer les méninges en se demandant ce qui pouvait bien l'attirer dans tout cela. C'était maintenant une certitude. Il était fait pour cette vie-là. Il aurait pu ne jamais le savoir. Il avait eu la chance de la rencontrer et savait maintenant qu'il ne la quitterait plus pour tout l'or du monde.

Il revint le lendemain, puis les jours suivants. Il n'eut bientôt plus grand-chose à apprendre de Charles. À eux deux, ils formaient une équipe aussi solide que paisible. Le vieux vit fondre comme neige au soleil tout le travail qu'il s'était donné à abattre pour l'été. Ce n'était évidemment pas pour lui déplaire. Cette aide qui lui tombait du ciel était pour lui une vraie bénédiction. Mais, dans le même temps, elle l'amenait à se poser de sérieuses questions.

— Pas de tout ça, osa-t-il un soir, mais c'est peut-être que tu as autre chose à faire que de venir traîner les bois à ma suite. Du boulot, faudrait peut-être que tu en cherches. Vous ne pouvez pas rester comme ça. Tu as une idée ? Tu t'es renseigné ?

Le sujet de conversation n'enchantait manifestement pas Farid. Accoudés à la barrière du pré, ils regardaient les chevaux qui s'éloignaient sans se presser. Après les avoir dételés, ils les avaient bouchonnés, leur avaient douché les jambes, puis, la longe dans une main, un seau d'orge aplatie légèrement humectée dans l'autre, chacun avait conduit le sien jusqu'au pré. Le temps qu'ils aillent ranger leur matériel, quand ils étaient revenus, les deux chevaux ramassaient autour des seaux les quelques grains qu'ils en avaient fait tomber. Puis, sans plus se soucier des deux hommes qui les suivaient du regard, ils s'étaient éloignés vers les hauteurs qui dominaient la ferme.

— Hein ? insista Charles. Tu t'en es un peu soucié, de ce que tu vas faire ? Vous ne pouvez pas rester comme ça. La retraite d'Ahmed, je me doute, elle ne doit pas être bien épaisse. Toi, pour l'heure, tu as peut-être encore le chômage. Mais tu sais bien que ça ne va pas durer. Qu'est-ce que vous ferez, après ? Tu ne vas tout de même pas vivre sur la retraite de ton grand-père ?

Farid savait tout cela. Curieusement, pourtant, lui qui s'était si longtemps enorgueilli d'avoir toujours su éviter le chômage, il avait bel et bien renoncé à cette lutte-là. Ce n'était pas faute de savoir ce qu'il voulait faire, mais ce qui lui manquait, c'était le moyen d'y accéder. Ce n'était évidemment pas Pôle Emploi qui pourrait l'aider. Comment, quand on n'a rien que sa bonne volonté et sa force, devenir forestier comme l'était Charles ? Il n'y avait pas de mode d'emploi. Il le savait, mais s'en dissimulait la réalité et retardait autant qu'il le pouvait l'inévitable moment où il lui faudrait revenir aux réalités.

Charles s'était détourné de ses chevaux et observait Farid qui, lui, ne quittait pas des yeux les deux silhouettes trapues qui allaient paisiblement dans la pente. Le vieux savait bien ce qui le tarabustait et il rageait de ne pas avoir de réponse à lui donner. Il dut faire un effort sur lui-même pour ne plus tourner autour du pot.

— Je le sais bien, va, ce que tu voudrais. C'est qu'on continue à travailler ensemble. C'est ça, hein ? Dis-le.

Farid, gêné, se contenta d'opiner d'un mouvement de la tête.

— Ben, je vais te dire, reprit le vieux, moi aussi je voudrais bien. Mais tu ne dois pas te faire d'illusions. Ce n'est pas possible. Ce n'est pas ce que ça rapporte, tu sais, le bois qu'on sort. Et puis, il y a des frais. Il y a beau faire, avec des chevaux, on n'a pas le même rendement qu'avec leurs tracteurs du diable. Encore heureux que j'en tire de quoi vivre. Mais payer quelqu'un en plus, ça, j'aurai beau faire, je ne pourrai pas.

Toujours accoudé à sa barrière, il baissa les yeux. Chacun des mots qu'il venait de prononcer lui avait paru tomber comme un couperet. Il en était aussi malheureux que Farid. Mais le moyen de faire autrement... À moins que... Une idée lui venait. Une idée un peu folle, une idée à faire hurler de rire tous ceux qui regardaient de haut ses façons de faire. Mais justement... Qu'est-ce qu'ils en savaient, tous ces dévoreurs de forêts, avec leurs machines et leur suffisance, de ce qu'il était en train de bâtir, lui, le vieux Charles Fauverand, à force de patience et d'obstination ?

Sauf qu'il se faisait vieux. Aurait-il le temps ? Quelqu'un pour le continuer... Il fallait être fou pour imaginer une telle chose. Mais il était fou. Est-ce que ça ne méritait pas au moins qu'on y pense, une idée comme celle-là ?

Ce soir-là, il sut résister à l'envie d'en dire plus. Ne pas faire naître de faux espoirs. Réfléchir, prendre son temps. En se quittant, ils avaient la mine aussi renfrognée l'un que l'autre. Charles, debout au milieu de sa cour, resta longtemps à suivre des yeux la silhouette de Farid qui s'éloignait. Il ne prenait plus sa voiture, maintenant. Le vieux lui avait montré les chemins. Avait-il seulement bien fait ?

7

L'offre de Charles

« Tu as compris, maintenant, pourquoi je ne travaille que sur des toutes petites parcelles et toujours très éloignées les unes des autres ? Si j'ignorais les vieilles limites et que je me mettais à nettoyer sur des grandes surfaces, marche qu'ils auraient vite compris, les vieux gars ! C'est pour le coup que les prix ils s'envoleraient ! »

Ils rentraient des bois. L'automne était bien avancé, mais le temps, jusque-là, était resté clément. Les futaies ne s'en éclaircissaient pas moins. Bientôt les arbres auraient perdu tout leur feuillage.

« On va pouvoir se remettre à abattre », avait commenté Charles, le nez en l'air.

Il était resté comme cela un long moment, comme si de contempler le lent vol plané des feuilles qui tombaient lui inspirait d'autres réflexions. Puis il s'était remis à transférer sur le fardier les bûches du tas où elles attendaient depuis qu'elles avaient été coupées.

« Ce soir, tu ne te sauveras pas trop vite, avait-il ajouté. Faut qu'on cause. »

Farid, surpris, s'était arrêté net dans son travail et contemplait le vieux, attendant la suite. Elle ne vint évidemment pas. De tout le reste de la journée, ils n'échangèrent plus trois mots qui n'avaient pas trait à leur ouvrage. À force, Farid s'était coulé dans le moule. Cette entente silencieuse dans tout ce qu'ils entreprenaient n'était pas pour lui déplaire. Et c'était bien ce qui donnait tout son poids à cette mystérieuse injonction d'avoir à parler. Qu'est-ce que le vieux pouvait bien avoir à lui dire ? Cette interrogation le tarabusta toute la journée.

Charles, lui, semblait ne plus y penser, allant même jusqu'à ignorer les regards scrutateurs que Farid faisait peser sur lui. Le soir tombait lorsqu'ils rejoignirent la ferme. Le temps de dételer et de soigner les chevaux et, lorsqu'ils eurent refermé la porte du pré, les deux silhouettes occupées de leur picotin d'orge, à quelques mètres d'eux, n'allaient pas tarder à être mangées par la nuit.

— Viens donc, dit Charles. Tiens, ce n'est pas dans nos habitudes, mais, pour une fois, un petit apéro du soir, ça ne fera pas de mal...

L'affaire était donc d'une telle importance pour que le vieux se fendît d'une pareille invitation ? Farid le suivit dans la maison. Charles vivait essentiellement dans une immense pièce où rien n'avait dû changer depuis le temps où battait là le cœur de la ferme. Il suffisait de voir la longue table encadrée de bancs pour imaginer trois générations de Fauverand, plus quelques commis relégués à son bas bout, partageant la même soupe tirée à la louche du grand faitout suspendu à la crémaillère de l'énorme cheminée.

Celle-ci existait encore et les cendres accumulées sur son foyer indiquaient que le vieux Charles, s'il n'y cuisinait plus, n'en dédaignait pas la chaleur. La cuisinière à gaz, l'évier en faïence surmonté d'un gros chauffe-eau, la télévision posée sur le couvercle du pétrin, le téléphone qui la jouxtait posaient quelques touches curieusement discordantes, parmi les vieux meubles en merisier, épais et solides, sous le sombre plafond à la française, aux solives de châtaignier et aux énormes poutres de chêne.

— Attends voir que je m'équipe…

Les verres à pied tintaient déjà dans la main du vieux. Il attrapa au passage une bouteille au fond d'un placard et, de la tête, invita Farid à le suivre.

— Pour l'apéro, on serait peut-être mieux à la table, mais, pour ce que j'ai à te montrer, on sera aussi bien à côté.

Au-delà d'un petit vestibule, la pièce où il fit entrer Farid, mal éclairée par une ampoule nue pendant du plafond, était encombrée d'un étonnant capharnaüm. Juste si on avait la place de se faufiler entre des harnais, une selle de cavalerie, quelques outils dépareillés, le tout jeté au hasard sur des cartons vomissant des liasses de papiers jaunis, des piles de journaux et de livres défraîchis. Un bureau existait tout de même au fond de cette pièce étrange, au-dessus duquel Charles alluma une lampe. L'ordre n'y régnait guère plus qu'ailleurs, mais autour du buvard qui en occupait le centre on devinait une sorte de logique dans l'empilement des papiers et des dossiers. Il trahissait les longues heures que devait passer là le vieux, assis dans un vieux fauteuil pivotant aux cuirs un peu râpés. Il s'y installa, posant verres et bouteille sur le buvard.

— Prends donc la chaise, dit-il.

Farid eut à écarter quelques journaux traînant par là pour pouvoir s'installer au coin du bureau. Charles servit l'apéro. Il y eut encore à trinquer, à boire et à trouver où assurer l'équilibre des verres avant de passer aux choses sérieuses.

— Comment ça se passe, au camp ?

Ce n'était certes pas la question qu'attendait Farid. Que pouvait-il connaître du vieux savoir-vivre pour lequel, entre bien d'autres choses, il est du plus mauvais goût d'attaquer une conversation par le sujet qui la motive ? Rien de tel que de tourner autour du pot, parler de tout et de rien, du temps qu'il a fait, qu'il fait ou qu'il fera, pour aiguiser les appétits, attiser les curiosités au point d'en faire perdre toute prudence.

— Euh... Ben, ma foi, ça ne se passe pas trop

mal. On s'est installés, peu à peu. Ahmed, il s'est mis à repeindre les murs.

— Riche idée. Mais la peinture ? Il l'a trouvée où ?

— Les voisins ! Heureusement qu'on les a, ceux-là. Plus débrouillards qu'eux, tu ne trouves pas. C'est l'Armand. Je ne sais pas où il a déniché ça. Tout un stock de pots de peinture, des pinceaux, des rouleaux avec leur grille, tout, quoi. Ce n'est pas trop de la qualité, mais ça dépanne. Et pour ce que ça a coûté…

— Et la grand-mère ?

— Peut-être bien que c'est elle qui l'a le moins facile. Mais tu sais comment elle est ? Pour lui faire perdre le sourire, il lui en faudrait plus. Et puis, là aussi, heureusement que les voisines et leurs gamins sont là. Tu verrais l'ambiance qu'ils mettent. C'est qu'elle aime ça, la grand-mère. Avec les deux autres, la Juliette et la Simone, elles ont toujours à faire chez l'une ou chez l'autre. Et puis, c'est à qui rendra service. Il n'y a pas à dire, il faut vraiment être dans la dèche pour apprendre ce que c'est que l'entraide.

— Vouai, mais, les sous… C'est qu'il ne doit pas trop y en avoir. Vous vous en sortez ?

Farid eut un instant d'hésitation. Il n'attendait rien de Charles et s'était juré de ne pas lui en parler, mais puisque c'était lui qui y venait…

— C'est que… Mon chômedu, c'est bientôt fini… Après… Ben, pour dire vrai, je ne sais pas trop…

J'ai bien quelques petites réserves, mais ça n'ira pas bien loin...

— Eh bien, c'est justement...

Enfin, on y venait. Charles se redressa dans son fauteuil et s'y balança quelques instants de droite à gauche comme s'il cherchait par où attaquer. Puis tout à coup il abattit une main énergique sur une énorme pile de documents qui encombrait le côté droit de son bureau.

— Tu sais ce que c'est, ça ? demanda-t-il.

Il y avait comme un ton de triomphe dans sa voix. Farid eut de la tête et des lèvres pincées un geste d'ignorance.

— Je m'en vais te le dire, reprit Charles. Ça fait longtemps que j'y pense. Tiens, depuis le jour où je t'ai fait prendre les guides des chevaux. J'ai bien réfléchi. Je pense que ça pourrait marcher. Mais je n'ai pas voulu t'en parler trop vite. Est-ce qu'on sait ? Il faut laisser les choses se faire. Et puis, de toute façon, tant que c'était l'été, tant qu'on ne pouvait pas abattre, ça ne servait à rien.

Farid l'écoutait avec la plus grande attention, mais ne voyait toujours pas où le vieux voulait en venir.

— Ça, proclama Charles tout à coup, en donnant une grande claque à la même pile de documents, ce sont mes actes de propriété ! Ah ! Ça t'en bouche un coin, avoue ! Ça, c'est toute une vie à vendre des vaches et à réinvestir le bénéfice que j'en tirais dans du bois. Tu ne pensais pas, hein ?

Qu'est-ce que tu crois ? Que je suis toujours resté les deux pieds dans le même sabot ? Regarde donc.

Il écarta verres et bouteille, alla trouver sans la moindre hésitation, parmi tous les papiers qui encombraient son bureau, un grand extrait de la matrice cadastrale qu'il déplia précautionneusement devant lui.

— Gaffe, dit-il. Depuis le temps que je la manipule, celle-là, la voilà rendue fragile. Approche, penche-toi. Tu vois ? Chacun des petits rectangles de couleur, c'est une de ces fichues parcelles que j'ai rachetées. J'ai alterné les couleurs pour que ça ne se confonde pas de trop. Tu parles d'un travail ! Et tu vois ce que ça fait ? Il y en a bien encore quelques-unes d'éparpillées, solitaires, par-ci par-là. Peut-être, je trouverai moyen avant de mourir de les rattacher au reste. Mais le reste, justement, tu vois ce que ça fait ? Une forêt, mon petit gars ! Une forêt presque d'un seul tenant, comme elle aurait toujours dû être s'il n'y avait pas eu le Code Napoléon et ces partages de malheur entre héritiers qui ont tout flanqué par terre. Ça l'a tuée, notre forêt, cette histoire-là. Découpée comme elle l'était, en petits bouts de rien du tout, elle ne valait plus rien. Plus personne ne l'a entretenue. C'est pas ce que tu crois ! Ça s'entretient, une forêt. Enfin, tu le sais bien. Eh bien, maintenant, la voilà revenue à son état vrai. Reste à la soigner, à la bichonner pour en faire une belle forêt, une forêt dont on sort du bois, du vrai, de charpente, de menuiserie. Qu'est-ce que tu en dis ?

Farid était ébahi tant par ce qu'il avait devant les yeux que par la soudaine faconde de ce vieux taiseux de Charles. Il laissait courir un doigt prudent sur la carte, cherchant à se situer, à localiser les quelques coins qu'il connaissait.

— Tiens, il y a même une ferme, là-dessus, reprit Charles en désignant du doigt les petits rectangles gris qui symbolisaient des bâtiments. Enfin, une ferme… Ce qu'il reste d'une ferme. C'était compris dans un lot qui m'intéressait. Quand je l'ai acheté, celui-là, ça m'a permis de boucler tout ce coin-là…

De la main, il désignait une large part de ses propriétés.

— Je n'en avais pas trop besoin, de cette ferme-là. D'ailleurs, je n'en ai jamais rien fait. Rien qu'à éviter qu'elle s'effondre, elle m'a bouffé bien plus que le rapport du bois qui allait avec. Mais enfin, quand on a une idée… C'était à prendre ou à laisser. Je me suis laissé faire.

— Ça fait quelle surface, tout ça ? demanda Farid.

— Ce que j'en sais… Je n'ai même jamais fait le total. Je ne sais pas, moi, cent cinquante, deux cents hectares… Bof, il y a des forêts plus grandes, mais par ici, dans des bois privés comme ceux-là, tu n'en trouveras pas beaucoup.

Déjà, il repliait soigneusement son trésor. Il prit son temps, le replaça exactement là où il l'avait pris, remit verres et bouteille sur le buvard et resservit un peu d'apéro.

— Bois un coup.

Il gagnait du temps. Les mots qui allaient venir pèseraient lourd.

— Voilà, dit-il enfin en reposant son verre. Je te l'ai dit, à travailler comme on le fait, à deux sur le même chantier, il n'y a pas de quoi te payer. Mais peut-être, si tu le veux, il y a moyen de s'arranger. Tu as vu la surface. À moi tout seul, jamais je n'en viendrai à bout. Sans compter que je ne rajeunis pas. Il faut tout nettoyer, comme tu l'as vu faire sur les parcelles dont on a sorti le bois, brûler le petit taillis qui ne vaut rien, sortir tout ce qu'on peut de bois de trituration ou de chauffage, juste laisser debout les bons pieds, ceux qui donneront des fûts si on leur laisse l'air et le temps pour qu'ils poussent. Enfin, tu vois le boulot. Jamais, seul, je n'y arriverai. Alors, je me suis dit, puisque je ne peux pas tout faire, si on se partage le travail, ce sera toujours ça de gagné. On va faire deux chantiers. Moi, je travaille sur les miens comme je l'ai toujours fait. Toi, je te confie des parcelles et tu t'y mets. Tout le bois que tu sors, on s'en partage le gain. Deux tiers, un tiers. Deux tiers pour toi, un tiers pour moi. Normal. C'est toi qui fais le boulot, c'est toi qui dois avoir la plus grosse part. Bon, maintenant tu es au courant, tu sais comment ça se passe. Tu n'as pas à rêver. Ce n'est pas là que tu feras fortune. Mais tu es jeune, tu es costaud, tu sais travailler, tu peux en sortir bien plus que le vieux drôle que je suis. Qu'est-ce que tu en dis ?

Il en avait de bonnes, le vieux Charles. Comme ça, à brûle-pourpoint, que répondre ? Sûr que ça l'intéressait, le Farid. Mais comment faire ? Par quel bout prendre toutes les questions qui se bousculaient dans sa tête ? Charles s'y méprit :

— Tu n'as pas l'air enthousiasmé...

— Si, évidemment ! Ce serait formidable, mais...

— Mais quoi ?

— Ben, je ne sais pas moi... Les chevaux, comment on va faire ?

Il fallait bien qu'il commence par là !

— Tu as raison. Les chevaux... Il va bien falloir qu'on se les partage. Un jour toi, un jour moi. Ou bien par deux jours. Ou bien un pour toi, un pour moi. Question d'organisation. Faudra bien qu'on trouve une solution. Marche, on y arrivera. C'est comme le matériel. Ne t'inquiète pas, j'ai tout en double. Je te prêterai. Pour te payer ta tronçonneuse et le reste, tu attendras d'avoir les sous.

Rien à faire, le vieux voulait que ça se fasse. Quand l'âge commence à peser, on regarde autour de soi. Et si on est seul comme il l'était, si l'espoir de voir poursuivre son œuvre s'effiloche doucement, bien tristes risquent d'être les vieux jours. Farid, pour Charles, c'était une chance inespérée, quelque chose qui tenait vaguement du miracle. Pas question de laisser passer.

— Et puis, il y a autre chose encore, ajouta-t-il.

Admettons que tu commences demain, le bois que tu vas sortir, il ne te sera payé que dans un an. Comment vous allez faire pour vivre d'ici là ? Alors, voilà à quoi j'ai pensé. Cet été, grâce au coup de main que tu m'as donné, j'en ai sorti bien plus que si j'avais été seul. On va faire la différence. Tout ce qu'on a sorti en plus, quand j'en aurai les sous, d'ici deux mois, pas plus, on fera à cinquante-cinquante. Ça te va ? Comme ça, vous pourrez voir venir.

C'était trop. Il en rajoutait, le vieux. Farid avait du mal à suivre. Il n'arrivait pas encore très bien à réaliser la longueur de la perche que Charles lui tendait.

Il faisait nuit noire quand il s'engagea dans le vieux chemin qui le ramenait au camp. Ce n'était pas pour le gêner. Il le connaissait par cœur, ce vieux chemin, et il était tellement absorbé par tout ce qui venait d'être dit qu'il n'en aurait certainement pas vu plus s'il avait fait grand jour.

Quand il poussa la porte du petit logement, au camp, Ahmed et Aïcha, l'air sombres, étaient assis à leur place, devant leurs assiettes vides.

— Tu as vu l'heure ? Tu étais où ?

— On commençait à s'inquiéter.

Ahmed devait ronchonner depuis un bon moment. Pour lui, l'heure du dîner était sacrée. Son œil noir indiquait sans risque d'erreur qu'il n'entendait pas renoncer à sa mauvaise humeur. Quant à Aïcha, elle avait déjà disparu dans la cuisine, où elle devait tenir au chaud leur repas du soir.

Farid s'arrêta net devant la porte qu'il venait de refermer. Son large sourire s'éteignit d'un coup. On l'accueillait comme un enfant pris en faute alors qu'il ruminait des idées d'entreprise... Où était-il, dans tout cela ? Faudrait-il encore qu'il ait à choisir son bord ? De réaliser si brutalement que la question n'était pas tranchée, lui qui s'était imaginé qu'elle n'existait même pas, lui fut un véritable choc. Sans un mot, il vint s'installer à sa place. Il attendit que sa grand-mère soit revenue avec ses plats chauds et qu'elle se soit rassise.

— J'ai du boulot, annonça-t-il.

— C'est bien, se contenta de commenter Ahmed.

— Je vais travailler avec Charles, précisa-t-il.

— Parce que c'est ça que tu appelles du travail ?

Allons, il allait falloir expliquer. Et ce n'était pas parce que le vieux harki y avait lui aussi travaillé, dans ces bois-là, qu'il comprendrait facilement comment son petit-fils pouvait espérer y gagner sa vie en menant des chevaux...

8

Justine

Justine ne faisait jamais ses commissions elle-même. Il s'agissait moins d'une question de principe que d'élémentaire prudence et surtout d'efficacité. Sa capacité à faire battre des montagnes était d'une telle notoriété que l'effet de ses sous-entendus, de ses petites phrases pernicieuses, finissait par se perdre dans l'indifférence générale. « Elle dit ça juste pour embêter le monde », commentait-on avant de passer à autre chose.

Il lui avait donc fallu apprendre à feinter. Elle y était vite parvenue et avait même mis au point une technique imparable pour distiller ses pires méchancetés sans qu'il y paraisse. Quelle satisfaction, quelle jouissance quand une simple remarque, un avis, souvent même sous forme prétendument amicale, faisait benoîtement son petit bonhomme de chemin pour atteindre en fin de compte sa cible avec une redoutable précision et de telle façon qu'il lui en cuisait souvent pour le restant de ses jours !

Son terrain de jeu favori était indéniablement l'auvent relevé par l'épicier, le boucher ou le boulanger au flanc de leur camionnette quand, à jour et heure à peu près fixes, ils faisaient escale dans sa rue, non sans, au préalable, s'être annoncés à grands coups de trompe. Chacun avait la sienne, comme son jour. On ne risquait pas de se tromper et de prendre le sac à pain plutôt que le cabas. Tout le monde se précipitait. C'était qu'il était pressé, l'homme du jour. Il avait sa tournée à faire et un nombre considérable de hameaux à courir dans sa journée. Il y avait vite foule autour de la camionnette.

C'était là que débutait la stratégie de Justine. Ne surtout pas arriver trop tôt. Laisser les autres se précipiter. Sinon, son tour venait trop vite et elle n'avait pas le temps de mener ses petites causettes à leur terme. Essentielles, pourtant, ces petites causettes dont elle avait soigneusement préparé les sujets et la façon de les aborder dans le secret de sa cuisine, avant que retentisse le coup de trompe du commerçant. Et là, le grand jeu ; l'habileté extrême ; le métier, en quelque sorte.

Se laisser porter par la conversation. Ne pas aborder le sujet soi-même. Attendre qu'il vienne. C'était inévitable. L'éventail des commérages possibles n'était pas si large que cela. Rester vigilante et saisir l'occasion au vol. Personne mieux que Justine n'excellait à ce petit jeu. Et laisser tomber sa petite remarque, l'air de rien, sans même paraître y attacher trop d'importance.

Il n'était évidemment pas passé inaperçu, ce jeune Arabe qui habitait au camp et qui avait travaillé tout l'été avec ce vieux fou de Charles. Il y avait déjà là comme une série d'anomalies qui avait fait se dresser quelques sourcils. Jamais jusque-là on n'avait vu qui que ce soit capable de supporter le caractère réputé invivable du vieux Fauverand. Qu'il s'agisse d'un « étranger » était déjà pour le moins sujet à caution. Qu'il soit arabe par-dessus le marché justifiait toutes les préventions. Ah, bien sûr, il y en avait pour vous dire qu'il était le petit-fils d'un de ces harkis qui avaient occupé le camp jadis et n'avaient pas nécessairement laissé un mauvais souvenir. Et alors ? C'était de la vieille histoire, cette affaire de harkis. On préférait ne plus en parler. À croire d'ailleurs que ce n'était pas tellement le fait qu'il ait existé, ce camp, qu'on voulait chasser des mémoires. C'était plutôt qu'il ait pu laisser un bon souvenir. Avec le temps, c'était là quelque chose qui était devenu totalement incompréhensible. Pas question, bien entendu, d'accuser les anciens de s'être trompés. Alors, mieux valait n'en plus parler, passer tout cela sous silence une fois pour toutes.

Par leur seule présence contrevenant à ce parti pris d'oubli, Ahmed, Aïcha et Farid se retrouvaient donc suspects. On ne savait pas trop de quoi, mais cela importait peu. Encore, s'ils s'étaient contentés de se tenir discrètement dans ce périmètre d'invisibilité qu'était le camp, comme Ahmed et Aïcha le faisaient. Tout en les surveillant du coin de l'œil, on aurait pu faire comme s'ils n'existaient pas. Le maire avait eu la mauvaise idée de leur louer un bout de ces taudis. On ne pouvait pas y revenir. Ce n'était pas une raison pour subir « ça » dans le quotidien de la vie du village.

Mais il y avait Farid et cette nouvelle stupéfiante qui secouait le Landernau local. Qu'il ne travaille plus avec Charles était prévisible. L'étonnant d'ailleurs était qu'ils ne se soient pas séparés plus tôt. Mais qu'on l'ait retrouvé travaillant seul dans un autre quartier de la forêt, exactement comme s'il s'était établi forestier, dépassait l'entendement. Où allait-on ?

En fait Justine se fichait complètement de savoir qui travaillait en forêt. Un détail, pourtant, avait retenu son attention, auquel, apparemment, personne d'autre ne s'était arrêté. Les chevaux de Charles apparaissaient alternativement sur l'un ou l'autre de ces deux chantiers. C'était donc à l'évidence qu'ils ne s'étaient pas chamaillés. Justine en avait tout de suite déduit qu'il y avait connivence entre son frère et ce grand type à la peau basanée. Laquelle ? Où voulaient-ils en venir ? Elle n'en avait pas la moindre idée et s'en souciait peu, ne voyant là qu'une superbe opportunité de mettre quelques bâtons dans les roues de son aîné.

On ne parlait que de cela autour de la camionnette de l'épicier. Le temps maussade et un vilain petit vent d'ouest qui faisaient resserrer les châles sur les épaules des commères n'y faisaient rien. Les commentaires les plus effarés allaient bon train. On prit Justine à témoin. Elle fit celle qui n'était guère au courant.

— Moi, vous savez, depuis ma cuisine...

On s'empressa de lui fournir des tas de détails. Elle se garda bien de se montrer trop scandalisée et se contenta de se faire préciser où cela se passait. Elle eut droit à toutes les explications, le nom du lieu-dit, le chemin qui passait par là... Le chemin, justement.

— Vieux, dit-elle en prenant son tour à l'étal de l'épicier, si j'étais l'Alfred, je m'inquiéterais.

Elle se fit servir, échangea encore quelques banalités avec l'une et avec l'autre, salua la compagnie et reprit paisiblement le chemin de sa cuisine.

L'Alfred ! Que n'y avait-on pensé plus tôt ? Eh bien oui, mais il fallait encore s'en souvenir, qu'il possédait du bois par là-haut ! Il n'y avait que la Justine pour penser à ces choses-là. C'était vrai qu'ils étaient cousins, ces deux-là, mais tellement différents. Et puis, l'Alfred, pour ce qu'on le fréquentait...

Un monsieur, Alfred Bogival. Du moins quelqu'un tenant tout particulièrement à paraître comme tel et à ne surtout pas être confondu avec la plèbe au milieu de laquelle il était amené à vivre. Son installation dans la grande maison de famille, en haut du bourg, à quelques années de là, avait été, à l'époque, très remarquée. Si on s'attendait à ce que cette grande baraque fermée depuis si longtemps reprenne vie de cette façon... On la croyait destinée à être vendue un jour ou l'autre à quelque touriste de passage ou à des Hollandais, et voilà qu'un descendant des Bogival venait en rouvrir les volets et y entreprendre de grands travaux de réfection !

De toute sa vie, Alfred Bogival n'avait pas dû séjourner plus de deux ou trois fois en Morvan. Allez savoir pourquoi, au jour de la retraite, il avait choisi de venir se planter là, dans ce pays où il ne connaissait personne à l'exception de ses cousins Fauverand. Encore ne les avait-il croisés qu'à l'occasion de quelques rares réunions de famille motivées par des mariages et, plus couramment encore, des enterrements et donc de possibles héritages.

On ne savait pas grand-chose de lui, hormis le fait qu'il vivait seul et semblait s'en accommoder fort bien. On ne lui connaissait pas d'enfants, ce qui ne pouvait qu'attiser les convoitises pour le jour où il serait question de succession. Pour le reste, il avait bien fallu se faire aux allures toujours très distinguées du monsieur et à sa façon de prendre les gens de haut. Il avait du bien, l'étalait sans vergogne, pouvait être du genre à posséder quelques relations en haut lieu. On lui prêtait même quelques ambitions politiques. Il avait donc été jugé préférable de ne pas lui rendre trop ostensiblement ses manières trop distantes et de faire comme s'il faisait partie de la communauté villageoise. Après tout, c'était un Bogival, vieille famille du cru détenant encore, outre la belle maison qu'il avait remise à neuf, assez de titres de propriété sur la commune pour que cela lui tienne lieu de certificat d'honorabilité.

Depuis quelque temps, d'ailleurs, on le voyait s'intéresser à ces biens fonciers éparpillés aux quatre vents de la forêt. Peut-être lassé de sa vie solitaire dans sa grande maison, mais ne se voyant pas courir les chemins à pied à la recherche d'hypothétiques bornes d'arpentage, il avait fait l'acquisition d'un quad. Son apparition dans le pays, monté sur cet engin pétaradant, avait fait grand bruit, au propre comme au figuré.

Faisant fi des sourires et des propos moqueurs, vêtu d'une veste de chasse et d'un pantalon de velours impeccables, coiffé d'un feutre à large bord marron, il avait osé s'engager dans les chemins. Depuis, il n'en finissait plus de tenter d'identifier ses biens perdus depuis des lustres au milieu d'autres propriétés. Il faisait d'innombrables incursions au plan cadastral, s'échinait des heures durant à relever numéros de parcelles et localisations, enfournait toutes ses notes dans une belle gibecière en toile qu'il portait en bandoulière. Puis, il repartait au plus profond des bois et des prés pour tenter, souvent vainement, de mettre la complexe et broussailleuse réalité du terrain en concordance avec la théorie de ses relevés.

Ces manœuvres topographiques n'avaient évidemment pas échappé à Charles. Elles lui faisaient sérieusement froncer les sourcils. « Qu'est-ce qu'il va fourrer son nez là-dedans, ce Parigot-là ? maugréait-il. À force, il va bien finir par le remarquer, que j'ai raflé les deux tiers de ces bouts de terrain. » C'était qu'il ne renonçait pas, le vieux bougre. Il espérait bien avoir le temps d'élargir encore ses propriétés avant que l'âge l'oblige à tourner la page.

Alfred Bogival, pourtant, ne paraissait pas avoir remarqué quoi que ce soit. Ou s'il l'avait fait, ne s'estimant pas directement concerné, il s'était bien gardé de le faire savoir. Peut-être se réservait-il simplement, pour le jour toujours possible où il voudrait vendre, de faire valoir cet argument quand il s'agirait de discuter prix avec Charles. Car il détenait plusieurs belles parcelles jouxtant les nouvelles propriétés du vieux. De découvrir que ce seul voisinage leur avait fait prendre de la valeur n'était rien d'autre qu'une satisfaction morale, mais il ne lui déplaisait pas de le savoir. D'autant plus que l'argument valait aussi dans l'autre sens. Après tout, il était le cousin de Charles et celui-ci était nettement plus âgé que lui. L'heure venue, qu'est-ce qui l'empêcherait de pouvoir prétendre à sa part d'héritage ? Cette proximité de ses propriétés et de celles du vieux pourrait lui donner un avantage. Rien, en la matière, n'était à négliger. Pour le coup, il se mettait à les aimer, ces lopins de forêt perdus au bout de chemins tellement défoncés et embroussaillés que son quad peinait parfois à y faire sa trace.

Quand lui fut obligeamment rapporté qu'on coupait du bois, là-haut, et que même Justine estimait qu'il ferait peut-être bien de s'en préoccuper, son sang ne fit qu'un tour. Que ce chantier soit mené par un Arabe lui importait peu. Que celui-ci soit certainement de mèche avec Charles Fauverand, comme on s'empressa de le lui laisser entendre, lui fit tout de même tendre l'oreille. Avait-il une idée derrière la tête, le vieux Charles ? Sait-on jamais ? Il pensa urgent d'aller se rendre compte sur place.

Il faisait un temps de chien. Un temps de novembre, gris et froid. La pluie avait rattrapé Alfred et son quad en cours de route. Il s'était arrêté pour extraire du « top case » de son engin un « Barbour » très seyant bien qu'un peu court pour lui protéger les jambes. Tout en l'enfilant, il avait hésité à renoncer. « Après tout, puisque je suis en route, avait-il soliloqué, autant aller jusqu'au pied du chemin. Si c'est trop mauvais, il sera bien temps de voir. »

Pour un peu il n'aurait pas reconnu l'endroit. C'était pourtant bien dans ce virage à gauche de la route qu'il avait enfilé, la première fois qu'il était venu, un petit chemin grimpant sec creusé de vieilles ornières et encombré d'une telle broussaille qu'il avait cru ne jamais en atteindre le sommet.

Je n'aurai qu'à suivre la trace que j'ai laissée, se disait-il pour se rassurer.

Non seulement le chemin était totalement débroussaillé, mais les ornières étaient presque totalement rabotées. Le long de la route, sur un terre-plein dont il n'aurait jamais imaginé qu'il puisse être si grand, s'empilaient des troncs d'arbres fraîchement abattus. Prudemment, il engagea son engin dans la côte. Il pleuvait toujours autant. Il releva ses lunettes, au travers desquelles il ne voyait presque plus rien. La pluie se mit à lui cingler le visage. Il était engagé. Il continua.

Pas loin. Il n'était pas au milieu de la pente lorsqu'ils débouchèrent devant lui. Deux chevaux énormes attelés de front et tirant plusieurs fûts. C'était donc à cela qu'il devait de ne plus avoir à se battre contre les ornières et la broussaille. Il n'en fut pas moins contraint de s'arrêter. Les chevaux en avaient fait autant. Durant quelques instants, il put croire qu'il était seul face à leurs masses imposantes. Puis il vit une silhouette encapuchonnée dans un vague imperméable en matière plastique qui se faufilait entre le talus et les chevaux.

— Ah ! fit l'apparition en découvrant le quad au milieu du chemin. Problème ! On ne va pas pouvoir se croiser. Désolé, monsieur, mais je vais devoir vous demander de reculer.

Reculer ? Et puis quoi encore ? Jamais ! La pluie qui lui coulait dans le cou n'arrangeant pas les choses, Alfred ne se sentait pas du tout d'humeur à obtempérer.

— Vous êtes qui, vous ? demanda-t-il sèchement.

Farid, qui ne voulait surtout pas d'ennuis, se présenta et expliqua très posément qu'il travaillait sur une parcelle de bois un peu plus haut et qu'il fallait bien qu'il sorte le résultat de son bûcheronnage.

— Et qui vous a permis de passer là ? ne s'en obstina pas moins Alfred.

— Parce qu'il faut une permission pour suivre les chemins, maintenant ?

Farid commençait à froncer les sourcils. Pour qui il se prenait, celui-là, avec son quad ?

— Ce chemin, il dessert mes parcelles, continua de s'enferrer Alfred. Vous n'avez pas à y passer.

C'était la meilleure, celle-là ! Farid faillit céder à la colère. Il eut tout de même un instant d'hésitation. Et si Charles avait pris quelques libertés avec les complexes, pointilleux et indéchiffrables droits de passage ?

— Personne ne m'a dit que je n'avais pas le droit de passer là, avança-t-il prudemment. Et puis, de toute façon, je n'ai pas d'autre chemin pour sortir mon bois.

— Et d'où vous le tirez, ce bois-là ?

Oh ! C'était qu'il commençait à lui chauffer les oreilles, à Farid, l'autre pingouin sur son engin pétaradant.

— Écoutez, monsieur, s'appliqua-t-il à dire le plus calmement qu'il put, faudra bien que je passe. Comme on est emmanchés là, si vous pouvez me donner une autre solution, je veux bien. Mais je n'ai pas de marche arrière, moi. Et faire demi-tour, avec les chevaux seuls, passe encore, mais, les troncs, ils resteront sur le chemin. Vous serez pas plus avancé.

— Débrouillez-vous. Je ne bougerai pas.

Cette fois, la coupe était pleine. Farid n'était pas du genre à chercher la bagarre, mais il n'était pas non plus de ceux qui se laissaient caresser à rebrousse-poil trop longtemps.

— Bon, ben, écoutez, monsieur, dit-il sans pour autant élever la voix, moi, je n'ai pas de temps à perdre. J'ai du boulot qui m'attend, là-haut. Alors, ce que je vais faire, je vais dételer mes chevaux. Je vais remonter avec eux. Le bois, il sera bien temps de le descendre quand vous vous en serez sorti.

Il joignit le geste à la parole, fit faire un demi-tour sur place à ses chevaux, les engagea dans le reste de broussaille qui bordait le chemin, remonta toute la longueur des troncs qui l'encombraient et s'éloigna paisiblement vers le haut de la côte. Il n'avait pas atteint son chantier de cinq minutes qu'Alfred apparaissait sans son quad, les jambes du beau pantalon de velours maculées de boue, plus dégoulinant d'eau que jamais. L'air furieux, sans un mot, il inspecta les lieux.

Sa parcelle était sur la gauche du chemin. Celle que Charles avait confiée à Farid se trouvait sur la droite. Il n'y avait évidemment aucune confusion possible. Il ne trouva rien à redire. Toujours aussi furieux, il finit par tourner les talons et disparut dans la pente sous le regard perplexe de Farid.

— Bon, grogna-t-il, je ne sais pas qui c'est, cet oiseau-là, mais c'est sûr que je ne me suis pas fait un ami. Pourvu qu'il ne nous cherche pas des poux...

Il était peu probable que Justine ait jamais un compte rendu précis de ce qui venait de se passer au fond des bois. Elle s'en souciait d'ailleurs fort peu. Rien d'autre ne comptait pour elle que le résultat. La boue sur les jambes de pantalon d'Alfred et l'état déplorable du quad, si elle les avait vus passer, ce jour-là, au retour de cette expédition malheureuse, auraient été autant d'indications qu'une fois de plus elle était arrivée à ses fins. Si ce n'était pas la guerre, entre Alfred et l'étonnant comparse de Charles, cela y ressemblait tout de même beaucoup.

Elle vieillissait, Justine, mais ce n'était pas pour autant qu'elle avait perdu la main.

9

Aurélie et Louisette

Par curiosité, Farid était allé voir à quoi ressemblait l'ancienne ferme rachetée par Charles, qui n'en avait que faire mais ne voulait à aucun prix renoncer à la parcelle de bois qui allait avec. Ce n'était pas particulièrement gai. Une vaste grange disposée en angle droit d'un long bâtiment sous le toit duquel se côtoyaient l'étable, le logement et quelques dépendances, rien de plus. Une cour mangée de mauvaises herbes au-delà de laquelle, derrière des clôtures plus ou moins effondrées, s'étendaient quelques prés en piteux état. Plus loin encore, la forêt cernait ces tristes vestiges d'une époque où des familles entières vivaient ainsi recluses au plus profond des bois.

En gestionnaire soigneux de son bien, Charles avait veillé à ce que la ruine ne dévore pas son acquisition. Pas question d'engager de grands frais.

À quoi bon ? Il s'était contenté de maintenir les bâtiments hors d'eau en faisant rafistoler les toitures, en entretenant les gouttières et les écoulements. Ainsi mise au sec, la vieille ferme pouvait subsister encore bien des années, un peu décrépite, mangée de solitude mais inaccessible à l'usure du temps.

Le lieu avait captivé Farid. Il était resté longtemps accoudé à ce qui subsistait de la barrière qui devait, jadis, fermer la cour. Une question lui taraudait l'esprit. Qu'y avait-il de si différent en lui pour que le sentiment lui vienne qu'il venait de trouver sa place ? Le « beur », l'enfant des banlieues à qui personne, jusque-là, n'avait dit que pouvait exister autre chose que l'univers de barres et de chômage où il était né et avait grandi, se prenait à rêver de venir vivre là, dans ces vieux bâtiments plantés au milieu de nulle part.

Une vue de l'esprit, bien sûr. Ses grands-parents… il n'allait pas les abandonner dans la précarité du camp. Une autre idée pourtant lui venait. Il en parla à Charles et n'eut aucun mal à le convaincre qu'il gagnerait beaucoup de temps à stocker son matériel là-haut, voire à y laisser les chevaux, quand il aurait refait les clôtures et nettoyé les prés, plutôt que de devoir les redescendre tous les soirs chez le vieux. C'était l'évidence. Charles y consentit sans difficulté. Peut-être d'ailleurs le vieux roublard y pressentit-il un pas de plus accompli par Farid dans le sens de ce qu'il mijotait.

Le soir du jour où il s'était accroché avec Alfred Bogival, Farid n'y fit qu'un passage rapide, juste pour déposer ses outils dans la grange. Il devait d'ailleurs redescendre les chevaux chez Charles, qui en avait besoin dès le lendemain. Ils se les échangeaient ainsi régulièrement, par période de deux ou trois jours, et avaient réussi à s'organiser pour que cela ne gêne pas leur travail.

C'était d'ailleurs, à chaque fois, une occasion de se retrouver. Leurs rapports avaient changé depuis qu'ils ne travaillaient plus ensemble. Cette proximité leur avait bien un peu manqué, à l'un comme à l'autre, dans les premiers temps, mais ils s'y étaient vite faits et avaient apprécié cette autre dimension qui s'était établie entre eux. Ils parlaient maintenant d'égal à égal, comme deux professionnels aimant à échanger sur leur métier et à en confronter les expériences.

Ce soir-là, pourtant, Farid n'était pas trop fier. Il se demandait s'il n'avait pas fait une fameuse bourde. Une petite voiture rouge était dans la cour de la ferme. Il n'y prêta pas attention, s'occupa des chevaux, les mit au pré avec leurs picotins d'orge et vint frapper à la porte de Charles. Au ton sur lequel il lui fut indiqué d'avoir à entrer, Farid comprit que le vieux était dans de bonnes dispositions.

Il ne s'attendait pas pour autant à le trouver attablé en face de deux femmes aussi dissemblables que possible. L'une était une très vieille dame. Toute menue, les traits très fins malgré son grand âge, sous l'éclatante blancheur de sa chevelure rassemblée en un strict chignon, elle leva sur lui un regard bleu étonnamment vif. L'autre ne devait pas avoir plus de vingt ans. C'était une charmante petite brunette dont le sourire fit sur l'instant fondre Farid.

— Entre donc, que tu vas nous faire geler. Viens donc que je te présente. Tu vois, ce soir, tu as droit au comité de charme. Celle-là, c'est ma petite-nièce. C'est Aurélie, la petite-fille de ma chipie de sœur. Qu'est-ce qu'elle y peut, cette gamine ? Ça ne l'empêche pas d'être la gentillesse même. Ça se voit, non ? Regarde-moi ce sourire ! Je sais bien, marche, que ça ne lui plaît pas trop, à la Justine, que sa petite-fille soit toujours fourrée chez moi. Mais c'est comme ça. On s'aime bien, tous les deux. Pas vrai, Aurélie ? Alors, à chaque fois qu'elle le peut, elle vient faire un brin de causette avec moi. Bien le hasard que vous ne vous soyez pas rencontrés plus tôt. Et puis celle-là, c'est Louisette. Tu ne peux pas savoir, mais demande donc à ta mère. Sûr qu'elle s'en souvient, de la Louisette. De tous ceux qui sont passés dans sa classe, je suis bien sûr qu'il n'y en a pas un pour l'avoir oubliée. Parce que c'était notre institutrice, Louisette. C'est elle qui a accueilli la tripotée de gamins des harkis, au temps du camp. Demande-lui donc s'ils ont été mal reçus !

S'il s'attendait à cela, ce pauvre Farid ! Il avait tant de choses à dire à Charles, mais certainement pas devant ces deux femmes, dont il ne savait pas très bien laquelle des deux l'intimidait le plus. Il voulut s'échapper :

— Je vois bien que je dérange. Ce n'est pas grave. Je repasserai demain.

— Tu te fous de moi ? Cheurte-toi[1] donc. Tiens, Aurélie, mets-lui donc un coup à boire. Sûr que ça va le retenir.

Louisette posait sur Farid un regard chargé tout à la fois d'une grande douceur et d'une évidente curiosité. Pris entre le charmant minois d'Aurélie et cette attention qu'il sentait peser sur lui, il ne savait plus où se mettre. À l'autre bout de la table, Charles voyait bien son trouble. Il en rigolait doucement, mais lui tendit tout de même la perche :

— Ça s'est bien passé, là-haut ? Tu as sorti tout ce que tu voulais ? Tu n'as pas eu trop beau temps.

C'était là parler de choses auxquelles Farid s'entendait mieux. Et puis, il y avait cette affaire de l'autre importun, avec son quad, qui lui trottait dans la tête. Oubliant un peu les deux visiteuses, il raconta sa mésaventure à Charles. Le vieux le laissa aller au bout de ce qu'il avait à dire, mais Farid vit bien que son sourire se tendait. Il se voilait d'un petit air soucieux qui ne lui disait rien qui vaille.

— C'est tout ? demanda Charles lorsque Farid en eut fini.

— Bien assez, non ?

---

1. « Assieds-toi », en patois du Morvan.

Il vit l'effort que fit Charles pour effacer de son regard l'ombre qu'y avait amenée son récit.

— Alfred Bogival ! annonça-t-il sur un ton qui se voulait triomphant. Tu le connais, Aurélie. Notre cousin Alfred Bogival, qui se mêle une fois de plus de ce qui ne le regarde pas ! Ne va pas te mettre martel en tête, Farid. Tu as bien fait. Faut bien leur rabattre leur caquet de temps à autre, à ces gens-là. Tu lui aurais foutu ton poing dans la gueule, là, je ne dis pas. Mais tu as gardé ton sang-froid. Tu as fait juste ce qu'il fallait.

Il se voulait rassurant, le vieux. Il faisait tout pour dédramatiser, mais Farid voyait bien qu'il lui restait un air de souci jusque dans l'exagération de son propos.

— Ce qui m'embête, dit-il, c'est qu'il m'a vu travailler là. Peut-être, il ne le savait pas que c'était à toi, ce bout-là.

Charles lui lança un coup d'œil goguenard. Il comprenait tout, le gamin.

— C'est justement, dit-il. Je le connais, l'Alfred. Avec ses grands airs de monsieur qui sait tout, qui a tout vu, je sais bien que ce n'est pas lui qui a eu l'idée de monter voir là-haut ce que tu y faisais. Il n'est pas assez malin pour ça. On l'y a envoyé, sûr. Mais maintenant qu'il a vu, qu'est-ce que tu crois qu'il va faire ? À tout coup, il va aller se plonger dans le plan cadastral, ce grand benêt-là. Il ne sait que ça, lui. La paperasse ! Alors ça, ça le connaît, la paperasse. Ce ne serait que de lui, je ne m'inquiéterais pas de trop. Mais savoir ce qu'il va en faire, quand il aura découvert que j'ai raflé tous ces bois à leur nez et à leur barbe ? Ce qu'il faudrait, c'est savoir qui est derrière lui. Je m'en doute un peu, remarque…

— Et tu vois juste, susurra Louisette.

Elle avait écouté le récit de Farid avec beaucoup d'attention, mais il était évident qu'elle mourait d'envie d'intervenir.

— Bon, préféra conclure Charles, ce qui est fait est fait. On ne peut pas en revenir. Sur ce coup-là, tu t'es bien débrouillé, mais il va falloir faire gaffe, vieux gars. Sûr qu'on va nous chercher des poux.

Alors Louisette se pencha vers Farid. Elle agita doucement un doigt tendu, comme si elle réclamait le droit de s'exprimer. Ils se tournèrent tous vers elle.

— Si je comprends bien, demanda-t-elle d'une petite voix fluette, c'est donc toi, l'Arabe qui travaille dans les bois ?

Interloqué, Farid chercha le regard de Charles. Celui-ci souriait de toutes ses dents.

— Ah ben, mon petit gars, faudra t'y faire. La Louisette, elle ne s'embarrasse pas de formes. Quand elle a quelque chose à dire, ça vient tout cru. Tu n'auras qu'à demander à ta mère. Sûr qu'elle s'en souvient.

Satisfaite de son effet, Louisette souriait doucement.

— Ta mère, c'est bien Yasmina qu'elle s'appelle ?

À peine si elle parut relever le discret geste du menton par lequel Farid avait confirmé.

— Tous ces gamins ! s'exclama-t-elle. Si je m'en souviens... Ce qu'ils étaient gentils ! Et ils n'avaient qu'une idée : apprendre, apprendre, apprendre ! Eux, au moins, ils savaient ce que c'était que d'avoir été privés d'école. Ta mère, si je me souviens d'elle ! Une des plus vives de l'équipe, et gentille, appliquée, travailleuse. Un peu tête de mule, parfois, mais enfin... Je me disais aussi. J'ai croisé ta grand-mère une fois ou deux au camion de l'épicier. Elle ne m'a pas reconnue, mais moi j'ai bien vu que c'était elle.

Un peu tassé sur lui-même, les bras croisés, Charles semblait attendre. Même Aurélie, qui, en emplissant le verre de Farid, lui avait adressé un curieux sourire comme d'encouragement, semblait attendre. Ce n'était évidemment pas par hasard que Louisette se trouvait là. Il se fit attentif.

— Il y en aurait à dire, tu sais, sur cette époque, reprit la vieille dame. J'en garde un souvenir... Mais c'est du passé. Les choses ont tant changé.

Le sourire avait disparu. Restait cette étonnante expression qu'elle savait mettre dans son regard et qui était tout à la fois une promesse d'absolue sincérité et d'empathie.

— J'avais décidé de ne plus jamais en parler. À qui ? Tu sais, à mon âge, je ne sors plus guère. Et puis pour entendre les bêtises qui se disent... Ce n'est pas pour cela que je ne sais plus écouter. C'est grave, tu sais. C'est très grave. Alors, pour une fois, j'ai décidé qu'il fallait que je te rencontre et qu'on cause. Où mieux que chez mon vieil ami Charles ? Je lui ai téléphoné. Il m'a dit que tu devais passer ce soir. C'est pour ça que j'ai demandé à Aurélie de m'amener avec sa petite auto…

Elle laissa s'éterniser un long silence. Charles, bien calé au fond de son fauteuil, les mains jointes devant la bouche, n'interviendrait évidemment pas. Farid, assez sidéré, ne pouvait qu'attendre.

— De quoi elle se mêle, cette vieille ? tu dois te dire, reprit-elle. C'est vrai. Tu as raison. Mais qui d'autre que moi pour te dire ? J'ai vu le changement, moi. Je n'y ai pas participé. Je me suis contentée d'observer et d'essayer de comprendre. Enfin, un village si fier, à l'époque, d'avoir su accueillir tous ces gens dans le besoin, qui les a aidés, qui leur a laissé un bon souvenir ; et le voilà devenu méfiant, renfermé sur lui-même, tremblant à l'idée de l'insécurité ! Quelle insécurité ? Tu l'as vue, toi, l'insécurité, dans un pays de trois cents âmes au fin fond du Morvan ? Comment ça a pu se faire qu'on ait changé à ce point ?

Elle s'emportait. Sa voix en chevrotait légèrement. À moins que ce ne fût l'émotion.

— Je ne sais pas tout, évidemment. Je lis mon journal et j'écoute la radio, comme tout le monde. La télévision, je m'en méfie. Du spectacle, trop de sensationnel. Et je vois quoi ? Ce n'est pas ici, dans nos petits pays, qu'il faut chercher. C'est en haut.

Ce sont tous ces gens qui ont réveillé les vieilles rancœurs. On les croyait mortes et elles sont là, plus vivaces que jamais et prêtes à se venger d'avoir été trop longtemps contraintes au silence. On nous les dicte, on nous les insuffle à petites doses, jour après jour. On ne le voit même pas, qu'on se fait manipuler. Si on n'y prend garde, on devient plus méchants que la méchanceté. Tu le sais bien. Et tu sais à qui je pense. Quand j'ai entendu parler de toi, quand j'ai compris que tu travaillais en bonne intelligence avec Charles, je me suis dit qu'il fallait t'avertir. Charles, il faut comprendre. Il n'est pas le mieux placé. C'est sa sœur. Alors qui ? On en a parlé, tous les deux. C'est lui-même qui, en fin de compte, m'a proposé de venir faire ta connaissance ici même. Pas vrai, Charles ?

L'intéressé se contenta de confirmer du chef, sans un mot. Louisette parut reprendre son souffle, puis elle se lança :

— Voilà, il faut que tu saches. Tu sais comment je l'appelle, moi, la Justine ? Il n'a donc pas osé te le dire, ce grand dadais, comment je l'appelle, sa sœur ?

Charles, toujours front bas et bras croisés, avait le sourire mi-narquois mi-penaud du gamin pris en faute.

— L'Embrouilleuse que je l'appelle, la Justine ! s'esclaffa la vieille dame. Je sais, ce n'est pas un bien beau mot. Peut-être même, c'est un néologisme. Pour une ancienne institutrice, c'est le comble ! Mais enfin, je trouve que ça lui va si bien. L'Embrouilleuse ! C'est bien trouvé, non ? Mais attention, je la connais bien, moi, la Justine. Méchante à faire battre des montagnes, comme on dit, mais pas plus de jugeote qu'un moineau. Tu ne crois tout de même pas que c'est elle qui les a inventées, toutes ces idées sur les étrangers, sur l'insécurité, tout ce qui fait qu'un pays accueillant comme l'était le nôtre jadis est devenu méfiant, replié sur lui-même comme il l'est aujourd'hui, au point de regarder la race de ceux qui travaillent en forêt ? Parce que c'est de ça qu'il s'agit. C'est ça que je voulais te dire. Tu es une cible, mon pauvre ami. Tu crois que c'est par hasard que ce grand benêt d'Alfred Bogival s'est retrouvé sur le même chemin que tes chevaux ? Ces gens-là, ils ne te lâcheront plus. Ça les arrange tellement. Bien sûr qu'elle est manipulée, l'Embrouilleuse. Depuis le temps qu'ils attendaient. Tu es venu te mettre juste où ça les arrangeait. Que voulais-tu qu'ils fassent tant qu'il n'y avait pas de prétexte à déclencher la bagarre ? Maintenant, c'est toi, le prétexte. Et je te le dis, ils ne te lâcheront pas.

Elle se tut. Très droite, à peine essoufflée, le regard aiguisé, peut-être attendait-elle que Farid réagisse, qu'il s'inquiète de savoir qui étaient « ces gens-là ». Il n'en fit rien. Au fond, ça ne l'intéressait pas, de savoir. Il aurait simplement voulu la prendre dans ses bras et l'embrasser pour la remercier. Il ne sut pas avoir le moindre geste pour lui exprimer sa gratitude. Il se contenta de hocher la tête un long moment en silence sous les regards graves et curieux de Charles et d'Aurélie, qui attendaient sa réaction.

— Merci, madame, finit-il par articuler d'une voix blanche. Je ne sais pas comment vous dire... Toutes ces choses-là, je le savais, mais comme ça, en l'air, sans lien. Vous leur avez donné un sens. Et ce sens, c'est que, au fond, quoi que nous fassions, quoi que nous disions, tout ça, c'est toujours sur nous que ça retombera. Quoi d'autre que de vivre avec ?

10

La retraite de Charles

Rien ne passant inaperçu dans un village, et tout y étant sujet à interprétation, le stationnement, certes fort peu discret, du quad d'Alfred Bogival, plusieurs jours de suite, devant la mairie ne manqua pas de faire dresser les sourcils. On surveilla. On s'inventa mille prétextes pour venir traîner au secrétariat.

On n'eut bientôt plus de doute. Le Parisien ne levait plus le nez du plan cadastral. Que mijotait-il ? La curiosité qu'il attisa fut à la mesure du temps qu'il y passa. Les plus perspicaces avaient remarqué qu'il surlignait soigneusement en rouge des tas de numéros de parcelles, sur des photocopies de la matrice cadastrale. Y comprenait-il seulement quelque chose ?

« Ce serait-il qu'il se voit forestier, notre Parigot ? » gouaillait-on.

Derrière cette ironie facile, il y avait pourtant une véritable préoccupation. La forêt, c'était la grande affaire d'un pays comme celui-là. En admettant qu'on en ait vécu, ce qui était loin d'être le cas général, ce temps-là était révolu depuis longtemps. Après des générations de partages et de morcellements, bien rares étaient ceux qui en possédaient encore assez pour que cela vaille la peine d'une exploitation. Et le reste, les grands bois, était la propriété de sociétés forestières ou d'organismes financiers étrangers à la région, qui en déléguaient l'exploitation à des entreprises à peine plus locales.

Pourtant, cette lente désappropriation n'avait rien changé à l'empreinte laissée par l'omniprésence de ces bois sur le comportement des gens de ce pays. Elle était trop proche, cette forêt. Elle avait trop conditionné tous les âges de la vie de toutes les générations. On allait y traîner quand on était gamin. On y faisait du bois de chauffage dès qu'on était en âge de tenir un outil. On y chassait. On en rêvait encore quand on était trop vieux pour s'y rendre.

Comment concevoir, quand on y était né et qu'on avait toujours vécu à son rude contact, qu'un étranger puisse s'en mêler ? Cela valait aussi bien pour Farid que pour Alfred Bogival. Encore qu'en ne demandant son avis à personne d'autre qu'au plus forestier d'entre eux tous et en s'y mettant au travail sans autre forme de procès, Farid avait, pour le moins, forcé un peu le destin. Ce n'était pas ce qui faisait de lui un homme de la forêt. Seules la naissance et la permanence de l'existence à son contact en conféraient l'état. Il jouissait néanmoins d'une sorte de dérogation sourcilleuse qu'il ne devait qu'au respect inspiré par son travail. Pour autant, elle ne lui donnait aucun droit à agir en forêt autrement que sur ordre et sous la responsabilité de Charles Fauverand.

Alfred Bogival, avec ses airs de grand monsieur tout juste débarqué de sa ville, même si sa famille était originaire du pays, ne pouvait évidemment prétendre à quoi que ce fût de similaire. Curieuse inversion des usages, qui faisait qu'on était bien obligé de tolérer la présence et le travail d'un jeune Arabe, alors qu'un homme d'âge mûr pouvant faire valoir l'origine locale de sa famille faisait vibrer les cordes de l'intolérance dès lors qu'on le voyait manifester quelque intérêt pour la topographie de la forêt.

Il y avait là une contradiction, une remise en question des mœurs locales, qui faisait froncer bon nombre de sourcils. Signifier à Alfred Bogival les étroites limites de ce qui lui était toléré alors qu'un étranger, arabe de surcroît, agissait chaque jour un peu plus comme s'il était chez lui au plus profond des bois, semblait à beaucoup une contradiction intolérable. Or, les mêmes, par définition, étaient convaincus de leur bon droit à dire la règle locale. Ils sentaient bien qu'ils risquaient de tomber là dans un piège d'où ce qu'ils entendaient être leur autorité risquait de ressortir quelque peu écornée.

Si encore Alfred avait persisté dans son premier choix de tenir sa langue ! Outré par la découverte qu'il venait de faire, furieux, dans le même temps, que ces « ploucs » qu'étaient ses concitoyens, selon lui, n'aient rien vu venir et se soient fait rouler, il s'empressa d'étaler le résultat de son travail de rond-de-cuir sur la place publique. Il n'y avait là rien de secret. N'importe qui aurait pu suivre la patiente démarche de Charles collectionnant discrètement, année après année, les petits bouts de forêt, les regroupant, se constituant en fin de compte un ensemble qui faisait de lui le plus gros propriétaire forestier de la commune. Personne, simplement, n'avait eu l'idée de le faire.

Personne n'avait eu la perspicacité d'Alfred Bogival. Il n'en était pas peu fier. Sans réfléchir, il préféra étaler la preuve de son intelligence, plutôt que de se demander si l'intérêt de l'héritier potentiel qu'il s'imaginait être n'était pas, bien au contraire, de garder cela pour lui. D'autant plus que, s'il s'était attendu à déclencher un scandale, il en fut pour ses frais. Ce fut à peine si on ne lui demanda pas sèchement de quoi il se mêlait. Ses « révélations » ne provoquèrent qu'un silence buté. Les visages se fermèrent. On se détourna.

Le linge sale se lave en famille. Son coup d'éclat n'était pas ce qui pouvait permettre à Alfred

Bogival de s'en réclamer. Ce qui ne signifiait pas pour autant que la teneur de ses révélations était tombée dans des oreilles de sourds. On les avait enregistrées, soigneusement notées. On reprendrait tout cela entre soi plus tard, dans le cercle étroit de ceux qui, contrairement à lui, avaient le droit de s'exprimer.

Et on aviserait. Bien le diable s'il n'y avait pas moyen, par un bout ou par un autre, de reprendre la main ou, au minimum, de faire savoir à Charles Fauverand qu'on n'était ni dupes, ni satisfaits de la façon qu'il avait eue de rouler son monde dans la farine.

Charles, d'ailleurs, n'entretenait aucune illusion. Tout juste s'il n'aurait pas pu donner le compte précis des heures passées par Alfred Bogival à fouiner dans le plan cadastral. Il n'avait pas eu besoin d'attendre que l'autre maladroit aille clamer aux quatre vents les résultats de ses recherches pour comprendre, dès le soir où Farid lui avait rendu compte de leur altercation, que ses inquiétudes étaient fondées.

Sans hésiter, il en tira les conclusions qui lui semblaient s'imposer. Le temps était bel et bien fini où, patiemment, obstinément, il avait manœuvré, avec la complicité de Patrice Villevieil, pour se bâtir un véritable domaine forestier. Il savait pertinemment qu'on l'attendrait désormais au tournant. À la moindre velléité d'achat de sa part, même sur la parcelle la plus petite qui se puisse trouver, les prix flamberaient.

Ce n'était plus la peine d'insister. Son jouet était cassé. Après tout, il avait tenu bon assez longtemps, bien au-delà de toutes ses espérances. Et puis, l'âge était là. Des envies lui vinrent de tout arrêter. S'échiner dans les bois, comme il le faisait depuis plus de quarante ans, sans la formidable stimulation qu'avait été, durant tout ce temps, l'espoir d'agrandir encore et toujours son domaine, il n'en voyait plus le sens.

En quelques mois, Charles devint vieux pour de bon. Il vendit ses dernières vaches, ferma l'étable et la grange, remisa une fois pour toutes son antique bétaillère et ne parut plus sur le marché de Moulins-Engilbert, où l'on s'étonna longtemps de ne plus voir sa haute silhouette arpenter les allées et siéger dans la salle des ventes. Il réduisit la taille de ses chantiers en forêt, laissant les chevaux à Farid des semaines entières.

Celui-ci avait installé son matériel à la vieille ferme. De là-haut, il menait son travail tambour battant, exactement comme il l'entendait, ne venant en rendre compte à Charles que deux fois par semaine. Occupé de ses seuls résultats, il lui fallut quelque temps pour prendre la mesure du changement intervenu dans les comportements du vieux. Quand il s'en inquiéta, Charles eut un étrange sourire à la fois lumineux et empreint d'une grande nostalgie.

— Peut-être, dit-il, c'est de ta faute ! Si tu n'avais pas été là, peut-être, je me serais accroché plus longtemps. Mais là… Je te vois travailler. Je vois que ça continue, même mieux qu'avant. Alors, j'ai décidé de lever le pied. Oh, pas totalement. Qu'est-ce que je resterais ici à ne rien faire ? Alors, je vais continuer de m'occuper, à ma main, comme il me plaira. À toi de jouer, maintenant.

Farid en était resté sans voix. Il n'y avait évidemment rien là que de très prévisible. Cela devait arriver un jour. Mais si tôt…

— Ben alors, finit-il par s'inquiéter, comment on va faire ?

— Quoi, « comment on va faire » ? On va faire comme avant, comme tout le temps. Qu'est-ce que tu veux changer ? Bon, je vais avoir ma retraite. C'est pas pour ce que ce sera… Je ne me fais pas d'illusion. Mais tu sais comme je suis. Je me contente de peu.

Il parut hésiter quelques instants. Ils traversaient la cour à pas lents, marchant vers la maison. Il s'arrêta net à trois pas du perron, obligeant Farid à en faire autant et à lui faire face.

— Même… dit-il. Même…

Les mots ne venaient pas. Il en eut l'air tout penaud. Ce devait être des mots forts. Il resta là quelques instants, le regard planté dans celui de Farid, comme s'il s'excusait de ne pas savoir aller au bout de ce qui lui trottait à l'esprit. Puis il baissa les yeux, hocha tristement de la tête.

— Faut que je réfléchisse, avoua-t-il. Si tu es seul à travailler sur les bois, notre accord, il ne doit plus être tout à fait le même. On en reparlera. Mais toi, tu n'as pas à t'inquiéter. Ce n'est pas parce que j'arrête que, du travail, il n'y en aura plus. Tu le sais bien. Une forêt comme celle-là, ce sont des vies entières qu'elle pourrait occuper. Alors toi, tant que tu aimes ça, tu n'as pas à t'en faire.

— Et les chevaux ?

— Quoi, les chevaux ? Ah oui, bien sûr, les chevaux... Je ne les verrai plus souvent, maintenant que tu t'es installé là-haut. Ils vont me manquer, les chevaux... Bah, j'irai les voir sur tes chantiers. Ça m'occupera. Marche, je serai encore bien capable de te prendre les guides des mains !

Il fit le geste de reprendre sa marche vers la maison. Sa chienne les attendait sur le perron. Elle avait été rejointe par le chiot qu'il lui avait laissé de sa dernière portée. C'était un gros pataud de trois mois, encore trop turbulent et indiscipliné pour que Charles accepte qu'il le suive en forêt. Il acceptait sans trop rechigner de passer ses journées seul à la ferme, enfermé dans la grange, mais n'en était que plus débordant de joie lorsque sa mère réapparaissait. Ses grandes démonstrations d'affection n'en commençaient pas moins à lasser la chienne. Elle subissait patiemment ses assauts en affectant une totale indifférence, ne portant d'intérêt qu'au moindre mouvement de son maître.

Charles tendit la main pour la caresser. Il fut sur-le-champ agressé par le chiot, qui n'avait que ses jeux en tête. D'un geste rapide, il l'attrapa par la peau du dos, le souleva et le prit dans ses bras. Il avait grossi, le bougre, et n'était plus à proprement parler d'une taille compatible avec un tel geste. D'autant plus que, refusant de renoncer à ses désirs de jeux, il se trémoussait dans tous les sens, cherchant à toute force à atteindre la figure du vieux qu'il entendait lécher ! Charles semblait avoir déjà oublié la gravité des mots qu'ils venaient d'échanger. Il riait aux éclats.

Tout à coup, il se tourna vers Farid et lui mit d'autorité son encombrant fardeau dans les bras.

— Tiens, lui dit-il, je te le donne. C'est vrai, ça. Ça te manque, un chien, dans les bois. Avec les chevaux, il y a toujours un chien. Prends-le donc. Je sais que tu en prendras soin. Maintenant que tu vas y être encore plus seul, en forêt… Et puis, tu vois, ça me plaît que ce soit un fils de ma chienne qui y aille avec toi.

Farid eut à peine le temps de le remercier. Le chiot lui avait déjà glissé d'entre les bras et fonçait à la suite de sa mère au-devant d'une petite voiture rouge qui entrait dans la cour.

— Ah ! s'exclama Charles, transfiguré. Voilà qu'on a la visite de miss Aurélie. Quand je te le disais, qu'elle est belle, la vie !

Ce soir-là, tout au long du vieux chemin qui le ramenait au camp, une ficelle à batteuse à la main à l'autre bout de laquelle trottinait un chiot quelque peu surpris par ce nouveau jeu qu'il ne connaissait pas, Farid eut devant les yeux le sourire d'Aurélie. S'il devait garder un souvenir de cette soirée, n'en déplaise à ce pauvre Charles, ce ne serait certainement pas de son renoncement à accroître encore et toujours ses propriétés forestières. Il avait conscience qu'il y avait là un peu d'ingratitude, mais il n'y pouvait rien. Elle avait un trop beau sourire, la petite-fille de l'Embrouilleuse !

Pour un peu, si Aurélie n'en avait pas elle-même souligné l'importance, il n'aurait pas estimé à sa juste valeur le cadeau inattendu que venait de lui faire Charles. Ce chiot, c'était évidemment la façon du vieux de marquer que, pour lui, rien ne changeait, qu'il y aurait toujours des chevaux, un chien et un homme en forêt.

Farid savait bien que, tant que le vieux serait là, il n'avait aucune inquiétude à se faire. Mais il savait tout autant que les choses ne seraient plus les mêmes. Il ne parvenait pas à se faire à l'idée qu'à ses chantiers ne répondraient plus ceux du vieux solitaire, dans un autre quartier de la forêt. Il sentait confusément qu'en s'effaçant Charles le laissait sans défense face à ceux et celles contre qui Louisette l'avait si énergiquement prévenu. Peut-être était-ce le dernier volet de son apprentissage des choses du monde de la campagne où il avait échoué. Ce n'était certainement pas le moindre.

Il ne se faisait aucune illusion, mais, dans le même temps, veillait bien à ne pas céder à la suggestion des angoisses qui auraient pu lui gâcher l'existence. Il voulait à tout prix voir avant tout le bon côté des choses. Que pourraient contre lui tous ces esprits chagrins s'il continuait obstinément de leur opposer le sourire d'Aurélie, les attentions délicates de Louisette, l'amitié de Charles, l'affection d'Ahmed et d'Aïcha qui l'attendaient au camp, près de ces voisins si chaleureux ?

De façon un peu naïve, un peu puérile, il ne voulait rien voir d'autre que ce qu'il estimait être son bonheur et il aurait voulu qu'il soit celui de tous ceux qui l'entouraient. Ses grands-parents justement, dont il savait bien qu'ils s'ennuyaient un peu au camp, qu'il leur arrivait de regretter l'ambiance survoltée du F4, leurs petits-enfants, les amis du marché… Il aurait voulu effacer ces ombres qui voilaient parfois leurs regards, et que rien n'entravât leur plaisir de partager ses enthousiasmes. Sans trop vouloir se l'avouer, il savait bien ce qui empêcherait toujours qu'il en soit vraiment ainsi, mais, obstinément, il s'appliquerait à trouver les moyens, dans le sillage de l'aventure qu'il vivait, de leur rendre le séjour au camp assez agréable pour atténuer leurs regrets.

Et l'idée lui vint comme cela, en une fois, comme une évidence dont il fut tout de suite convaincu qu'à elle seule elle effacerait toutes les raisons qu'on se donnait de froncer les sourcils, d'être inquiets. Vite, la faire partager à ses grands-parents, dont l'idée ne lui vint même pas qu'ils puissent ne pas adhérer. Il pressa le pas, au grand dam du chiot, qui commençait à trouver le chemin bien long.

Au camp, il n'y eut guère qu'Aïcha pour froncer les sourcils en voyant apparaître le chien. Elle lui refusa tout net l'entrée de leur logement.

— Pour qu'il me salisse tout... tempêta-t-elle.

Elle avait eu tant de mal à la rendre avenante, cette étrange habitation trop vite, trop légèrement construite et restée trop longtemps fermée. Elle peinait tant pour la tenir scrupuleusement propre... De son petit-fils, elle avait obtenu qu'il se change dès son retour du travail. Ce n'était pas pour avoir à faire la chasse aux pattes sales et aux touffes de poils abandonnées sur le tapis. Elle fut intraitable.

Entre l'embarras de Farid et l'obstination de sa femme, Ahmed eut tôt fait de trouver le juste milieu. Lui, ce chien, il était prêt à l'accueillir à bras ouverts. Il y avait les souvenirs de ceux qui les entouraient, jadis, dans le douar, quand il était gamin, mais il y avait aussi l'heureuse diversion qu'il en escomptait. Il s'ennuyait bien un peu, Ahmed, loin de ses amis de la cité. Un chien, ce serait une occupation comme une autre.

— Attends, tempéra-t-il. Pour ce soir, tu veux le mettre où ? Faudra bien qu'on le garde à la maison.

Mais ne t'inquiète pas. Dès demain, je m'en vais lui fabriquer une niche, moi, à ce chien-là. Je demanderai à Georges et à Armand. Bien le diable s'ils ne me disent pas où je peux trouver le nécessaire. Tu veux bien, Farid, qu'il loge dans une niche, ton chien ? Il est jeune. Il s'habituera vite. Promis, je m'en occupe demain matin.

Aïcha bougonna bien encore un peu, mais c'était pour la forme. Farid en profita. C'était qu'elle continuait de lui trotter dans la tête, son idée. Et puis, comme il ne doutait pas de l'accueil qui lui serait fait, il y vit un bon moyen de diversion.

— Grand-mère, attaqua-t-il, j'ai pensé à une chose. Côté finances, maintenant, ça va un peu mieux. Alors voilà, on va faire une grande fête. On va inviter tout le monde. On va mettre les voisins, Charles et tous ceux qui voudront, dans le coup. On dira à la famille de rappliquer, tous, au grand complet. Ça va en faire, du monde, tout ça, mais, baste, on se débrouillera. Tu aimes bien quand il y a beaucoup de monde. Tu en seras la reine, de cette fête-là, et puis toi aussi, grand-père. On laisse passer l'hiver. Trop triste, l'hiver. Au mois de mai, il y a toujours deux ou trois ponts. On en retient un et on prévient tout le monde le plus tôt possible, qu'ils n'aillent pas s'engager ailleurs. Hein ? Qu'est-ce que tu en dis ?

Aïcha considérait son petit-fils avec perplexité. Il y avait dans son regard autant de tentation que de doute. Elle se tourna lentement vers Ahmed. Adossé au buffet, il laissait venir.

— Tu crois ? dit-elle simplement.

Il haussa les épaules.

— Si Farid le dit…

11

Graine de discorde

Le chiot passa sa première nuit au camp au pied du lit de Farid. Et aux premières heures du lendemain, Ahmed se mit en devoir de tenir sa promesse. Une vieille caisse fournie par Georges, un bout de tôle récupéré à la décharge et quelques planches, il n'en fallait pas plus pour qu'Ahmed, tout heureux d'avoir trouvé un tel prétexte à s'activer, sciant et clouant à tour de bras sous l'œil intéressé de ses voisins, ébauche en quelques heures un véritable petit palace pour chien.

On en était à discuter ferme des avantages et des inconvénients comparés de tel ou tel aménagement quand, à la surprise générale, un gros 4 × 4 s'engagea dans la ruelle. Pas un de ces tout-terrain d'opérette, à la carrosserie trop rutilante, aux chromes trop éblouissants, dont la mode emplit les rues des villes. Un engin de forestier, un vrai, taillé pour affronter les terrains les plus difficiles. On se détourna du chantier de la niche pour observer, mi-intéressés, mi-soupçonneux, cet engin aux pneus énormes et à la carrosserie maculée de boue qui s'avançait lentement vers eux. Il vint s'arrêter à leur hauteur.

— Farid, c'est bien là qu'il habite ? s'enquit le chauffeur par sa vitre descendue, sans même se donner la peine d'arrêter son moteur.

Ahmed fit deux pas vers lui, se détachant du groupe.

— Farid, il n'est pas là. Il travaille, Farid.

L'autre ne parut ni surpris ni contrarié.

— Ça, je m'en doute, qu'à cette heure-ci il travaille. Il n'y en a pas un de vous qui pourrait lui faire une commission pour moi ?

— Ça dépend. Vous êtes qui, vous ?

Ahmed était sur ses gardes. Il n'aurait su dire pourquoi. Une impression, comme ça, qui lui était venue dès qu'il avait vu le gros 4 × 4 s'avancer vers eux.

— Qui je suis, ça n'a pas grande importance. Disons que je suis un collègue, forestier comme lui, consentit tout de même à expliquer l'homme qui, le coude à la portière, ne semblait pas décidé à quitter son siège. C'est que j'aimerais bien qu'on se rencontre. J'ai du boulot pour lui ; beaucoup de boulot. Et bien payé. Peut-être, ça peut l'intéresser.

— Mais du boulot, c'est qu'il en a.

Curieusement, l'autre ne parut pas convaincu.

— Vouai… Enfin… Je veux dire, un gros boulot. De l'important, quoi, du vrai.

Comme si ce que faisait Farid n'était pas un vrai travail ! Pour qui il se prenait, celui-là ?

— Ben, Farid, il n'est pas là. Si vous voulez le voir, vous n'avez qu'à repasser tard le soir. Ou alors, vous allez chez Charles Fauverand. Il pourra vous dire, lui.

L'homme ne chercha pas à dissimuler un sourire condescendant. Sûr qu'il n'irait pas chez le vieux Charles.

— Bon, ben, ce n'est pas grave. Je me doutais bien qu'il ne serait pas là, reprit-il. Alors, j'ai préparé un petit papier avec mon adresse et mon téléphone. Il n'a qu'à m'appeler, qu'on se fixe un rendez-vous. C'est que moi aussi je bosse. Et puis, je lui ai mis ce qu'on attendrait de lui et ce qu'on le paierait. Sûr que ça va l'intéresser.

Par sa vitre grande ouverte, il tendit une feuille de papier pliée en quatre. Ahmed s'avança pour la prendre. L'autre retira vivement le bras.

— Au fait, tu es qui, toi ?

Un tutoiement qui fit l'effet d'une gifle au vieil Ahmed. Il fut sur le point de tourner les talons, se reprit. Pour Farid, il fallait bien qu'il aille jusqu'au bout. Savait-on jamais ?

— Je suis son grand-père, grommela-t-il en se saisissant du carré blanc que l'homme consentit cette fois à lui remettre.

— Tu lui donneras, hein ? Je compte sur toi.

Déjà, sans un au revoir, le gros véhicule s'ébranlait. Il alla faire demi-tour au bout de l'impasse, repassa devant eux. Son chauffeur n'eut pas un regard pour eux.

— Qui c'est, ce malappris ? grogna Ahmed en dépliant la feuille de papier.

Toujours immobile au bord de la rue, pendant que les enfants et leurs pères en revenaient déjà à la grande affaire de la niche, il la parcourut. C'était tout en bas, la dernière ligne. Il sursauta, écarquilla les yeux. Non, décidément, il ne se trompait pas. Il replia prestement le document devenu tout à coup précieux et, exactement comme si le chantier du logement du chien n'avait jamais existé, il se rua chez lui.

— Regarde, Aïcha, regarde ce qu'il vient de nous amener, cet homme-là !

En l'agitant, il brandissait l'offre sous le nez de sa femme. L'affront du tutoiement était oublié.

— Tu sais bien que je ne sais pas lire...

C'était pourtant vrai. Lui-même ne devait qu'à quelques cours du soir auxquels un de ces employeurs l'avait envoyé d'être capable de déchiffrer quelques lignes. Mais là, ses connaissances, pour limitées qu'elles étaient, suffisaient bien. Surtout pour la somme, en bas, en gros chiffres gras.

— Du boulot pour Farid, voulut-il expliquer.

Aïcha, dérangée dans ses tâches ménagères, surveillait d'un œil soupçonneux les pieds de son mari. Bien entendu, il s'était dispensé de les essuyer sur le paillasson.

— Va donc t'essuyer les pieds, grogna-t-elle. Et puis, qu'est-ce que tu me racontes là ? Du boulot, il n'en a pas assez comme ça, le Farid ?

— Oui mais, ce que c'est payé ! Je ne sais pas, moi. Au total, ça doit bien faire quatre ou cinq fois ce qu'il touche, chez le Charles. Ça vaut le coup, non ?

C'était cette fois les pieds et le paillasson qui étaient oubliés.

— Tu es sûr de ce que tu dis ? Quatre ou cinq fois, ça en fait des sous, ça. Ce serait-il que, le Charles, il le vole ?

Le ver était dans le fruit. Informé avant même d'avoir pu aller installer son chien dans la niche toute neuve qu'on avait adossée au mur de la maison, Farid eut beau estimer qu'il fallait être prudent, y réfléchir à deux fois, les deux vieux ne le lâchèrent plus.

« Non mais, tu te rends compte d'une différence ? Il y a quelque chose qui ne va pas, là, argumentait Ahmed. Ou bien ce n'est pas le même boulot, ou bien Charles, il te roule. Il faut que tu lui en parles. »

Et Aïcha, à mots comptés, précis, renchérissait, insistait, n'avait plus que ça en tête. Farid n'était évidemment pas insensible à la différence. Il avait fait son calcul. Elle était proprement faramineuse. Mais justement... Ça cachait quoi, une telle offre soudainement tombée du ciel ? En parler à Charles ? Comment faire ? Il ne s'en sentait ni le courage, ni surtout le droit. Après tout, ce qu'il avait fait pour eux, c'était qu'il l'avait bien voulu. Rien ne l'y obligeait. Lui mettre un tel marché en main, c'était le trahir.

Farid dit tout cela à Ahmed et bien d'autres choses encore. Il plaida leur vieille amitié et tout ce qu'ils devaient à Charles. Rien n'y fit. Ni Ahmed ni Aïcha n'entendaient céder. Oublieux de tout le reste, de tous les petits potins du camp ou du village, des nouvelles reçues de la lointaine cité, des petites activités quotidiennes qui faisaient le fond de leurs conversations vespérales, ils n'eurent plus rien d'autre à exprimer que leur envie de le voir gagner autant d'argent. Ils n'avaient pas été pauvres toute leur vie pour rien. La perspective d'une petite aisance, aussi modeste soit-elle, occultait tout le reste. Ils ne voyaient plus, ne pensaient plus qu'à cela, préparant à longueur de journée, les arguments dont ils harcèleraient Farid dès son retour pour qu'il se décide enfin à en parler à Charles ou à rencontrer cet homme-là.

La vie au camp en devint insupportable. Farid, à l'heure de ranger son matériel à la vieille ferme et d'installer les chevaux dans leur pré pour la nuit, eut plusieurs fois la tentation de rester avec eux.

Mais il n'y avait rien, à la vieille ferme, qui lui permette de se faire à manger, pas même un bout de matelas pour dormir. Suivi de son chien qui ne le quittait plus, il redescendait la mort dans l'âme, incapable de profiter, comme par le passé, de ces marches paisibles en forêt qu'il aimait tant.

Il tint bon autant qu'il le put. Maintenant qu'il avait les chevaux à sa disposition à longueur de temps, il ne descendait plus les troncs entiers jusqu'aux aires de stockage, sur le bord de la route. Il les débitait sur place et en chargeait directement le fardier. C'était une manipulation de moins et autant de temps gagné. De temps à autre, il faisait une évaluation du cubage ainsi réalisé. Un rapide calcul lui donnait l'ordre de grandeur de ce que tout cela lui rapporterait lorsque les marchands seraient venus charger tout ce bois sur leurs camions. Comme le lui avait dit Charles, ce n'était pas là qu'il ferait fortune, mais la somme s'arrondissait régulièrement.

Il y avait là amplement de quoi les faire vivre tous les trois, sans avoir à tenir compte de la maigre retraite d'Ahmed. Peut-être même parviendrait-il à en mettre un peu de côté. Cette seule perspective lui apparaissait comme un luxe d'autant plus appréciable qu'il le devait certes à son travail mais aussi et surtout à la confiance et à l'amitié d'un homme auquel il se sentait profondément attaché. La seule idée de lui marchander les conditions dont ils avaient convenu le hérissait et le plongeait dans la morosité.

Même ses rapports avec Charles vinrent à changer. Il passait toujours au moins deux fois par semaine à la ferme du vieux, sous prétexte de lui rendre compte de son travail, bien que Charles le laissât maintenant s'organiser comme il l'entendait. C'était avant tout l'occasion de passer un moment avec lui. La forêt et le bonheur qu'ils éprouvaient, l'un comme l'autre, à en parler faisaient l'essentiel de leurs conversations. Mais il y avait surtout l'indéfinissable et profond plaisir d'être ensemble. Jusque dans leurs silences, qu'ils laissaient parfois s'éterniser, existait une connivence dont ils se délectaient. Pour le vieux, en qui brûlait encore le regret d'avoir renoncé, c'était comme s'il se continuait au travers des propos de Farid. Pour le jeune, Charles était comme une source à laquelle il venait puiser le sens et la connaissance de ses actes.

Au début, Farid mit l'impression d'une sorte de froideur, d'une indéfinissable distance qui s'établissaient dans leurs rapports sur le compte de son humeur chagrine. Il fallut qu'un soir Charles cédât plus encore que de coutume à sa manie d'user de proverbes de façon souvent totalement elliptique pour qu'il comprenne enfin que le vieux était sur la défensive.

— Ah, mon gars, si tu veux le beurre et l'argent du beurre… lui répliqua-t-il alors que Farid, sans penser à mal, évoquait les difficultés qu'il rencontrait, dans les terrains complètement détrempés de février, pour sortir son bois.

— Peut-être bien qu'avec il te faudrait le sourire de la crémière, insista le vieux sur un ton cassant qui laissa Farid sans voix. Maintenant, c'est toi qui vois, dit-il encore. Si tu tiens à lâcher la proie pour l'ombre, après, faudra pas venir te plaindre.

Jamais jusque-là Charles n'avait usé à son égard de ce condescendant « mon gars ». Et que voulait-il dire, avec tous ces sous-entendus ? Était-il au courant ? Soupçonnait-il Farid de vouloir l'abandonner ?

— Attends… bredouilla Farid, complètement désarçonné. De quoi tu m'accuses, là ? Est-ce que j'ai dit quelque chose, moi ?

Qu'ils puissent en venir à échanger de tels propos était une véritable souffrance pour Farid. Il lui fallut un certain temps pour réaliser que Charles, derrière sa rude écorce de vieux forestier, n'était pas autrement que lui.

— C'est justement, dit celui-ci. Tu ne m'as rien dit. Et c'est ça qui me gêne. C'est bien que tu avais une idée derrière la tête.

Ce n'était donc que ça ! De regrets et de soulagement, Farid s'en effondra.

— Te dire… Te dire… bafouilla-t-il. Qu'est-ce que j'aurais pu te dire ? Je ne l'ai même jamais rencontré, cet homme-là. Même que je ne voulais pas t'en parler. Je travaille avec toi, pas avec des gens que je n'ai jamais vus. Si tu savais...

— Si je savais quoi ?

— La vie qu'ils m'ont menée, les grands-parents, pour que je t'en parle !

— Et toi, tu ne voulais pas ?

— Évidemment que je ne voulais pas. Tu as vu ? Tu as vu ce qu'ils me proposent ?

— Il y a de quoi te tenter, non ?

— Attends, Charles. Je connais les chiffres, tout de même. C'est toi qui me les as appris. Je sais bien que ce n'est pas réaliste, ce qu'ils proposent. Bien sûr, à travailler avec du gros matériel comme ils le font, ils brassent plus de quantités. Mais quant à payer un bûcheron à ce tarif-là sur la durée... Parce que, dans leur truc, je n'aurais été rien d'autre qu'un simple bûcheron. Le débardage, c'est au tracteur qu'ils le font. Tu me vois sans les chevaux ?

Ce furent là certainement les quelques mots qui firent le plus pour évacuer le malentendu.

— Et puis, oh !, Charles, tu me vois te montrer ça comme si je te mettais en concurrence avec eux ? Non mais, t'imagines, toi ? Et puis d'abord, comment tu as su ?

Le mouvement de colère auquel avait cédé Charles était retombé. Le sourcil froncé, la lippe boudeuse, c'était à son tour d'être plus effondré qu'autre chose.

— Qui tu veux ? Ton grand-père, bien sûr. Le Ahmed. Ça fait bien un mois, peut-être plus. Il ne me lâche plus. Je n'aurais jamais cru. Je croyais le connaître, depuis le temps, mais je n'aurais jamais cru qu'il puisse être accrocheur à ce point. Tous les matins, il débarque. Rien à faire, j'ai expliqué mille fois, il n'a rien voulu entendre. Il ne m'écoute pas. Pour lui, je te vole. Il n'en sortira pas. Et toi qui ne m'en parlais pas. Est-ce que je savais, moi, ce qui s'était passé ? Je m'étais mis dans la tête que tu étais en train de préparer ton coup, que tu allais me lâcher du jour au lendemain. Sûr que tu ne vas pas me quitter ?

Cette fois, c'était à Farid d'être furieux.

— Attends voir que je règle mes comptes, grogna-t-il.

— Tu ne m'as pas répondu.

Farid haussa les épaules sèchement.

— Poser une question comme celle-là, c'est que tu n'as rien compris ou quoi ? Ce n'est pas toi que je ne quitterai pas ; ce sont les chevaux, c'est la forêt, c'est tout ce que tu m'as fait y découvrir. Je leur laisse leur ombre ; je garde ma proie !

Le rire de Charles sonna encore un peu nerveux, mais l'essentiel était dit.

— Viens donc, dit-il. Viens jusqu'à la maison. Ça vaut bien un apéro, une histoire pareille. Et puis…

Il avait le pied sur la première marche du perron. Il se tourna d'un bloc vers Farid.

— Et puis tu diras à Ahmed qu'il ne doit pas m'en vouloir, tout comme je ne lui en veux pas. Il ne peut pas savoir. Pas un hasard si c'est à lui que l'autre grand escogriffe de Raymond Bouland a remis son maudit bout de papelard. Je le connais bien, marche. Le roi des coups tordus. À toi direct, ça n'aurait pas pris. On savait bien qu'on ne pourrait pas nous brouiller, tous les deux. Alors, on a essayé en passant par le grand-père. Des fois que ça aurait marché. C'était même bien vu. Un peu plus, on tombait dans le panneau.

— Un coup monté ? Pourquoi ?

— Pour m'embêter, pardi. Pour me mettre des bâtons dans les roues. À force, j'ai l'habitude. Vous, aux yeux de ces gens-là, vous ne comptez pas. Le Ahmed, il a juste été un instrument, rien de plus. Mais tu vois le coup, si on nous avait brouillés pour de bon ?

— Qui, « on » ?

Charles eut un large sourire narquois.

— Ton chien, dit-il, ça va ? Tu en es content ?

L'intéressé était aux pieds de Farid. Il se baissa pour lui passer une caresse sur le dos.

— Sûr que j'en suis content. On s'entend bien, tous les deux. Mais pourquoi tu me demandes ça ? Quel rapport ?

— Tu lui as donné un nom, à ton chien ? Faudrait voir à y penser.

— Ben, c'est justement. Je cherche toujours.

— Tu sais comment tu devrais l'appeler ? « Embrouille » ! Un nom original, pour un chien, tu ne trouves pas ?

— Et pourquoi « Embrouille » ?

— Pourquoi ? C'est pourtant simple : quand tu l'appelleras, il y en a, sûr qu'ils se sentiront concernés !

12

La fête

La grande fête promise par Farid avait été fixée au week-end du 8 mai. Le calendrier offrait, cette année-là, une possibilité de pont convenant bien à l'ampleur qu'ils entendaient donner à l'événement. Avertie en temps voulu, la famille de la cité avait sauté sur l'occasion d'une telle réjouissance qui avait de surcroît l'avantage de permettre aux parents, frères, sœurs, cousins et même amis de satisfaire leur curiosité.

Que, pour eux, Farid ne soit pas « comme les autres » n'était pas une découverte. Mais on ne s'attendait pas pour autant à ce qu'il aille enterrer ses grands-parents et lui-même au fond d'une cambrousse dont on n'imaginait même pas à quoi elle pouvait ressembler. L'occasion de voir ça était trop belle. Personne ne voulut la manquer. On battit le rappel des quelques possesseurs de voitures. On se mit en devoir de rendre à leurs vieux clous assez de jeunesse pour qu'ils puissent transporter tout ce monde aussi loin, et on confirma en masse son accord pour le 8 mai.

Une affluence que Farid n'avait pas le moins du monde anticipée. Il commença à s'inquiéter. Il s'ouvrit de ses préoccupations à Aïcha, qui lui rit au nez. La perspective de faire le couscous et les merguez pour tant de personnes la mettait littéralement en transes. Elle revivait, Aïcha, et dès le mois de mars elle faisait des plans sur la comète pour que rien ne manque à la fête.

— Et où on va les loger ? paniquait déjà Farid.

— C'est ton problème. Tu n'as qu'à te débrouiller. Rien qu'ici, avec des matelas par terre, on en met une vingtaine. Tu vois avec les voisins. On en fait autant chez eux. Toi, tu te débrouilles pour trouver des matelas.

— Et où ils vont manger ?

— Oh ! Mais il me saoule, celui-là, avec ses questions ! Où ils vont manger ? Sur des tables, pardi. En mai, il fait beau. On les dressera dehors, ces tables-là, devant la maison, sur la rue s'il le faut.

C'était là faire preuve d'un bel optimisme. Vu l'humeur de la grand-mère, Farid ravala l'évocation qu'il avait sur le bout de la langue, d'éventuels dérèglements climatiques... Ahmed, qui assistait sans mot dire à l'entretien, lui fit signe de le suivre.

— Tu ne la feras pas changer d'avis. Ce n'est pas la peine, estima-t-il quand ils furent seuls devant la maison.

Le nez en l'air, il observait déjà les gouttières.

— Une bâche, dit-il. Une grande bâche tendue là. On l'attache au toit, tu nous procures des piquets assez longs et assez forts, pour mettre là, au bord de la rue. Bien le diable si on ne trouve pas les cordes nécessaires pour tendre tout ça.

— Et la bâche, tu la trouveras où ?

La question valait d'être posée. Ahmed, pourtant, ne fut pas long à trouver la solution. Après s'être gratté le menton quelques instants, l'air perplexe, il leva tout à coup un doigt triomphant.

— Charles, bien sûr ! s'exclama-t-il. Il en a, des bâches, lui, pour son bois. Sûr qu'il va nous fournir ça. Tu n'as qu'à lui demander.

Tiens donc !

— Pourquoi moi ? Pourquoi tu ne lui demanderais pas toi-même ?

Farid se moquait. Ahmed prit un air penaud.

— Tu sais bien...

Depuis que Charles et Farid s'étaient expliqués, les choses étaient peu à peu rentrées dans l'ordre. Ahmed et Aïcha, fermement tancés par Farid, avaient dû se faire une raison. Leur petit-fils ne céderait pas à la tentation. Ils eurent du mal à admettre la théorie de Charles, reprise par Farid, selon laquelle tout cela n'était qu'un coup monté pour nuire au vieux forestier. Ils durent se résoudre à taire leurs récriminations. Ce n'était pas pour autant qu'ils y avaient totalement renoncé. Farid le savait bien. Ça grognait bien encore un peu, certains soirs. Peu à peu pourtant, le temps aidant, et la perspective de la fête occupant de plus en plus les esprits, l'affaire s'estompait derrière bien d'autres préoccupations.

Malgré ce que Charles avait chargé Farid de transmettre à Ahmed, celui-ci, plus embarrassé qu'autre chose, avait oublié son habitude de se rendre à la ferme pour un oui ou pour un non. L'occasion de passer définitivement l'éponge était trop belle.

— Charles, je ne vais pas le voir d'ici plusieurs jours. Et puis, quand je passe à la ferme, on parle boulot, plaida Farid. À tout coup, j'oublierai de lui en parler, de ces bâches. Tu n'as qu'à t'en charger. Ce n'est pas sorcier.

Ahmed était piégé. Il tergiversa encore un peu. Farid ne le lâcha pas. Le vieux finit par se résoudre à franchir le dernier pas. Charles lui promit d'apporter toutes les bâches et les cordes qu'il voudrait dès que Farid lui laisserait l'usage du fardier le temps qu'il faudrait. Ni l'un ni l'autre ne fit plus jamais allusion à ce qui avait bien failli les brouiller.

Seule Aïcha s'obstinait à regretter tous les sous qu'elle avait tant espérés pour Farid. Celui-ci avait beau lui répéter que ce n'était qu'un dangereux mirage, elle persistait à regretter le beau rêve qu'elle avait fait pour son petit-fils. Jusqu'à ce que la préoccupation de la fête à venir lui fasse atteindre un tel degré de fébrilité qu'elle en profita pour libérer un peu ce qu'elle avait sur le cœur.

— Oh, et puis zut ! Vous n'êtes que des bourriques, ton grand-père et toi ! s'exclama-t-elle alors que Farid, une fois de plus, tentait de lui sortir tout cela de la tête. Vous n'entendrez jamais rien, alors ! Lâchez-moi un peu avec cette affaire-là. Si tu veux rester dans ta misère, c'est toi qui vois. Moi, je ne veux plus en entendre parler. Tu crois que je n'ai pas assez à faire et à penser comme ça ? Quand ça t'est venu, cette idée-là, tu y as pensé, à tout le travail que ça allait me donner, ta fête ? Facile de décider quand on ne fait pas. Allez, bouge-toi un peu. Reste pas là dans mon passage. Je n'ai pas que ça à faire, moi.

Farid, un petit sourire satisfait aux lèvres, s'esbigna sans mot dire. Il adorait la mauvaise foi dont sa grand-mère était capable quand il le fallait. Quand Charles apporta les bâches, elle reçut les deux bises qu'il lui claqua sur les joues en souriant aux anges et, aussi aimable qu'elle pouvait l'être, l'invita à venir prendre le café.

La voie était libre pour qu'il ne fût plus question que de la fête. Les voisins furent mis dans le coup. Ce fut une véritable flambée d'enthousiasme. Les femmes se précipitèrent vers Aïcha pour se mettre à sa disposition. Les hommes s'attaquèrent aux problèmes pratiques des tables, de l'auvent et même des matelas qu'il faudrait bien trouver.

Bref, il y eut tant à faire qu'on ne vit pas passer la fin de l'hiver et le début du printemps. À la surprise générale, ce fut le maire qui résolut le problème du logement. Personne, au camp, n'ayant jugé judicieux de le prévenir de ce qui se préparait, Charles prit sur lui de l'en informer. L'autre, qui n'était pas un méchant bougre, n'y vit aucun inconvénient, bien au contraire. Un peu d'animation dans un pays qui en manquait notoirement, ça ne pouvait faire de mal à personne. Mis en confiance par ces bonnes dispositions, Charles, à tout hasard, évoqua le problème crucial du logement.

— Pas de problème ! s'exclama le maire. On a ce qu'il faut.

Depuis quelques étés, des groupes de randonneurs avaient pris l'habitude de faire étape à Sarmigny. Pour les loger, on s'était procuré quantité de matelas qu'on étendait dans la salle des fêtes. C'était sommaire, mais ils n'en demandaient pas plus, menaient joyeuse vie dans cette espèce de grand dortoir improvisé et devaient en rapporter suffisamment de bons souvenirs pour n'avoir de cesse que de recommencer l'année suivante.

— On installera les matelas des randonneurs, décréta le maire. Ça les fera sortir de la poussière ! Vous donnerez ce que vous voudrez à la caisse des écoles, et ça ira bien !

L'air de rien, c'était donner à leur fête une dimension qu'ils n'avaient pas envisagée. Ils en furent presque gênés.

— Qu'est-ce que vous vous embarrassez ! leur dit Charles. Bien sûr, il y en a dans le pays à qui ça ne va pas plaire. Et après ? Des râleurs, il y en a toujours. Vous ne vous en préoccupez pas et l'affaire est faite. Oh ! Pour une fois qu'on fait comme si vous étiez d'ici, vous n'allez tout de même pas vous en plaindre ?

Il fallut bien qu'on se range à son avis. Il y avait tant à faire par ailleurs qu'on n'y pensa plus.

Les premières voitures arrivèrent au petit matin du premier jour de réjouissances prévues pour en durer trois. On avait roulé de nuit. Surtout, on avait quitté Paris avant que ne se forment les inévitables bouchons des débuts de week-ends à rallonge. On ne sut ce qu'il fallait admirer le plus, du nombre de passagers qui jaillissaient de chaque véhicule ou de la quantité de victuailles qu'on se passa de main en main, depuis les coffres pleins à ras bord jusqu'à la cuisine d'Aïcha.

On fut vite submergés. Quand Charles parut, en fin de matinée, encombré d'une superbe pièce montée qu'il portait à bout de bras, ce fut à peine si on le remarqua. Un peu dépité, il était déjà prêt à s'effacer, à se contenter d'un petit coin d'où observer sans être vu ces gens étonnants qui parlaient tous à la fois et très fort, riaient plus bruyamment encore. Fort heureusement, Ahmed le vit. Il attrapa Farid au passage, alerta Georges et Armand. Ils se regroupèrent, se serrèrent les coudes, firent front face à la marée montante de ces citadins que le dépaysement rendait plus volubiles encore qu'à l'accoutumée.

Les femmes, elles, n'eurent pas de ces hésitations. On fit connaissance en allant, en préparant les assiettes et en les passant. Il y eut de quoi faire, mais elles avaient eu, comme de coutume, le geste qui sauve. Rien de plus efficace qu'une profusion de victuailles pour endiguer un tel flot montant de convives. Car les voitures, pareillement chargées, continuèrent d'arriver jusqu'en fin de matinée. L'heure de midi et le bel ordonnancement du repas qu'avait prévu Aïcha passèrent sans qu'on les vît.

Par chance, la prémonition de la vieille dame avait été la bonne. Farid n'était qu'un oiseau de mauvais augure. Il faisait beau, lumineusement beau et pas trop chaud. L'ombre de la grande bâche tendue devant le logement n'y aurait pas suffi. On s'éparpilla, on alla d'une maison à l'autre. On fut vite comme chez soi, à ceci près qu'on avait le choix entre trois portes.

Allons ! C'était bel et bien parti pour trois jours. Il ne restait plus qu'à laisser couler. Même Aïcha se détendit. Que pouvait-elle faire d'autre ? Ses beaux plans, ses projets de grandes tables bien ordonnancées, de couverts mis, couteau à droite, fourchette à gauche posée sur la serviette en papier, de menus réglés comme du papier à musique, avaient volé en éclats. On allait, on venait, on se servait comme on l'entendait, on la remerciait chaleureusement au passage pour des plats qu'elle n'avait même jamais vus et tout le monde semblait heureux. Que demander de plus ? Elle avait renoncé et laissait faire, portée par la liesse générale.

Dans l'après-midi, on eut l'agréable surprise de voir apparaître un petit groupe de jeunes du pays avec Aurélie à leur tête. Un peu intimidés, mais bien décidés à ne pas manquer cette occasion de s'amuser, on les vit approcher à petits pas, ne sachant pas trop comment entrer en matière. Traînant à sa suite tout une bande de frères et d'amis, Farid vint au-devant d'eux. D'elle, en fait, tant il ne voyait que le sourire d'Aurélie.

La glace, si tant est qu'il y en eût, fut vite rompue. Charles avait assisté de loin en souriant à cette véritable dissolution d'un groupe dans l'autre. Avec Ahmed, ils étaient les patriarches de l'assemblée. Mais si le vieux harki retrouvait avec délectation sa famille et ses amis, son vieil ami le bûcheron du Morvan se faisait l'étrange impression d'être là comme une pièce rapportée. Il ne se serait pourtant privé de ce moment de liesse sous aucun prétexte. Il était heureux au milieu de tout ce monde et l'apparition de quelques-uns de ces jeunes concitoyens lui apparut comme une sorte de victoire. Le parti des grincheux, dont il savait qu'il se déchaînait depuis quelques jours, devrait bien admettre qu'il ne faisait pas l'unanimité. Que cette fête soit celle de gens qui n'étaient « pas d'ici », des gens tellement « différents », n'avait pas arrêté les jeunes. Charles, le plus vieux de tous, en jubilait.

Aurélie le vit et se précipita vers lui.

— Tu es donc là, toi ! fit-elle, jouant l'étonnement.

— Eh ben, et toi ?

— C'est une fête pour les jeunes, pas pour les vieux !

— Veux-tu bien te taire, insolente ! Va donc plutôt t'occuper de ton amoureux.

Elle sursauta et le dévisagea, mi-amusée, mi-inquiète. Qu'est-ce qu'il mijotait encore, le grand-oncle ?

— Mon amoureux ? Faudrait d'abord que j'en aie un.

— Et le Farid, tu n'as pas vu comme il te regarde ?

C'était pourtant vrai. Depuis qu'elle était là, ce grand ballot de Farid n'était plus le même. En apparence, il n'avait même pas quitté sa place parmi ses frères, ses sœurs et ses amis, mais il n'était plus vraiment avec eux. Il fallait le léger retrait dans lequel se tenait Charles et toute sa perspicacité pour avoir remarqué qu'il la surveillait discrètement, brûlant à l'évidence du désir de la voir venir à lui, faute de savoir comment s'y prendre pour l'attirer. Aurélie le suivit des yeux quelques instants, puis haussa les épaules.

— Il fait bien ce qu'il veut. Moi, je n'ai pas d'amoureux et je m'en porte aussi bien.

Puis elle fila vers la ruelle d'où s'élevaient des airs d'une musique qui devait déjà lui faire monter des fourmis dans les jambes. Sans rien perdre de son sourire, Charles eut tout de même de la tête un geste de dépit.

— Ça arrangerait pourtant bien mes affaires… grommela-t-il avant de se tourner vers Ahmed et Georges qui venaient vers lui.

Y eut-il vraiment des moments, durant ces trois jours de délire, où la fête se tut ? Si elle s'essoufflait au plus profond de la nuit, ce n'était que pour reprendre de plus belle au petit matin, autour des marmites de café préparé par Aïcha et ses amies, et des pâtisseries en tous genres jaillies de tous les coffres des voitures.

Aurélie et ses amis du pays, qui n'avaient disparu que tard dans la nuit, réapparurent au matin sur le coup de onze heures. Charles s'était éclipsé plus raisonnablement vers neuf heures du soir. Sa chienne sur les talons, il avait repris le chemin de sa ferme et en avait apprécié le calme. Juste le temps qu'il fallait pour souffler et remettre cela sans déplaisir le lendemain en fin de matinée.

Il fallut bien pourtant que, le troisième jour, on pensât au retour. Aïcha fit preuve d'autorité.

— D'abord, décréta-t-elle, les chauffeurs n'ont plus le droit de boire autre chose que de l'eau ou des jus de fruit. On en a préparé pour eux. Ils n'ont qu'à demander. Ensuite, comme il y en a qui vont devoir partir en début d'après-midi, pour une fois vous allez m'écouter. On va manger tous ensemble, autour des tables, comme des gens civilisés, pas comme des sauvages. Ce sera mieux.

Une certaine fatigue commençant à se manifester, on obtempéra. Midi était à peine sonné que la fête brouillonne, exubérante, qu'on avait connue depuis l'avant-veille avait pris des allures de repas de noce campagnarde. Tout le monde était assis et attendait sagement que passent les plats. L'ambiance n'était pas plus morose pour autant et on repérait facilement les chauffeurs des voitures tant les autres dédaignaient leurs jus de fruit !

On en était au dessert lorsque survint, comme une bien curieuse cerise sur le gâteau, le seul événement auquel on ne s'attendait pas. Une voiture de gendarmerie apparut au bout de la ruelle. Il y eut un bref tumulte d'exclamations effarées, puis un silence comme le camp n'en avait plus connu depuis trois jours. La camionnette bleue, sur les flancs de laquelle le mot *GENDARMERIE* s'étalait en grosses lettres blanches, vint s'arrêter à la hauteur des premières tables.

— On peut savoir ce qui se passe ici ? demanda le seul homme qui en était descendu.

À voir sa tenue et ses galons, ce devait être le chef. Ses collègues, dans la voiture, se contentaient d'observer la scène, l'air grave. Farid s'était levé.

— Eh ben, on mange ensemble...

Que dire d'autre ? C'était tellement évident. Le chef en parut un peu gêné. D'un œil qui se voulait sévère, il détailla chaque table, l'une après l'autre. Il y avait là quelques têtes, jeunes ou moins jeunes, qu'il ne pouvait pas ne pas reconnaître. Il ne put s'empêcher d'adresser un discret signe de tête à Charles.

— On s'est plaint que vous faisiez beaucoup de bruit, dit-il sans conviction et manifestement pour donner une justification à sa présence.

Farid eut un sourire un peu narquois.

— Qui c'est qui s'est plaint ? demanda-t-il. Les voisins ? Attendez, on va pouvoir leur demander, ils sont là...

— C'est nous ! C'est nous ! revendiquèrent en piaillant les enfants que Georges, Armand et leurs femmes tâchaient mollement de faire taire.

Le chef eut le bon goût d'en sourire.

— Bon, ça va, dit-il. Mais tâchez tout de même de ne pas être trop bruyants.

Il faisait déjà le geste de repartir vers sa voiture. Farid l'interrompit :

— Chef, on vous sert un coup à boire ?

L'autre eut de la main un geste de dénégation.

— Jamais en service, mon gars !

— Oh, eh, pour une fois. Là, pour dire, vous n'y êtes pas, en service. Vous êtes en visite. Une fête entre amis, est-ce que ça demande des gendarmes en service ?

Le chef leur fit à nouveau face. Cette fois, il souriait franchement. Farid, hilare, accrocha son regard et le soutint longuement.

— Bon, dit le chef. Mais juste un verre, pour l'amitié.

Il fit un signe de la main à ses collègues, qui vinrent le rejoindre.

— Comme ça, dit Charles assez fort pour que tout le monde puisse entendre, ceux qui l'ont trouvé bonne de vous déplacer ne l'auront pas fait pour rien !

Le regard du chef glissa de Farid au vieux forestier. Il riait jaune.

— Toi, l'homme des bois, la prochaine fois, tes

histoires de famille, tu tâcheras de les régler tout seul ! s'exclama-t-il.

— Quand je vous le disais ! conclut Charles pendant qu'Aurélie, gênée, piquait du nez vers son assiette.

13

« Tu as compris, maintenant ? »

Ils étaient seuls et ça leur faisait tout drôle. La dernière voiture était partie en milieu d'après-midi. Avec les voisins, ils s'étaient appliqués à ranger l'essentiel, mais, rapidement, la lassitude avait pris le dessus. La fatigue, à laquelle ils n'avaient même pas pensé durant trois jours, s'était rappelée à eux et avait eu vite fait de les terrasser. Les voisins étaient rentrés chez eux.

« Ça n'empêche, avait dit Ahmed en se laissant tomber sur une chaise, on a passé un sacré bon moment. »

Aïcha et Farid étaient venus le rejoindre. Il ne leur restait, pour toute énergie, que le plaisir d'évoquer ce qu'ils venaient de vivre. Un sourire un peu béat sur les lèvres, ils s'y abandonnèrent quelques instants en silence. Puis Aïcha hocha la tête d'un air entendu.

— Heureusement qu'il y avait les voisines, dit-elle.

Ahmed et Farid approuvèrent gravement.

— Elles ont bien aidé, confirma Ahmed. Mais, faut pas croire, Georges et Armand, ils ont fait leur part.

Aïcha se contenta de sourire.

— Le tout, dit Farid, c'est que ça se soit bien passé. Ils sont tous repartis avec une bonne impression. Maintenant qu'ils connaissent le chemin et qu'ils savent ce qui les attend au bout, rare qu'on ne les voit pas réapparaître de temps à autre.

— Et ce serait bien, insista Aïcha, qui ne se voyait pas repartir aux mois de solitude qu'elle venait de vivre.

— Malgré les gendarmes ! crut bon d'ajouter Ahmed.

Farid haussa les épaules en émettant un petit rire sceptique.

— Tu penses, les gendarmes ! D'abord, pourquoi ils sont venus ? Depuis quand une réunion de famille et d'amis, ça demande que les gendarmes s'en mêlent ?

Ahmed approuva d'un geste de la tête.

— C'est bien ce que je me disais, mais on en voit de si drôles, maintenant... Qu'est-ce qu'ils sont venus traîner là ?

— Parce que tu crois qu'ils y sont venus tout seuls, toi ? Si ça n'avait tenu qu'à eux, sûr qu'ils ne se seraient pas donné la peine du déplacement.

— Des ordres ? Qui veux-tu ?

— Des ordres... Façon de parler. Des avis, des conseils, des demandes insistantes, appelle ça comme tu voudras. Il faut se mettre à leur place. S'ils ne l'avaient pas montrée venant par ici, leur camionnette bleue, on aurait dit qu'ils ne foutent rien, qu'ils ne s'occupent pas de leurs affaires...

Ahmed voyait bien où Farid voulait en venir, mais il n'était pas convaincu. C'était presque leur donner trop d'importance. Qui pouvait s'inquiéter à ce point de ce qu'ils faisaient ?

— Tu dis ça, mais qu'est-ce qu'on en sait ?

— Tu as entendu ce qu'il a dit à Charles, le chef, quand on leur a payé un coup à boire ? « Tes histoires de famille, tu tâcheras de les régler tout seul »... Tu sais qui c'est, la famille de Charles.

Ahmed n'avait pas envie d'en convenir.

— Et alors ? fit-il. Ce sont les affaires de Charles. Qu'est-ce qu'on y peut, nous ? Moi, je ne me suis jamais mêlé des affaires de mon patron.

— Tu rigoles ? Tu la connais, pourtant, la Justine. Tout ce qui pourra embêter Charles, elle le fera. Et nous embêter nous, c'est embêter Charles, bien sûr. Pourquoi tu crois qu'elle l'a surnommée l'Embrouilleuse, l'ancienne institutrice, la Louisette ? Pour elle, on est trop bien avec lui. Il en fait de trop pour nous, pour moi en particulier. Qui tu crois qui nous l'a envoyé, l'autre suffisant, avec son gros 4 × 4, pour essayer de nous brouiller avec Charles, avec son offre délirante ? Tu as compris, maintenant, pourquoi il ne fallait surtout pas marcher dans la combine ?

— Tu crois ? fit encore semblant de douter Ahmed.

— Si je crois ! C'est que je suis sûr, oui. Même que je ne suis pas près d'arrêter de me méfier. Elle recommencera, marche. Elle a ça dans le sang. C'est de la méchanceté à l'état pur. Elle fera tout pour nous mettre des bâtons dans les roues. Surtout depuis que l'autre suffisant d'Alfred a mis son nez dans tous les bois que Charles leur a raflés. Ça, ce n'est pas demain la veille qu'elle lui pardonnera. Et que ce soit moi qui travaille là-dedans, avec des chevaux, comme Charles, sûr que ce n'est pas pour arranger les choses...

— Et après ? Qu'est-ce que tu crois qu'elle peut faire ? Si vous le savez, il vous suffit de ne pas tomber dans le panneau. C'est pourtant simple.

Il ne doutait de rien, le grand-père. D'un regard, Farid lui fit comprendre ce qu'il en pensait.

— Comme tu dis, c'est simple. Sauf à se laisser prendre. Et on n'en a pas été bien loin, il n'y a pas si longtemps... Ne me dis pas que tu as déjà oublié !

Aïcha les avait laissés parler sans s'en mêler. Bien calée au fond de sa chaise, elle semblait somnoler.

— Elle est pourtant bien mignonne, la petite-fille de la Justine, laissa-t-elle tomber enfin d'une petite voix douce. Et sa grand-mère, elle la laisse venir ici ou aller chez le Charles comme ça, sans rien dire ?

Il fallait bien que ça vienne. Farid fit celui qui ne voyait aucun sous-entendu dans les propos de la vieille femme.

— Et que veux-tu qu'elle dise ? Elle fait bien ce qu'elle veut, la Aurélie. Elle, elle s'en fiche complètement, de ces affaires-là. Chez le Charles, elle y est toujours fourrée parce qu'elle l'aime bien. Ici, elle y est venue avec ses copains parce qu'on les avait invités et que les occasions de prendre un peu de bon temps ne courent pas les rues du pays, voilà tout.

— Elle te plaît, la petite… Comment tu l'appelles, déjà ? Aurélie, c'est ça ? Avoue qu'elle te plaît.

Farid se trémoussa sur sa chaise, air gêné et sourcils froncés.

— Arrête, grand-mère, tu veux ? On n'est pas du même monde, c'est tout. Elle est étudiante à Dijon ou je ne sais où, moi je suis un simple forestier. Et encore, un forestier à l'ancienne, avec des chevaux. Qu'est-ce que tu veux qu'il y ait entre nous ?

Il en aurait fallu plus pour qu'Aïcha en démorde.

— N'empêche qu'elle te plaît. Je l'ai bien vu, va !

Farid se contenta de hausser les épaules. Pas la peine d'insister, la grand-mère n'en reviendrait pas. Et lui ne saurait pas nier l'évidence ! Il se leva brusquement.

— Ce n'est pas de tout ça, mais il y a encore à ranger. Demain, je suis au boulot, moi.

Les deux vieux ne bougèrent pas pour autant. Ils se contentèrent d'échanger un sourire complice avant de s'abandonner à une douce somnolence. Ils en avaient assez fait depuis trois jours.

On aurait pu croire que, l'événement passé, la vie avait repris son cours ordinaire. Le village d'un côté, occupé de son lent déclin, de ses dissensions, de ses mauvaises consciences, de l'époque des foins qui approchait ; le camp de l'autre, éternellement en quête de sa survie, insouciant et solidaire. Pour un peu, Ahmed et Aïcha, assurés de la maigre retraite du vieux et des modestes revenus de Farid, y auraient fait figure de privilégiés. Mais on ne s'encombrait pas de telles considérations, dans les trois petits logements de ce lieu étrange. Il semblait qu'en y échouant ses habitants avaient une fois pour toutes renoncé à l'épuisante compétition de l'existence.

Sans autre but que de vivre en paix, subsistant de bric et de broc, de petits boulots, à l'occasion de minuscules magouilles, ils n'avaient plus d'autre ambition que d'être payés de leurs actes par les sourires qu'ils suscitaient. Étrange alchimie de la misère qui ne pouvait évidemment s'opérer qu'entre eux et leur faisait prendre pour une véritable bénédiction de pouvoir le rester. Rien ne les arrangeait plus que le parti pris de feinte ignorance de ceux du village qui dissimulaient mal, derrière cette posture, leur attente vaguement haineuse d'un prétexte qu'ils pourraient saisir pour mettre bon ordre à l'inconvenance de tout cela. À force, le camp avait acquis une sorte de transparence qui, tant qu'elle durerait, arrangeait bien ses habitants.

Certes, ces trois jours de fête débridée avaient fait jaser. Trop peut-être. Mais bon… Ils étaient passés. On n'en parlait plus. Sauf que la prédiction de Farid eut tôt fait de se révéler exacte. Après avoir abondamment remercié en évoquant tous les bons souvenirs qu'on gardait de ce séjour à la campagne, frères, sœurs et amis en vinrent vite à exprimer le souhait qu'on remette ça au plus vite ! Personne n'y trouvant à redire, au camp tout du moins, on se décida pour un week-end de juillet et l'on pensa à nouveau aux préparatifs.

L'expérience aidant, ils furent moins tumultueux que la première fois. La petite collecte qu'on avait faite, en mai, au bénéfice de la caisse des écoles, ayant largement satisfait monsieur le maire, il ne vit aucun inconvénient à rééditer la mise à disposition de la salle des fêtes transformée pour l'occasion en dortoir sommaire.

Le débarquement fut tout de même moins conséquent que pour la première. Certains étaient en vacances, d'autres trouvaient tout de même le terrain de jeu un peu éloigné. On vit, en fait, se dessiner là un noyau de purs et durs à l'enthousiasme desquels on put mesurer que l'habitude était en train de se prendre. Un régime de trois ou quatre fêtes similaires dans l'année ne semblait pas hors de portée.

D'ailleurs, après deux jours quasiment ininterrompus de festivités, on se mit d'accord sur une date qui permettrait de ne pas rester trop longtemps sans se voir. La seconde moitié de septembre emporta les suffrages unanimes. C'était une époque où on pouvait espérer que tout le monde serait rentré de vacances et où l'arrière-saison réservait encore de beaux jours. Et puis, l'attente, pour longue qu'elle serait, sembla encore raisonnable.

Charles, pourtant, ne parut pas plus à cette fête de juillet qu'à celle de septembre. Il vieillissait mal, Charles. Il n'était pas du genre de ceux qui se satisfont de l'inaction de la retraite. Ses bois lui manquaient, mais, dans le même temps, il se plaignait de ne plus être en mesure de les courir. Farid comme Aurélie avaient beau tenter de le secouer, de l'entraîner hors de chez lui, il abandonnait. « D'ailleurs, faudra qu'on parle », répéta-t-il plusieurs fois à Farid. Mais il ne se décidait pas. Oubli, négligence ? Cela ne lui ressemblait guère. Peut-être hésitait-il encore. Il fallait que ce soit d'importance, se disait parfois Farid, pour qu'il remette toujours à plus tard.

À vrai dire, il s'en souciait peu. Son travail dans les bois absorbait toute son énergie et son attention. Outre le bois coupé durant l'hiver qu'il descendait des coupes à pleins fardiers, jour après jour, malgré l'exubérance de la végétation estivale, il avait entrepris le nettoyage de tout un quartier de la forêt dont il entassait le petit taillis en d'immenses tas auxquels il se réservait de bouter le feu quand ils auraient un peu séché et que la saison s'y prêterait.

Entre ses deux chevaux et son chien qui ne le quittait jamais, Farid vivait en forêt des jours de grand bonheur. Sa jeunesse aurait pu, à force, se lasser de la monotone répétition de ces jours de solitude. Mais, outre qu'il avait une nature à se complaire dans cet état, la perspective des fêtes dont le camp était en train de prendre l'habitude suffisait amplement à lui faire l'humeur également joyeuse, au long des semaines qu'il passait dans les bois.

Sa seule préoccupation était pour Charles. Il passait à la ferme du vieux aussi souvent qu'il le pouvait, s'éternisait à sa table, l'entretenait des moindres petits détails de son travail, recherchait ses conseils chaque fois qu'il en trouvait le prétexte, mais repartait toujours avec la rage au cœur de ne pas avoir réussi à obtenir de son vieil ami les quelques mots qu'il désespérait de l'entendre prononcer : « Attends voir, je m'en vais y monter, là-haut. Je te donnerai un coup de main. » Depuis combien de temps ne l'avait-il plus entendu, cet avis péremptoire qui, il n'y avait pas si longtemps, parvenait parfois à l'exaspérer ? Comme s'il n'avait pas été capable de régler lui-même ses problèmes. Il en était à le quémander, et il ne venait plus...

Il ne parvint qu'une seule fois à sortir le vieux de sa torpeur et à le faire se redresser, en se massant le dos, dont il souffrait de plus en plus.

— Bon, je vois bien qu'il va falloir que je m'en mêle, dit-il avec bien plus d'ennui que de dynamisme dans la voix. J'irai le voir dès demain. Mais, je crains fort...

Encore ne s'agissait-il pas des bois, mais de la salle des fêtes que, sans raison bien précise, le maire venait de leur refuser pour l'occasion de la fête de septembre. « Non, cette affaire-là, ça ne peut plus marcher, leur avait-il simplement rétorqué. Il faudra vous trouver un autre moyen, pour héberger vos gens. »

Charles avait tenu parole. Il était allé rencontrer le maire, mais n'en avait rien obtenu de plus.

— Mais pourquoi ? s'étonna Farid. On n'a rien abîmé. Les deux premières fois, ça s'est bien passé. En juillet aussi, on a fait une collecte pour la caisse des écoles. Bon, il y avait un peu moins qu'en mai.

C'est qu'on était aussi moins nombreux. Pourquoi il ne veut pas, cette fois-ci ?

Charles, qui avait retrouvé avec un profond soupir de soulagement le fauteuil qu'il ne quittait plus guère, considéra longuement Farid, l'air désabusé. Il cherchait les mots pour lui présenter la chose et n'avait pas l'air de les trouver trop facilement. Il finit par avoir un petit geste désabusé de la main.

— Que veux-tu ? dit-il. Un maire, ce n'est pas ce qu'on croit. Il est pourtant bien brave, le nôtre. Et puis, je suis plutôt bien avec lui. À croire que je n'ai plus l'influence de jadis. Parce qu'un maire, c'est élu, un maire. Faut pas l'oublier, ça. Faut qu'il tienne compte de l'avis de ses électeurs. Dans le temps, quand je donnais mon point de vue, il savait que j'entraînais assez de gens derrière moi pour qu'il ait intérêt à le suivre. Maintenant… Il y en a d'autres, qui disent blanc, qui disent noir. Il est bien obligé d'en tenir compte, s'il veut être réélu. Tu comprends ce que je veux dire ?

Farid ne comprenait que de trop. Il eut tout de même une dernière hésitation :

— Tu crois que c'est ?…

Charles ne lui laissa pas le temps de terminer sa phrase :

— Ce n'est pas que je crois. C'est que je sais. Elle et l'Alfred. Il paraît qu'ils sont brouillés, ces deux-là, mais pour faire régner leur loi, vieux gars, sûr qu'ils savent s'entendre. Et puis l'Alfred, à ce qu'on dit, il a des amis dans la politique. Des amis... Comment je peux dire ? Ben oui, quoi, ceux pour qui un Arabe en forêt, ça fait tache. Tu vois de qui je parle...

Farid voyait très bien. Mais, au fond, il s'en fichait. Rien d'autre, pour l'instant, ne lui importait que de résoudre le problème de l'hébergement de ses amis.

L'idée vint à Farid alors qu'il revenait au camp par le vieux chemin. La vieille ferme ! Il y avait toute la place qu'on voulait, là-haut, pour faire la fête. Ce serait un peu rustique. Et après ? Ce serait un charme de plus. Il allait demander à tous ceux qui s'étaient annoncés d'amener des matelas gonflables et des duvets. Pour le reste, on se débrouillerait. On avait l'habitude. Il avait refait l'essentiel du chemin. Une voiture y montait maintenant sans trop de difficultés. Ce serait terrible, comme décor. La fête qu'on allait faire, là-haut !

Il prit tout de même soin de repasser dès le lendemain chez Charles. La moindre des choses était de lui demander son accord.

— Tu fais bien ce que tu veux, lui répliqua le vieux. C'est ton domaine, maintenant, la vieille ferme. Si tu veux y faire la fête, c'est toi qui vois. Et si tes amis ça ne leur fait pas peur ! Marche, vous serez bien, là-haut.

Ils le furent ! Si Aïcha grogna bien un peu à l'idée de monter tous ses plats, ses couverts, ses ustensiles de cuisine là-haut, Ahmed, Georges et Armand trouvèrent l'idée à leur goût. Farid ressortit sa vieille Renault, qui assura tout le transport. Ils avaient tout de même installé quelques lits dans la maison pour ceux qu'effrayait trop l'idée de dormir dans la grange sur des matelas gonflables, mais ce furent là des distinctions qui s'effacèrent d'elles-mêmes dès que la fête fut lancée. Des trois, ce fut peut-être la plus belle, celle qui fit briller durant longtemps le plus d'étincelles dans les yeux de ceux qui l'avaient vécue.

Les deux stères de bois que Farid avait prévus ne furent pas de trop pour alimenter durant deux jours et une nuit le grand feu de camp qu'ils avaient allumé au milieu de la cour et dont les lueurs devaient se voir très loin à la ronde. On y dansa, on y chanta, on y but peut-être un peu plus que de raison, beaucoup dormirent à la belle étoile, et l'aube fut un grand moment pour tous ceux qui n'avaient jamais vécu un tel moment en forêt.

On se quitta sur la promesse de ne plus se retrouver ailleurs que dans ce cadre à la fois décrépit et somptueux. Cette semi-ruine au milieu des bois, dans l'écrin un peu hirsute de ses prés hantés par les deux chevaux, avait un goût d'aventure, d'irrémédiable plongée dans des temps révolus où la nature marquait encore ses droits. Juste de quoi assaisonner leurs fêtes d'un délicieux frisson de dépaysement dont ils raffolaient.

« Tu as compris, maintenant ? »

— Dans la neige ! suggéra un des plus téméraires. La gueule que ça aurait !

On n'arrêta pas de date. Un sérieux travail de persuasion restait à faire sur ceux, et celles surtout, qui riaient le plus fort de la suggestion mais sentaient déjà la tentation du geste un peu fou concurrencer leurs craintes du froid et de l'inconfort.

14

Le rejet

Au couchant, le soleil faisait encore une toison d'or et d'argent à la forêt quand, la dernière voiture de banlieusards partie, Aïcha, Ahmed, Farid, les voisins du camp et les quelques jeunes du pays qui s'étaient joints à la fête se retrouvèrent entre eux autour du grand feu qui s'endormait lentement. Le moment était à l'apaisement. Dans la douceur d'une fin d'après-midi d'arrière-saison, assis dans l'herbe ou sur les quelques bancs rustiques qu'on avait bricolés là de quatre pierres et d'une planche, ils s'abandonnaient au plaisir de prolonger les bons moments qu'ils venaient de vivre. C'était comme une autre fête, plus douce, plus intime, qui convenait bien à leur état de fatigue. Ils laissèrent durer jusqu'à ce que l'ombre du soir les isole.

Alors, les jeunes du pays convinrent qu'il faut savoir terminer une « teuf ». On se remua, lentement, à gestes un peu félins, comme si on s'étirait. On se dit bonsoir. Aurélie se suspendit juste un peu plus que de raison au cou de Farid.

— Content ? demanda-t-elle.

Ils étaient les yeux dans les yeux. Il la prit par la taille et la serra brièvement contre lui. Son regard disait sa satisfaction. Elle n'insista pas, laissant simplement le bout de ses doigts glisser sur sa nuque, sur son épaule, puis sur sa poitrine, jusqu'à ce qu'elle soit trop loin de lui.

— Je dirai à Charles que tu étais là, promit-il.

— Et que j'ai bien regretté de ne pas le voir, ajouta-t-elle.

Ce n'était que prétexte à ce que leurs regards ne se séparent qu'à l'extrême limite, quand elle dut se retourner et suivre ses amis, qui s'éloignaient vers leurs voitures.

Déjà, Ahmed, Aïcha et les voisins s'étaient attelés au rangement. Farid alla chercher sa vieille Renault et en ouvrit le coffre. On y entassa en vrac tout ce qui devait redescendre au camp. Il serait bien temps d'y mettre de l'ordre demain. Les enfants étaient redescendus à pied. Ils s'entassèrent tous comme ils le purent dans la voiture. À peine si Embrouille parvint à se glisser entre les jambes des passagers. Les femmes s'étaient installées sur les genoux de leurs maris. Ce fut une dernière occasion de rire et de plaisanter. La vieille guimbarde était tellement chargée qu'à plusieurs reprises, bien que Farid eût bouché trous et ornières trop profondes du chemin, son fond émit des plaintes sinistres en raclant la pierre.

Lorsque le pignon du long baraquement apparut dans les phares de la voiture, malgré tout le plaisir qu'ils avaient pris à la vieille ferme, il leur parut qu'ils atteignaient enfin au port.

— Ouf ! On y est, dit Aïcha.

Mais aussitôt, comme les autres, elle tendit le cou et se pencha vers le pare-brise pour mieux voir.

— C'est quoi, ça ?

Il n'y avait pas d'éclairage de rue dans leur impasse. Il fallut que les hommes reviennent avec une lampe torche pour qu'ils comprennent qu'ils avaient vu juste.

De grands tags barbouillaient le pignon et le mur du logement d'Ahmed, d'Aïcha et de Farid. À coups maladroits de bombes à peinture, en lettres rouge sang brouillées de coulures, on s'était acharné à composer comme on l'avait pu des mots qu'ils durent déchiffrer un à un, dans le maigre faisceau de la lampe torche, pour se persuader qu'ils ne se trompaient pas.

Les gris, ça suffit ! osait la souillure du pignon. *Les bicots, à la mer !* proclamait l'ordure qui courait sur presque toute la longueur du logement, sous les fenêtres.

— T'inquiète, dit Georges. Il me reste de la peinture. Demain, en un rien de temps, on aura effacé tout ça.

Oui, bien sûr. Merci, Georges. De lui, d'Armand, de leurs épouses et de leurs enfants, Aïcha, Ahmed et Farid savaient bien qu'ils pouvaient tout attendre. Mais les autres... Tous les autres, ceux du village qui avaient commencé par faire comme s'ils ne les voyaient pas et dont les regards, peu à peu, s'étaient durcis en apprenant à s'arrêter sur eux.

Question d'habitude. Ils n'avaient pas relevé. C'était pour eux tellement banal. D'ailleurs, s'ils avaient eu à s'étonner, c'était plutôt de l'indifférence dont ils avaient d'abord été l'objet. Que cela n'ait pas duré n'était pas vraiment de nature à les surprendre. Ils avaient si peu à faire dans le pays qu'on n'y avait pas attaché d'importance.

La claque n'en était que plus violente, surtout après ces deux jours de pur bonheur. Certes, Georges et Armand avaient tenu parole. Dès la première heure, le lendemain matin, ils étaient là avec pinceaux et pots de peinture. Les tags eurent vite disparu. Mais ils n'étaient pas près de s'effacer dans les cœurs ulcérés et dans les têtes déboussolées.

L'acte d'accusation, celui qui leur valait ce réveil soudain des haines les plus recuites, ils le connaissaient parfaitement. Ils avaient osé s'amuser au nez et à la barbe de gens qui, à force d'avoir consenti au déclin de leurs villages, finissaient par élever leur propre vacuité au rang d'intouchable règle de vie. Que leur resterait-il à dénigrer, à critiquer, à dénoncer si on leur ôtait cet ennui visqueux dans lequel ils s'étaient peu à peu laissé prendre ? Aux yeux de certains, dans le pays, ignorer cette sorte d'auto-flagellation, s'obstiner à savoir continuer à prendre son plaisir, c'était les mépriser, se moquer ouvertement de la petitesse à laquelle ils étaient réduits. Ce ne pouvait être qu'à leurs dépens, du moins s'en étaient-ils persuadés, en accumulant toutes les petites preuves, tous les minuscules indices de cet outrageux parti pris de vivre et de bien vivre qui s'était saisi du camp.

Le passage d'une voiture dans la rue quasi déserte d'un village en dit parfois plus que de longs discours. Ainsi en avait-il été de celle des gendarmes, identifiable entre toutes, qui, en plein « pont » du 8 mai, en traversant le pays en direction du camp, avait fait l'effet d'un véritable fléchage. Elle avait tourné tous les regards vers ce lieu transparent dont on préférait jusque-là feindre d'ignorer l'existence. Une mise en condition involontaire qui avait préparé le terrain à quelques remarques bien senties, l'air de rien, au cul de la camionnette de l'épicier ou ailleurs, comme le coup de fouet qui fait prendre la mayonnaise. On ne parla plus bientôt que de cela. Les grands mots furent osés. La moralité était en cause. Et ces jeunes du pays qui étaient allés s'en mêler. « Où allons-nous, ma bonne dame ?… »

Les voitures des banlieusards qui traversèrent le pays en juillet étaient certes plus communes que celle des gendarmes. Encore que, de modèles passés de mode et passablement défraîchis, leur surcharge et surtout leurs immatriculations les identifiaient au moins aussi sûrement. C'était donc qu'ils remettaient ça, ceux du camp. Il avait suffi de quelques bruits de moteur troublant l'ennui d'un après-midi pour que se relance la suspicion née de la descente des gendarmes, et que fusent à nouveau les petites remarques assassines.

De les voir réapparaître, deux mois après, et surtout s'engager dans le chemin de la vieille ferme, avait haussé d'un cran le ton des propos effarés. « Faut pas demander… Ça ne doit pas être beau, là-haut. Pourquoi tu crois qu'ils vont se cacher dans cette ruine ? T'imagines… »

Et les jeunes du pays qui, Aurélie en tête, s'empressaient de suivre ! À croire qu'ils les aimantaient, tous ces jeunes sortis d'on ne savait où… Est-ce qu'on ne devrait pas… Les suggestions allaient bon train. « L'ordre, ma bonne dame ! » Qu'attendait-on pour agir, avant qu'il ne soit trop tard ?

Les regards se faisaient fuyants, on se détournait. Agir ! Elles en avaient de bonnes, les commères… Mais quoi faire ? Si même les gendarmes estimaient qu'il n'y avait rien à dire… Et le maire ? Ben quoi, le maire ? Qu'est-ce qu'il y pouvait, le maire ? Tant qu'ils font la fête chez eux…

« Ça ne t'arrive jamais, de faire une fête chez toi ?

— Mais c'est que, justement, ils ne sont pas chez eux, ils sont chez le Charles. Qu'est-ce qu'il attend, le Charles, pour mettre bon ordre à tout ça ?

— Si t'attends après le Charles… »

L'instant propice, celui qu'attendait patiemment Justine depuis qu'elle sentait monter les rancœurs. C'était qu'on la surveillait, dans les files d'attente, quand passaient les camionnettes des commerçants. Elle ne disait pas grand-chose, l'Embrouilleuse. Et c'était justement ce qui faisait qu'on attendait, comme autant d'oracles, ses petites phrases bien ciselées qui, toujours au bon moment, savaient si bien appuyer là où ça faisait mal.

« Quand on préfère faire travailler des Arabes plutôt que des Morvandiaux… »

Elle n'en disait pas plus. C'était son tour. Elle se détournait, faisait celle qui se désintéressait.

Pauvre Charles. C'était qu'il aurait bien aimé en être, lui aussi, de ces deux fêtes auxquelles il ne s'était pas senti le courage de participer. Il s'en voulait. Tu aurais dû y aller, grande bête, se morigénait-il. Peut-être était-ce de peur de paraître si vieux, parmi tous ces jeunes… Il n'était pourtant pas le seul. Il y avait Ahmed. Oui mais ce n'était pas la même chose. Ahmed, c'était le grand-père de Farid, celui qui avait eu l'idée de toutes ces fêtes. Lui, Charles, il n'était rien. Rien que l'ami d'Ahmed et surtout de Farid.

C'était qu'il l'estimait, ce grand gars qui lui était littéralement tombé du ciel. Est-ce qu'il pouvait croire, avant que tout cela arrive, qu'il bâtissait autre chose qu'un rêve, dans ses bois dont il prétendait refaire une forêt ? Et voilà que Farid avait débarqué...

Justement... Peut-être y avait-il comme une indécence à trop montrer ce qui le liait désormais à Farid. C'était tellement fort, tout cela, tellement inespéré. Est-ce que ça se passerait vraiment comme il commençait à l'entendre ? « Sois prudent, Charles, se répétait-il. Ne va pas trop vite. N'en fais pas de trop. » Et par peur de voir le fragile échafaudage de ses espoirs s'effondrer, il se refermait sur lui-même, se persuadait que le mieux, la seule vraie alternative, était de s'effacer, de laisser filer seul, sans lui, ce qu'il pensait avoir mis sur les rails.

Ah, bien sûr, ça jasait, dans le pays. Il les connaissait assez, ses concitoyens, pour imaginer tout ce qui devait se dire, les bourrichons qui se montaient, les rancœurs qui s'affûtaient et l'huile sur le feu jetée à coups de redoutables petites phrases... Dès le début, dès la première fête de mai, il avait vu le danger. Il avait failli en parler à Farid, mais était-ce bien à lui de jouer les rabat-joie ? Des jeunes ! Qu'y avait-il à redire s'ils voulaient prendre du bon temps ? Ce n'était pas de leur âge ? Comment ils faisaient, tous ces grincheux du pays, quand ils avaient vingt ans ? Elle n'en avait pas profité, cette vieille pie de Justine, de ses vingt ans ?

Ils n'étaient pas brouillés, à l'époque. C'était qu'il y en avait encore, du monde, au pays, en ce temps-là. Et des fêtes, des bals, ce n'était pas ce qui manquait. Tous les samedis ou presque, on partait en vadrouille. Elle le suivait partout. Tout ce qu'ils avaient fait, ensemble... On l'avait donc oublié, ce temps où tous ces petits villages du Morvan et d'ailleurs grouillaient de vie ? On l'avait donc tuée à ce point, leur société, pour qu'elle en vienne à ériger en interdits tout ce qui n'était pas ses rancœurs, ses frousses et ses petites haines recuites ?

C'était à se demander si ce camp de harkis, au fond, avec le temps, ce n'était pas lui qui avait semé les vilains relents de ségrégation dont Charles avait l'impression qu'ils empuantissaient de plus en plus l'atmosphère du pays. C'était pourtant qu'on les avait bien reçus, à l'époque. Leurs gamins allaient à l'école du pays, les femmes faisaient marcher les commerces, les hommes travaillaient en forêt ou à quelques chantiers d'équipement qu'on aurait été bien en peine de réaliser s'ils n'avaient pas été là.

On avait oublié tout cela. Trop d'années d'indifférence et d'oubli étaient passées par là. Les mêmes années qui avaient vu le pays se vider d'une bonne moitié de sa population. Les mêmes années qui avaient vu, comme un ressac obstiné, apparaître puis disparaître des générations de jeunes paumés, de rebuts de la ville qui les rejetait et les laissait se faire prendre au mirage d'une vie facile à la campagne. « Passeront pas l'hiver ! » disait-on en les voyant s'installer de bric et de broc dans les logements plus ou moins en ruine du camp. Au printemps, ils n'étaient plus là, chassés qu'ils avaient été, dès les premiers froids, vers d'autres misères, d'autres galères, ne laissant aux cœurs que l'amertume que « plus rien ne pourrait jamais se faire » au pays.

Peu à peu, du camp, n'était resté que cette image d'indécrottable marginalité. On avait fini par ne plus la voir. On avait bien assez à faire de ses propres préoccupations. S'il fallait, par-dessus le marché, se soucier de tous ces va-nu-pieds...

Et voilà qu'ils prétendaient réoccuper le haut du pavé ! Le camp revivait. Ces trois fêtes successives avaient réveillé son appétit d'exister. Il était redevenu visible et affichait même un petit air guilleret qui tranchait avec la somnolence ordinaire des rues du village. Cela aurait pu être tolérable s'il n'y avait pas eu cette incursion des gendarmes, le désignant comme un lieu soudain suspect, et ces défilés de voitures surchargées, toutes plus étrangères les unes que les autres.

Et qui menait tout ça ? Un Arabe ! Comme si ça ne suffisait pas. Comme si on n'en entendait pas assez à la radio ou à la télévision. Un Arabe dont s'était entiché ce vieux fou de Charles et qui travaillait depuis des mois en forêt. Comme si un Arabe pouvait s'y connaître en forêt morvandelle ! Comme s'il ne prenait pas la place d'un gars du pays. Comme si « ça pouvait marcher »...

Tout cela grouillait, s'insinuait, essaimait dans les têtes par petites doses vénéneuses qui occultaient toute autre forme de raisonnement. Aïcha, qui faisait ses courses, comme tout le monde, à l'étal des commerçants itinérants, l'avait senti venir. Sans qu'un mot fût échangé, elle avait vu l'indifférence froide, parfois agrémentée tout de même d'un discret sourire, avec laquelle on tolérait qu'elle prenne son tour se muer peu à peu en hostilité. On se détournait d'elle. Les regards avaient changé. Ils s'étaient fermés. Puis étaient venues quelques allusions. Elle avait fait celle qui n'entendait pas, mais c'était à chaque fois comme une blessure qui s'ajoutait à toutes les autres.

Elle était là, discrète comme toujours, mais certainement pas invisible, quand Justine avait sciemment lâché son dernier oracle, le pire, le plus méchamment ciblé. Aïcha était rentrée au camp ulcérée, se sentant irrémédiablement salie. « Qu'est-ce que tu te frappes, avait voulu la raisonner Ahmed. Comme si on n'avait pas l'habitude... » Mais non, justement, pas ici, pas dans ce camp dont Aïcha avait accepté l'inconfort pour échapper à l'espèce de sourde ségrégation de sa cité. Pas ici, où elle avait trouvé, comme une compensation, la chaleur humaine de ces trois foyers dont c'était la plus grande richesse.

Et maintenant, ces souillures immondes sur les murs de sa maison, ces insultes... C'était plus qu'Aïcha ne pouvait en supporter. C'était la vieille peur, la souffrance du repliement sur soi qu'elle avait subie jadis, dans les pires des camps de harkis, qui la reprenait. Son sourire s'éteignit. Pour Ahmed, pour Farid surtout, elle se contraignit à continuer, coûte que coûte, à assumer ses tâches. Elle retourna même faire ses courses aux camionnettes des marchands itinérants, mais c'était la peur au ventre et la honte au front. Aïcha ne supportait plus de ne pas être comme les autres.

15

Le contrat

L'arrière-saison avait été somptueuse. Elle s'était éternisée jusqu'aux premiers jours de novembre, laissant tout le temps au grand spectacle de l'embrasement automnal des futaies de feuillus de se mettre en place. Comme dans une mise en scène bien réglée, les bruns, les ors et les jaunes avaient pris tout leur temps pour mêler leurs infinies nuances et pour effacer peu à peu le vert sombre des feuillages estivaux. Chaque matin offrait à Farid, lorsqu'il montait vers ses chantiers, un spectacle différent.

Il s'en était repu. Il fallait toute sa sensibilité aux manifestations les plus subtiles de la nature pour que la seule évolution, d'un jour sur l'autre, de ses teintes de feu répandues aux coteaux de la forêt lui suffise pour faire diversion. De la journée, il ne voulait plus penser à la triste ambiance qui s'était installée au camp. Il lui fallait faire le vide. Chaque matin, cela commençait par ce concert de couleurs auquel il vouait toute son attention. Au pas de ses chevaux, son chien allant et venant devant lui, le regard perdu dans cette immensité de beauté, il retrouvait toute sa sérénité.

Puis venait le travail. Il s'y donnait sans compter, cherchant, jour après jour, à améliorer ses résultats, à en faire toujours plus, à débroussailler toujours plus loin, à descendre des fardiers plus nombreux et plus chargés vers les aires de stockage. C'était son bonheur. Que d'autres, et notamment ses frères et sœurs, ne comprennent pas ce qu'il pouvait trouver d'agréable à ces rudes tâches de solitaire lui importait peu. Il ne cherchait pas à comprendre pourquoi elles l'avaient ainsi conquis. C'était un fait. À croire qu'il n'était pas fait de la même pâte qu'eux. La seule chose qui comptait et dont il savait bien qu'il ne reviendrait pas, c'était qu'il était fait pour cela. Il avait trouvé, au fond de ces bois, un équilibre et un apaisement dont, il n'y avait pas si longtemps, il n'imaginait même pas qu'ils puissent exister. Il ne les quitterait plus.

La pluie était venue vers le 10 novembre. En quelques jours, c'en fut fini des flamboyantes couleurs de l'automne. Le ballet incessant des feuilles tombant en longs vols planés avait vite laissé les branches nues. Un jour gris et maussade avait effacé l'alternance vivante des ombres et des lumières qui rendait, jusque-là, les sous-bois si vivants. Il était temps, pour Farid, de se remettre à l'abattage des arbres. Dans toutes les zones qu'il avait passé l'été à nettoyer de l'impénétrable petit taillis, il commença par bouter le feu aux énormes tas de branchages et de broussailles qu'il avait rassemblés. Puis, environné d'énormes panaches de fumée blanche, il fit soigneusement le choix des pieds à conserver, ceux dont on pouvait espérer qu'ils constitueraient, à terme, une belle futaie. Les autres étaient à abattre et l'hiver ne serait pas de trop pour qu'il vienne à bout du travail que cela représentait.

Qu'il pleuve ou qu'il vente, il travaillait sans relâche jusqu'à la nuit. Puis il ramenait les chevaux à la vieille ferme. Il les soignait, chargeait les râteliers de foin, leur servait une bonne dose d'orge aplatie, et reprenait enfin le chemin du camp en compagnie d'Embrouille. À moins qu'il ne fît un crochet par la ferme de Charles.

Sans le dire, le vieux passait ses journées dans l'espoir de sa visite. Farid le trouvait invariablement installé dans son fauteuil, au coin de sa cheminée, un livre ou une revue sur les genoux.

« Entre donc, jubilait déjà le vieux dès qu'il entendait les brodequins de Farid gratter le décrottoir. Laisse-le donc entrer, ce pauvre chien, ajoutait-il avant même que Farid ait intimé l'ordre à Embrouille de l'attendre devant la porte. Ma chienne, elle est bien là.

— Oui, mais ta chienne, elle est sèche. Tu verrais comme il est crotté ! M'attendra bien à la porte. »

C'était une sorte de cérémonial qui se répétait à chaque visite de Farid.

« Alors, quoi de neuf là-haut ? » questionnait aussitôt Charles avec de la gourmandise dans la voix.

On parlait bois, on parlait coupe, on parlait chevaux et tronçonneuse. Le vieux revivait. Puis venait la question rituelle :

« Et au camp, comment ça va ? »

Déjà, le ton de la voix n'était plus le même. Il avait baissé d'un cran. Il le savait bien que, depuis cette affaire des tags, ça n'allait plus fort, au camp. Aïcha ne s'en était pas remise. Ajoutée aux remarques qu'elle avait dû subir, aux regards devenus hostiles, la dernière sortie de Justine avait fait déborder le vase.

« Elle est courageuse, ta grand-mère, tu sais, lui avait dit Louisette, un soir où il avait eu la surprise de la trouver installée devant la cheminée de Charles. J'étais au camion le jour où l'Embrouilleuse vous a insultés. J'en ai eu mal pour elle. J'ai bien vu qu'elle est devenue blanche comme un linge. Mais elle n'a pas baissé les yeux. Ça après les inscriptions sur les murs du camp… Si ce n'est pas un malheur. Tu vois, je suis au courant. Et vos fêtes ! Vous avez envie de vous rencontrer, de vous amuser, chez toi, là-haut, à la vieille ferme. Quoi de mal à ça ? Et pourtant… Tu te souviens, je te l'avais dit. Tu n'y peux rien changer. Tu sais, pour ta grand-mère, je suis inquiète. Elle est courageuse, ta grand-mère, mais face à une telle méchanceté… »

Autant les deux vieux avaient vécu jusque-là avec bonheur leur séjour au camp, autant l'accumulation de toutes ces petites méchancetés les avait fait basculer dans la crainte, dans le ressentiment et dans la conscience d'une insupportable injustice.

Aïcha ne voulait plus entendre parler d'un nouvel hiver au camp. Elle n'avait plus qu'une idée en tête : remonter au plus vite vers sa cité de banlieue, y retrouver sa famille et plus encore l'anonymat de la foule. Ce qu'elle ne supportait plus, c'était l'impression d'être celle sur qui convergeait cette hostilité latente, sourde, aux aguets, dont elle redoutait plus que tout les sournoises manifestations verbales.

Et Ahmed n'était pas loin de penser comme elle. Lui aussi avait perdu le goût des premiers temps d'insouciance et de convivialité. À nouveau réapparaissait en lui cette vieille angoisse de se sentir comme traqué, jamais à l'aise comme on peut l'être chez soi. Il n'était pas chez lui. On le leur avait signifié de la façon la plus claire. Alors, tant qu'à devoir supporter d'être à jamais différents, autant que ce soit parmi les siens, à la cité, et dans cet anonymat de la foule que voulait retrouver Aïcha.

Depuis des semaines, tous les soirs, ils ramenaient leurs obsessions sur le tapis. Ils s'obstinaient à vouloir décider Farid à remonter avec eux.

« Nous, on va remonter. Qu'est-ce que tu feras ici, tout seul ? » s'acharnaient-ils, incapables de concevoir un seul instant que leur petit-fils puisse exister sans eux.

Et lui ne pouvait se résoudre à leur dire sans détour que sa vie était là, dans ces forêts, avec ou sans eux, malgré toute la peine qu'il aurait à les voir partir. Il comprenait ses grands-parents. Lui, il avait l'échappatoire de ses bois et du travail qu'il y réalisait, même s'il se savait surveillé et s'il n'était pas rare qu'il relève les traces bien reconnaissables du quad d'Alfred à proximité de ses chantiers ou de la vieille ferme. Eux étaient inactifs au camp, comme bloqués au centre de la tourmente des médisances et de l'hostilité latente. Ils y tournaient en rond sans le moindre dérivatif, et même s'ils dramatisaient un peu il fallait comprendre…

Farid expliquait tout cela à Charles, qui hochait tristement la tête.

« Si ce n'est pas un malheur, disait-il. Mais qu'est-ce que tu veux y faire ? La bêtise et la méchanceté, les dégâts que ça fait… Et toi ? S'ils partent, si tu te retrouves seul, qu'est-ce que tu vas faire ? »

Ça l'inquiétait bien un peu, le vieux, cette perspective de voir Farid rester seul au camp. Et s'il ne supportait pas ? Si l'idée lui venait, à lui aussi, de renoncer ? Farid n'en avait évidemment nullement l'intention, mais il ne parvenait pas à en persuader totalement Charles.

Le jour où Farid lui annonça que cette fois c'était pour de bon, que ses grands-parents s'étaient décidés, qu'un de ses frères devait venir les chercher, à jour et heure dits, le vieux parut curieusement libéré d'un grand poids. Puisqu'il en était ainsi, sa décision était prise.

— Bon, demain soir, décréta-t-il, tu vas te débrouiller pour descendre un peu plus tôt. C'est qu'on a à parler.

De la main, il fit taire la curiosité qui naissait dans l'œil de Farid.

— Je t'expliquerai demain. C'est une grande affaire. Ça ne se dit pas comme ça, en cinq minutes. C'est bien d'accord ? Demain, tu descends plus tôt. Pour une fois… Marche, ce n'est pas ça qui changera leurs habitudes, à tes chevaux et à ton chien !

Il ne faisait pas encore nuit lorsque Embrouille, le lendemain soir, se vit une fois de plus intimer l'ordre d'aller se sécher dans le foin de la grange plutôt que sur le carrelage de chez Charles.

— Pauvre chien, fit-il mine de s'apitoyer. Il en a vu d'autres, mon carreau.

Farid fit celui qui n'avait pas entendu. Charles avait abandonné son fauteuil. Il s'était installé à la table et avait disposé devant lui deux chemises cartonnées. L'une était rouge, l'autre était verte.

— Assieds-toi donc. Je t'ai préparé un petit café. Par le temps qu'il fait… Et puis, c'est qu'on a à causer.

À l'évidence, la mise en scène avait été mûrement réfléchie. Farid s'installa en face du vieux sans un mot. Il fallut encore qu'on se brûle la lippe au café trop chaud et que les tasses soient reposées sur la table, à bonne distance des papiers, pour que le vieux se redresse, les deux mains bien à plat sur la table. Par exception, pour bien marquer l'importance du moment, on entra d'emblée dans le vif du sujet, sans se perdre au préalable dans des tas de digressions.

— Bon, voilà, dit Charles en posant un regard satisfait sur ses documents. Je suis allé voir mon ami Patrice Villevieil... Tu sais bien, le notaire. Vieux, juste à temps ! J'avais à peine le cul dans son fauteuil, voilà-t-il pas qu'il m'annonce qu'il prend sa retraite. Il a même cédé son étude. Il m'a donné le nom de celui qui va lui succéder. C'est bien gentil, mais pour ce que j'en ai à faire... Je te le passerai. Un jour, forcément, ça te servira. Et puis, ces gens-là, vaut mieux être bien avec eux. On ne sait jamais.

Farid écoutait en silence. En fait, il n'y comprenait pas grand-chose. Que lui racontait là le vieux ? En quoi était-il concerné ? C'était pour entendre cela qu'il l'avait fait amputer sa journée de deux bonnes heures de travail ?

— Parce que, tu comprends, n'en continuait-il pas moins à pérorer, maintenant que pour moi, c'est fini, que je ne remonterai plus dans les bois, notre accord, il ne pouvait plus durer. Ça valait quand j'étais comme on pourrait dire ton patron. Ce que tu faisais, c'était moi qui te l'indiquais. Et, jusqu'à maintenant, le commerce, les rapports avec les marchands, c'était mon affaire. Qu'est-ce que tu veux que je continue quand je ne le vois même plus, ce bois-là ? C'est toi qui sais. Ce n'est plus moi.

L'impression venait à Farid que, curieusement, Charles cherchait à se justifier. De quoi ? Il aurait été bien incapable de le dire. Mais pourquoi donc cette espèce d'acharnement que mettait le vieux à tout détailler, à tout expliquer, comme s'il voulait se donner bonne conscience ? Farid, muet comme une carpe, commençait à froncer les sourcils.

— Maintenant, c'est toi qui décides de tout. Tu es le chef, là-haut, persistait Charles. Tu fais bien comme tu l'entends.

Il eut un temps d'hésitation. Détachant son regard de ses papiers sur lesquels il passait et repassait une main presque caressante, il accrocha celui de Farid et s'y planta. Une immense émotion semblait le mettre au bord des larmes. Et puis, petit à petit, un étrange sourire naquit sur le vieux visage et l'illumina.

— Dire tout ça, reprit-il, il n'y a pas si longtemps, je n'y aurais jamais cru.

Il avait tout à coup des sortes de trémolos dans la voix. Ils convenaient si peu à sa forte nature, à cette solidité de roc qui émanait normalement de sa stature comme de sa façon de se mouvoir, que

Farid eut la tentation de tendre la main vers lui, de le toucher pour l'apaiser. Il sut s'en défendre.

— Tu vois, chevrota le vieux, c'est simple, tout ce que j'ai fait, de toute ma vie, dans ces bois, de les racheter, parcelle après parcelle, d'y travailler comme une bête, saison après saison, c'était pour quoi ? Pour rien. Oui, c'est ça, je me suis échiné toute ma vie pour rien, pour une idée, rien de plus. Tu la connais. Celle de la forêt, d'une vraie forêt que je voulais reconstituer. Je le savais, pourtant, qu'il faut bien plus qu'une vie pour refaire une forêt. Dès le premier jour je le savais, quand j'en ai parlé au Patrice Villevieil, en Algérie, un soir d'opération, dans les Aurès. Mais est-ce qu'on pense vraiment à des choses comme ça, quand on a vingt ans ? Et puis, au fond, je m'y étais fait, à cette idée-là. À force, je me disais que j'y crèverais, dans ma forêt. Et puis, basta. Après moi, le déluge. Est-ce que je m'attendais à ce que tu viennes ?...

Il en avait trop dit d'un coup, le vieux. Il ne pouvait plus. Se retrouver la gorge nouée par l'émotion, à son âge, si ce n'était pas bête. Sous l'œil consterné de Farid, il plongea du nez vers ses papiers et fit semblant de s'en mêler, ne parvenant qu'à éparpiller le contenu des chemises sur la table.

— Tiens, finis donc ton café que je t'en remette un. Il est froid, celui-là.

En versant, sa main tremblait légèrement.

— Alors, voilà. Voilà ce qu'on va faire, décréta-t-il en se redressant.

Il n'avait pas touché à sa tasse. L'effort qu'il faisait sur lui-même pour se reprendre devait être prodigieux. Il lui devenait urgent de passer à l'essentiel et peut-être aussi d'en finir.

— Tout ça, bien sûr, c'est si tu veux. Si tu t'en sens de taille. Finie, la part fixe que je te laisse sur les ventes de bois. Maintenant, je te laisse tout. C'est toi qui gères, d'un bout à l'autre. Tu sauras te débrouiller, pour les ventes. Tu sais comment ça marche. Tu sais qu'il ne faut pas s'en laisser conter. Faut leur tenir tête, aux marchands. Et puis, le bois de chauffage, c'est que ça ne se vend pas trop mal, par les temps qui courent. C'est à la mode, de se chauffer au bois. Je te fais confiance. Tu sauras t'en sortir. Tu empoches tout. Les bénéfices comme les charges, c'est tout pour toi. Et moi, simplement, tant que je vis, tu me laisses une somme fixe par mois. Tu verras, le notaire, il a tout prévu. Il t'expliquera mieux que moi, avec les mots qu'il faut. En somme, on fait l'inverse de ce qu'on pratiquait jusque-là. Maintenant, tout ça, c'est ton affaire. C'est toi qui es le maître. Qu'est-ce que tu en dis ? Ça te va ? Tiens, regarde. Je te dis, il a tout prévu, le Patrice Villevieil.

Sans attendre la réponse de Farid, comme s'il craignait encore qu'elle puisse être négative, il poussait la chemise verte sous son nez après en avoir maladroitement rassemblé le contenu.

— Dans celle-là, reprit-il aussitôt, posant sa grosse pogne d'homme des bois sur la chemise rouge, ce sont exactement les mêmes papiers. Va falloir qu'on signe. C'est comme ça que ça se fait. Il m'a bien expliqué, le Patrice. On signe les deux, un exemplaire pour toi, un pour moi. C'est moi qui lui ai dit. Je veux que ce soit bien fait, dans les règles. Comme ça, il n'y aura rien à redire, par personne. Qu'est-ce que tu en dis ?

Farid, un peu effaré, feuilletait le dossier sans rien y voir et surtout sans rien y comprendre. Qu'y avait-il à comprendre ? Charles lui avait tout dit. Pourquoi toutes ces façons ? Mais, après tout, si ça pouvait faire plaisir au vieux... De tout cela, il ne retenait encore que l'énorme responsabilité qui allait lui incomber. À lui de tout gérer, tout seul. Il avait du mal à concevoir. Le patron... Il allait être le patron. C'était trop pour lui, là, d'un seul coup. Dans l'émoi provoqué par les propos du vieux, comment garder la tête assez froide pour juger de tout ce que signifiaient ces papiers, ces articles, ces attendus, ces arrêtés ? De toute façon, du peu qu'il lut vraiment, il lui apparut surtout que c'était écrit dans une langue qu'il lui semblait ne pas connaître. La tournure des phrases, des mots plus savants les uns que les autres... Mais le moyen de faire autrement ? Était-il même question de discuter ? Puisque Charles le voulait...

— Hein ? Qu'est-ce que tu en dis ? insista le vieux.

Il fallait donc parler. Bêtement, Farid ne savait

pas quoi dire. Y avait-il seulement quelque chose à dire ?

— Tu as un stylo ? fut tout ce qu'il trouva à demander. Où c'est qu'il faut signer ?

Il repartit vers le camp, dans l'obscurité de la nuit, la silhouette d'Embrouille filant devant lui, serrant la chemise verte sur sa poitrine et la tête farcie des questions qu'il ne parvenait pas encore à se poser.

16

La vieille ferme

Ibrahim, le frère aîné de Farid, arriva un vendredi soir assez tard. Il était de méchante humeur. Il faisait un temps épouvantable. La route avait été éprouvante. Ce voyage, d'ailleurs, pour répondre à l'appel de ses grands-parents qui voulaient revenir dans le F4 de la cité, avait tout pour lui d'une corvée. Il prévint tout de suite :

— Demain, on démarre à dix heures au plus tard.

Ce fut une bien triste soirée. Ahmed, taciturne, tournait en rond, faisant mine de chercher ce qu'ils pouvaient bien avoir oublié. Aïcha, les yeux rougis par les larmes, n'en finissait pas de se désoler. Elle s'en voulait d'abandonner Farid à son triste sort. Elle en voulait à Farid de s'entêter à ne pas vouloir les suivre. Elle se désolait de quitter ses voisines. Elle remâchait son ressentiment à l'égard de tous ceux à cause de qui elle devait partir. Bref, elle en voulait au monde entier et à elle-même de se sentir si malheureuse.

Farid n'eut pas d'autre choix que de se taire et de subir. Ibrahim ne s'était pas gêné pour lui faire des reproches. « Fallait que ce soit moi qui descende. Tu n'aurais pas pu t'en charger, de nous les ramener... » Après tout, c'était vrai, même si la question n'avait pas été posée. Aïcha avait organisé leur départ à sa façon. Elle avait décrété que c'était à Ibrahim, l'aîné de ses petits-fils, de venir les chercher. Ça ne se discutait pas et cela ne s'était d'ailleurs pas discuté.

Farid avait de quoi argumenter, se justifier, sans parler de son travail, de ses chevaux dont il n'aimait pas s'éloigner... Il s'en garda bien. De quels mots user pour que son frère puisse comprendre à quel point il vivait là quelque chose d'exclusif ? Il réalisait que, pour le coup, ils n'étaient plus du même monde. Et il en souffrait profondément.

On dut écarter la table et les chaises, repousser le fauteuil dans un coin de la pièce pour pouvoir étendre un matelas par terre. Ibrahim grogna encore, trouvant le confort de l'installation qu'on lui réservait par trop sommaire et jetant des regards expressifs vers le canapé qui servait de lit à Farid. Celui-ci fit comme s'il ne comprenait pas.

Dès le petit matin, il fallut qu'on se presse. Quand on eut casé les bagages d'Aïcha et d'Ahmed dans la voiture d'Ibrahim, il fallut encore aller dire adieu aux voisins. Ce fut plus long et bien plus chargé d'émotions.

Ibrahim, l'air renfrogné, s'impatientait et Farid pensait à ses chevaux qui l'attendaient. Les voisins au grand complet tinrent à escorter les deux vieux jusqu'à la voiture de leur petit-fils. Quand Ibrahim put enfin démarrer, ils étaient tous agglutinés autour des portières droites dont Ahmed à l'avant et Aïcha à l'arrière avaient descendu les vitres. Les trois femmes pleuraient et les cinq gamins s'époumonaient en « au revoir » pathétiques.

Et tout à coup Farid fut seul. Georges et Armand se tenaient près de lui.

— Ça va aller ? demanda l'un.

— Faudra bien, dit Farid.

Au fond, il savait déjà ce qu'il allait faire. Quelle raison avait-il de rester là, dans ce petit logement étriqué, alors que sa vie était dans les bois ? Il laissa pourtant à l'idée le temps de mûrir. Pour l'heure, il n'avait pas que cela à faire.

Il avait soigneusement rangé la chemise verte dans un placard sans plus l'ouvrir, et s'était donné quelques jours pour bien assimiler ce que Charles lui avait dit et tout ce que cela allait changer dans sa vie. Embrouille eut tout le temps de trouver son maître bien songeur avant que Farid se décide enfin à prendre le taureau par les cornes. Il allait réorganiser tout cela.

Au fond, depuis des années, Charles allait au plus

facile. Il écoulait son bois pour l'essentiel auprès des acheteurs des usines de trituration, qui en faisaient de la cellulose ou de la pâte à papier. C'était un marché sûr. Ils étaient toujours demandeurs pourvu que le vieux ne soit pas trop exigeant sur les prix. Lui-même, pourtant, insistait sur le renouveau du débouché du bois de chauffage, bien plus rémunérateur. Mais il fallait s'en occuper, se faire connaître, démarcher les clients pour des quantités bien plus réduites. « J'aurais vingt ans de moins, c'est ça que je ferais », disait-il. C'était maintenant à Farid de s'y mettre. Il s'y jeta à corps perdu.

À peine s'il eut le temps de prendre la mesure de tout ce que le départ d'Ahmed et d'Aïcha changeait dans son existence. Rapidement, il eut tant de travail qu'il ne passait plus guère au camp que pour quelques heures de sommeil avant de repartir sur ses chantiers ou pour des livraisons toujours plus lointaines. Elles le contraignirent à faire l'achat d'un petit camion. Le fardier et les chevaux, ça allait bien pour quelques stères chez les gens du pays. Ils furent vite dépassés.

Comme il fallait s'y attendre, la première fois que Charles le vit débarquer dans sa cour au volant de cet engin, il fronça les sourcils. Mais il se garda du moindre commentaire. Farid venait lui annoncer fièrement que son affaire tournait bien et même de mieux en mieux.

« Méfie-toi tout de même, ne put s'empêcher de commenter le vieux. "Qui trop étreint..." Tu connais le proverbe. N'oublie pas que tu es seul et que tu le resteras certainement encore longtemps. »

Farid en convint, mais n'en persista pas moins.

« On ne te voit plus... » lui fit remarquer Georges un matin alors qu'il quittait déjà le camp. Il y avait un peu de reproche, mais surtout beaucoup de regret dans la remarque du voisin. Pour les deux familles qui vivaient là auprès d'eux, le départ d'Ahmed et d'Aïcha avait été vécu comme un déchirement. L'ambiance n'était plus la même, au camp. Que restait-il à ces braves gens démunis de tout, si même la convivialité s'envolait ?

Cette remarque de Georges fut déterminante. Farid comprit que le moment était venu de franchir le pas. Il ne reviendrait évidemment pas au camp, où n'étaient plus ses grands-parents et qui était trop éloigné de ses chantiers. À quoi bon entretenir l'illusion d'une continuité qui n'avait plus de raison d'être ? En revanche, pour ses amitiés, telles celles de ses voisins et quelques autres, pour ne pas s'en couper totalement, il fallait qu'il continue la tradition si bien lancée des fêtes. Or, la vieille ferme était aussi bien le centre de son travail que le lieu le plus apprécié pour ces moments de plaisir qu'ils s'offraient à intervalles réguliers. Cela, au fond, coïncidait si bien avec ses désirs les plus profonds que la décision de s'y installer pour de bon lui apparut comme une évidence.

— Ça devait arriver ! en rigola Charles quand il lui annonça qu'il abandonnait le camp. J'en étais juste à me demander combien de temps il te faudrait pour me l'annoncer, celle-là. Vas-y donc, dans ta vieille ferme, puisque tu y es si bien. Mais prends garde tout de même. Ce n'est pas parce que tu seras loin de tout que tu ne seras plus surveillé. Bien au contraire. Faut pas croire. Ils t'auront encore plus à l'œil.

Farid en convenait, mais il n'y avait évidemment pas là de quoi le faire changer d'avis. En même temps qu'il lançait une nouvelle invitation générale à une « fête de printemps » plus délirante encore que celles qui avaient précédé, il entreprit de déménager.

— Pour ce que vous me voyez ici… dit-il à Georges et Armand, qui tout en l'aidant de bon cœur se désolaient de le voir partir. La vieille ferme, ce n'est pas si loin que ça. Vous n'aurez qu'à venir me voir. Et puis, pour faire la fête, on y est si bien !

Rien n'empêcherait pourtant que, pour les deux hommes et leurs familles, ce fût là comme une heureuse parenthèse qui se refermait. Dans leur dénuement et leur conscience de vivre à l'écart, en marge de la société, le séjour d'Ahmed, d'Aïcha et de Farid avait été comme une bouffée d'air frais, un puissant dérivatif, un moment privilégié où ils avaient peut-être plus donné qu'ils n'avaient reçu. En s'achevant, il leur laissait à l'âme un douloureux sentiment de retour à leurs solitudes. Farid en avait conscience, mais, pragmatique, il savait bien qu'il n'était dans le pouvoir d'aucun d'eux d'empêcher qu'il en soit ainsi. Il continuait son chemin ; eux restaient. Qu'y pouvait-il changer ?

Il lui fallut encore batailler longtemps pour que le logement de la vieille ferme consente à sortir de la léthargie dans laquelle l'avait plongé un si long abandon, et devienne habitable. Si, par chance, il disposait d'un branchement électrique, certes fort ancien mais suffisant, l'eau sur l'évier et dans les toilettes lui était un luxe encore inconcevable lorsque ses derniers habitants avaient disparu. Farid dut se contenter longtemps de ses seaux qu'il allait emplir au puits avant qu'à force d'ingéniosité, de bricolage et de temps passé il puisse un jour ouvrir et fermer à volonté un robinet !

Pour un peu, il aurait pu s'abandonner à l'illusion d'une pente douce sur laquelle l'existence originale qu'il s'était bâtie allait couler sans heurts aussi longtemps qu'il le voudrait. Entre ses chevaux et Embrouille qui ne le quittait pas d'une semelle, il vivait heureux et n'en demandait pas plus.

En revivant, la vieille ferme était devenue une sorte de lieu de ralliement pour tous ceux à qui ce qu'il faisait n'était pas indifférent. Outre les anciens voisins du camp qui trouvaient toujours de bonnes raisons pour venir le visiter et souvent lui donner un coup de main, quelques jeunes du pays avaient pris l'habitude d'affronter le chemin au bout duquel ils savaient les moments où Farid serait heureux de les recevoir. Ce n'était pas la fête, mais de simples occasions d'évasion vers un « autre chose » un peu décalé, hors des normes familiales passablement figées dans lesquelles ils vivaient.

Farid savait qu'il y avait là un danger. Qu'il soit devenu, pour ces jeunes-là, un moyen d'échapper à l'ambiance du village ne devait évidemment pas plaire à tout le monde. On surveillait. Il le savait. Il y avait toujours, autour de la vieille ferme ou à proximité de ses chantiers, les traces peu discrètes et parfaitement identifiables du quad d'Alfred Bogival. Des motos tout-terrain et des 4 × 4 passaient souvent devant la vieille ferme sans raison apparente. Et puis, parfois, Embrouille hérissait le poil et grognait sourdement en fixant obstinément un point ou un autre de la forêt toute proche. Farid en souriait, apaisait son chien et continuait de vivre comme si de rien n'était.

Il dut tout de même à plusieurs reprises calmer les ardeurs de ses jeunes visiteurs, qui se seraient bien vus profitant de leur apparente solitude pour dépasser les bornes de plaisirs jusque-là anodins.

« On n'est pas si seuls que cela, leur disait-il. La forêt a des yeux et des oreilles ! »

Ils se récriaient, se moquaient de lui, mais obtempéraient tout de même. Ils se gardaient bien d'en parler ouvertement, mais ils étaient bien placés pour savoir que leurs expéditions à la vieille ferme nourrissaient abondamment les gorges chaudes du village.

Il arriva à plusieurs reprises qu'Aurélie soit de la partie. Étudiante à Dijon, elle revenait assez régulièrement chez ses parents, commerçants dans la ville voisine. De là, à chaque fois qu'elle le pouvait, elle montait jusque chez sa grand-mère pour le seul plaisir de retrouver le village et les quelques copains qu'elle y avait gardés. Farid ne cachait pas son plaisir de la voir apparaître, mais, par timidité autant que par prudence, il n'eut jamais le geste ou les quelques mots qui auraient pu laisser s'épanouir l'évidente attirance qu'ils éprouvaient l'un pour l'autre. Comprenait-elle cette réserve ? En devinait-elle les raisons ? Espérait-elle qu'avec le temps elles finiraient par s'estomper ? Elle ne se décourageait pas et, avec beaucoup de naturel, ne cherchait nullement à dissimuler ses sentiments. Personne n'était dupe. On en souriait. C'était même devenu entre eux tous une forme récurrente de plaisanteries qui le gênait, qui irritait Aurélie, mais qui faisait partie du jeu.

Il arrivait même à Charles, quand il se sentait en forme, de demander à sa petite-nièce de le monter jusque chez Farid dans sa jolie petite voiture rouge de citadine. Bien calé dans le siège étroit du passager, sa canne entre les genoux, la chienne sur la banquette arrière, il riait des bonds que faisait l'auto sur l'empierrage mal rafistolé du chemin. Aurélie se battait avec son volant pour tenter d'éviter les trous les plus profonds, mais sans grands résultats. Elle pestait, jurait ses grands dieux que plus jamais elle ne s'aventurerait dans ce chemin du diable, mais n'aurait renoncé pour rien au monde et n'était jamais plus heureuse qu'en compagnie du vieux, de Farid et de leurs animaux.

Après celle du camp, une autre ambiance s'était créée autour de Farid, à la vieille ferme. Même si sa vie était toujours aussi rude, il lui semblait qu'elle prenait un sens. Il devenait le pivot d'une expression décomplexée de l'existence que tous ces jeunes, aussi bien, d'ailleurs, que les anciens voisins du camp, venaient chercher auprès de lui. On laissait derrière soi ses petitesses, ses contraintes, ses renoncements, et on montait chercher chez Farid quelque chose qui, pour chacun d'entre eux, devait ressembler à l'image qu'il se faisait de la liberté.

Si seulement il n'y avait pas eu toutes ces raisons dont Farid se persuadait qu'elles lui rendaient l'amour d'Aurélie inaccessible… Pour tout le reste, il s'estimait si heureux ! Pourquoi cela ne durerait-il pas ? Il se donnait l'impression de bâtir sur le roc, et personne, pas même Charles, n'aurait eu l'idée de jouer les rabat-joie en le faisant descendre de son petit nuage. Le village, ses coteries, ses chamailleries, étaient si loin… On était surveillés ? Affaire de jaloux, tant pis pour eux. Que pouvaient-ils faire ? Que pouvaient-ils reprocher ? C'était si confortable, ce sentiment d'impunité qui les gagnait. Il en venait à se convaincre qu'ils sauraient un jour, Aurélie et lui, dépasser tout ce qui, pour l'heure, les retenait d'aller l'un vers l'autre.

Au printemps, on battit le rappel pour une nouvelle fête. Elle fut au moins aussi réussie que les précédentes. Pouvait-il en être autrement à la vieille ferme, ce lieu un peu magique où tout tournait au meilleur ? Frères, sœurs et amis de la cité firent le voyage en plus grand nombre encore. Ahmed et Aïcha avaient hésité à en être. Ils n'avaient renoncé qu'à la dernière minute à se mêler de cette affaire de jeunes et avaient chargé Ibrahim de tas de choses pour Farid. Revenu de sa mauvaise humeur du jour où il était venu rechercher ses grands-parents, il fut l'un des boute-en-train de la fête. Un effet probable de la vieille ferme où, décidément, tout s'arrangeait. Cette fois, on ne se sépara pas sans avoir fixé la date de la suivante. Quand on avait pris de si bonnes habitudes, le plus important était de ne surtout pas les laisser se perdre. Et que ceux que cela chagrinait en soient pour leurs frais.

Dès le lendemain matin, tournant le dos au village bruissant de commentaires effarés, Farid repartit au fond des bois. Il ne sut rien et ne voulut rien savoir des propos plus définitifs les uns que les autres par lesquels, au cul des camions des commerçants, au café et en quelques autres lieux, on jura haut et fort que « ça suffisait comme ça », que « la moralité devait reprendre le dessus », qu'on « ne tolérerait pas de se faire insulter de la sorte plus longtemps », et autres amabilités dont il était pourtant la cible privilégiée.

Tout le monde évidemment, au village, ne partageait pas la même vindicte. La vieille ferme n'y avait pas que des ennemis, loin de là. Mais le nombre avait peu à faire en la matière. C'étaient ceux qui criaient le plus fort qu'on remarquait. On voulut prévenir Farid. Il écouta sagement, remercia et mit son mouchoir au-dessus de toutes ces bassesses dont il n'attendait pas qu'elles cessent mais dont il avait fait le choix de ne plus se soucier.

— Méfie-toi, lui dit tout de même Charles. Ils ne lâcheront pas. S'ils trouvent un moyen de t'avoir, tu seras bon…

Farid avait tant d'autres chats à fouetter ! Il promit d'être prudent pour rassurer Charles et s'empressa de ne plus y penser.

17

Charles s'en va

Vit-on le temps passer ? À la vieille ferme, un rythme s'était pris. Celui des saisons qui commandaient aux différents chantiers, au négoce du bois, mais aussi aux fêtes que ramenaient immanquablement les beaux jours et qu'on rééditait sans vergogne une ou deux fois dans l'année.

Chacune soulevait les mêmes tempêtes de protestations dans le pays et les mêmes promesses d'en finir une fois pour toutes. On laissait passer. L'orage s'apaisait doucement. La vieille ferme, avec le temps, confirmait sa nouvelle vocation de lieu de rencontres et de retrouvailles pour ceux qu'intéressaient moins les vitupérations de quelques-uns que le souci de mieux vivre ensemble.

Seul le vieux Charles Fauverand semblait s'éloigner peu à peu de toutes ces réalités. Cela faisait belle lurette qu'il n'avait plus demandé à Aurélie de le monter jusqu'à la vieille ferme. Il ne sortait plus de chez lui et n'émergeait guère de son apathie que pour recevoir Farid, qui continuait à venir très régulièrement lui rendre compte de ce qui se passait dans ses bois. Le vieux, sans quitter le fauteuil où il passait ses journées, écoutait attentivement, hochant la tête de temps à autre en signe d'assentiment.

« C'est bien, disait-il invariablement quand Farid en avait fini de son petit rapport. Je vois que tu te débrouilles bien. C'est donc que j'ai eu raison. J'ai bien fait d'arranger notre affaire de cette façon. Tu vois, je suis bien content. Je peux partir. Je sais que ce que j'ai fait de ma vie ne sera pas perdu. Ce n'est pas une satisfaction, ça ? » Farid avait beau se récrier, prétendre le faire taire, il n'en démordait pas. « Je le sais bien, marche, ce que je suis, à l'heure qu'il est. Un vieux rogaton qui ne sert plus à rien. Autant que je m'en aille. Ce sera bientôt chose faite, marche. Je m'en vais débarrasser le plancher et ce sera aussi bien comme ça. Et les chevaux, comment ils vont ? »

C'était sa diversion habituelle. On parlait des chevaux, on parlait du chien, puis on reparlait bois. Il était heureux. Farid le quittait rasséréné, souriant, un peu perdu dans ses visions forestières et ses souvenirs en désordre.

Et puis, un soir de fin d'hiver, alors qu'il se croyait seul pour longtemps encore dans la neige, la pluie et la boue d'un retour offensif tardif des frimas, Farid eut la surprise d'entendre une voiture peiner dans les dernières pentes du chemin. Il rentrait de ses chantiers. Il s'était occupé de ses chevaux. Embrouille était déjà sur le perron de la maison, impatient d'aller se sécher au coin du feu. Farid eut tout de suite un mauvais pressentiment. Pour que celui-là ait entrepris de monter jusque-là par un temps pareil, il fallait qu'il ait une bonne raison.

Planté au milieu de sa cour, dans le froid et malgré l'envie qu'il avait d'aller se changer, il attendit son visiteur. Il ne reconnut la voiture de François, un des jeunes du pays, devenu un habitué de la vieille ferme, que lorsqu'elle s'immobilisa près de lui.

— En voilà une heure pour monter jusqu'ici ! l'accueillit-il. Il fallait que tu aies une bonne raison...

La lumière jaunâtre de la lampe de cour qui les atteignait à peine accentuait encore l'air grave et les traits tirés de son visiteur.

— Qu'est-ce qui se passe ? C'est grave ? Tu n'aurais pas pu téléphoner ?

L'autre eut de la tête un geste de dénégation en baissant les yeux.

— J'y ai bien pensé, dit-il. Mais non. Par téléphone... Je voulais t'annoncer ça de vive voix.

— Dis toujours.

— C'est... C'est Charles...

— Eh ben quoi, Charles ?

— C'est le facteur, ce matin. Il a vu qu'il n'y avait pas de lumière. Alors, plutôt que de laisser le courrier dans la boîte, il a poussé la porte...

— Et alors ?

— Eh ben, oui, quoi. Il faut le dire. Charles est mort. Le facteur l'a trouvé dans son fauteuil. Il devait être là depuis hier soir.

Un gouffre venait de s'ouvrir sous les pieds de Farid. Il vacilla, se reprit en s'appuyant à la voiture. Il ne réalisait pas encore très bien. Une seule chose s'était tout de suite imposée à lui avec la violence d'une explosion : plus rien n'existait, plus rien n'était vrai dès lors que Charles était mort. Il s'entendit parler comme de très loin, comme si le rapport s'était rompu entre l'indicible du trouble dans lequel il se débattait et ce qu'il fallait bien exprimer.

— C'est sympa d'être monté jusque-là pour me dire. Viens donc, entre.

Des mots automatiques qui sortaient de sa bouche comme du néant dans lequel il se sentait planer.

— Non. Je vais y aller, dit François. Je ne veux pas te déranger. Ce n'est pas le moment.

Tout se passait comme si les choses les plus banales, ces quelques mots de simple politesse, n'atteignaient Farid qu'au terme d'une longue errance dans l'immensité de son désarroi.

— Tu ne me déranges pas. Au contraire. Ça fera du bien de parler un peu. Viens donc.

Il faisait frais dans la maison. Réveiller la grosse cuisinière qui faisait fonction de chauffage, laisser s'élever les flammes de son foyer grand ouvert, le recharger de bûches jusqu'à la gueule, occupa le temps.

— Tu permets ? dit Farid.

Sans façon, il tomba veste, chemise et pantalon trempés pour les remplacer par des vêtements secs qui attendaient sur le dossier d'une chaise.

— Faut prévoir, dit-il en souriant. On sait ce qui attend, par des coups de temps comme ce qu'on a là. Alors, le matin, avant de partir, on prend ses précautions.

François s'était glissé sur le banc. Il se tenait très raide, une main posée sur la grande table, comme s'il n'était là que de passage. Il laissait passer le flot de paroles insignifiantes, d'actes instinctifs dans lesquels il sentait que Farid tentait de noyer tout ce qui, au fond de lui, devait grouiller et se débattre dans le plus grand désordre. Un flot qui montait et contre l'inexorable crue duquel il devait mener un combat perdu d'avance. François comprit enfin pourquoi Farid avait insisté pour qu'il reste. Et d'ailleurs, pourquoi était-il monté en voiture, malgré l'état du chemin et le temps, plutôt que de se contenter d'un coup de téléphone ? Il était venu assumer. Il fallait qu'il aille jusqu'au bout.

— Un petit café ? proposa Farid. Par un temps pareil, ça ne peut pas faire de mal.

La bouilloire chantait déjà sur la cuisinière. Le temps de préparer la cafetière, de sortir les tasses, les petites cuillères et le sucre, c'était autant de gagner sur la réalité qu'il allait bien falloir regarder en face.

— Charles mort… souffla Farid en s'installant en face de François, comme s'il lui fallait répéter ces mots pour se convaincre qu'ils pouvaient avoir un sens. Si je m'attendais…

— Il n'allait pas fort…

— Mais de là à mourir… Il y a deux jours encore, on a discuté à n'en plus finir. Il n'était pas trop d'accord avec un chantier que j'attaque. Crois-moi qu'il a su me le dire…

Tout cela était vain. C'était parler pour ne rien dire, pour occuper le terrain, pour éviter l'essentiel. Il fallait pourtant y venir. François n'était pas trop à l'aise, mais il choisit courageusement d'être celui par lequel viendraient les vraies questions :

— Et toi, dit-il, qu'est-ce que tu vas devenir ?

Farid ne devait pas s'attendre à ce coup direct. Il eut l'air stupéfait.

— Ce que je vais devenir… Qu'est-ce que j'en sais…

— Vous n'aviez rien prévu ?

— Est-ce qu'on y pense, à des questions comme celle-là ? Charles… Charles, il était là, voilà tout. Charles, c'était un roc au milieu de tout ça. Un roc autour duquel tout tournait. Est-ce qu'on pouvait imaginer qu'un jour il ne serait plus là ? Comment tout ça peut encore exister sans Charles ?

Farid avait oublié son café. Les yeux baissés sur sa tasse, il la touillait inlassablement sans la voir.

— Bois ton café, il va être froid, lui dit François.

Il obtempéra, reposa sa tasse et referma ses deux mains sur elle, les yeux toujours baissés. François comprit qu'il était complètement perdu. Il ne savait plus où il en était. L'abandonner à sa solitude aurait été inhumain. C'était à lui, François, parce que l'idée l'avait pris de monter jusqu'à la vieille ferme, qu'il incombait de lui tendre la perche. Ce n'était pas de nature à le mettre trop à l'aise, mais il ne se déroba pas :

— Vous aviez des accords ? osa-t-il demander. Un contrat, une lettre d'embauche, je ne sais pas moi…

Farid eut de la main un geste ample.

— Si on avait des accords ! Il avait tout prévu. Il m'a tout expliqué. Ça nous a pris des heures. C'était qu'il y tenait. On a même signé, lui à gauche de la feuille, moi à droite. « C'est comme ça qu'on doit faire », qu'il disait.

— Bon, ben, ces accords, ils sont toujours valables. Ce n'est pas parce qu'il n'est plus là…

— Ce que j'en sais… dit Farid.

Il n'était visiblement pas convaincu. Le spectre de Justine devait lui trotter dans la tête.

— Quand vous avez signé, quand il t'a tout

expliqué, il ne t'a pas dit pour combien de temps il était prévu, votre accord ? Peut-être, dans ce que vous avez signé, c'est écrit.

— C'est qu'il m'en a dit, des choses, ce jour-là. J'ai pourtant bien écouté, mais si je me souviens de la moitié... Et puis, c'est vrai, je n'ai peut-être pas tout compris... Lui, il était habitué. Depuis le temps qu'il trafiquait avec son copain le notaire. Mais il n'est plus là non plus, celui-là. Ça fait beau temps qu'il est parti à la retraite.

— Ce n'est pas ce qui annule ce que vous avez signé. Tu vas bien voir. Tu n'as qu'à tenir bon. Tu en as assez fait, dans ces bois-là. Qui veux-tu qui t'en écarte ?

Il voulait y croire, François, autant qu'il aurait voulu que Farid y croie. Que faire de plus pour ce soir ? Il se leva pour partir. Farid restait prostré devant sa tasse à café qu'il tenait toujours des deux mains et qu'il fixait sans la voir.

— Bon, ben, faut bien que j'y aille, insista François.

Il fallut encore quelques instants pour que Farid entende et réalise. Il leva un visage ravagé sur son jeune ami et parvint à lui adresser une sorte de sourire.

— Merci, François, dit-il. C'est vraiment sympa d'être monté et d'être venu parler un peu. Ça m'a fait du bien, tu sais.

Il fallut penser à l'enterrement. Le temps ne s'arrangeait pas. Sous un ciel plombé dont les lourdes nuées grises se déchiraient à la cime des arbres, des bourrasques de neige plus ou moins fondues se mêlaient à la pluie qu'un méchant vent d'ouest jetait en rafales à la face de qui osait mettre le nez dehors.

Par téléphone cette fois, François fit savoir à Farid le jour et l'heure de la cérémonie.

— On compte sur toi, insista-t-il en sentant la réserve de Farid.

Dans son désarroi, celui-ci ne savait plus très bien ce à quoi il devait se résoudre. Pour Charles, au nom de leur amitié et de tout ce qu'il avait fait pour lui, il devait bien entendu y être. Mais affronter tout le village... Être le seul sur lequel ne manqueraient pas de converger tous les regards... Justine accepterait-elle seulement sa présence ? Risquer l'affront d'être rejeté...

— Parce que tu crois qu'on n'y a pas pensé ? lui dit François. On sera autour de toi. Il te suffira de rester avec nous. À l'église, tu seras entre Aurélie et moi. Et je te jure qu'il n'y en a pas un qui osera la ramener. D'ailleurs, c'est simple, je viendrai te chercher. Attends-moi. Je serai là une demi-heure avant la cérémonie.

Farid se laissa faire. Il aurait été trop malheureux de ne pas pouvoir assister à l'enterrement de Charles. Il y eut bien quelques regards pour la plupart murés dans un manque total d'expression. S'il y eut quelques demi-sourires entendus, il y eut aussi quelques lueurs de défi, d'arrogance hostile qu'il fit semblant de ne pas voir. Encadré par Aurélie et François, il était à trois pas de Justine, qui se garda bien de se tourner vers lui, mais dont l'air pincé trahissait la fureur qu'elle devait ressentir. Un Arabe dans l'église du village avait tout, à ses yeux, d'une forme de profanation. Qu'il soit par-dessus le marché en compagnie de sa petite-fille lui était d'autant plus insupportable qu'elle ne pouvait évidemment pas, dans un tel lieu et en un tel moment, faire usage de ses dons ordinaires à faire éclater les drames.

Tout cela était d'autant plus dérisoire que nul n'ignorait qu'elle n'était là, compte tenu de ses rapports avec Charles, que dans le cadre des grandes manœuvres débutant en vue de l'héritage. Alfred Bogival, d'ailleurs, n'était pas loin non plus. Très élégant, comme de coutume, il faisait en sorte d'être vu, premier levé au signe du curé, dernier assis. Il semblait que de puissants courants de curiosités malsaines et d'interprétations hâtives agitaient l'assistance, bien plus occupée de ses spéculations que de l'office que personne, au demeurant, ne suivait vraiment.

Quand il fallut se plier à la tradition du défilé devant le cercueil, encensoir passé de main en main, Farid eut le geste de se défiler. Aurélie le prit par le bras et l'entraîna. Poussé par François, il céda et suivit le mouvement. Mais il n'alla pas au cimetière. C'était trop lui demander. Et puis, à quoi bon ? Pour participer à cette pantomime dont le sens se perdait dans l'embrouillamini des rancœurs, des petites manœuvres et des jalousies ? Où était Charles, là-dedans ? Farid n'avait pas besoin de toutes ces comédies dévoyées, dépouillées de leur signification originelle, pour savoir que le vieux ne le quitterait pas ; qu'il resterait aussi vivant dans son souvenir et dans l'immense amitié qu'il lui portait qu'aux jours lointains où il lui avait appris le bois et lui avait transmis sa passion.

— Laisse, dit-il à François, qui voulait le remonter en voiture jusqu'à la vieille ferme. Je vais rentrer à pied. Marcher me fera du bien.

Il pleuvait toujours, mais il n'en avait cure. Tête basse, mains au fond des poches, il ne vit pas la distance. Même Embrouille tempéra l'exubérance de la fête qu'il aurait aimé lui faire. Du plus loin qu'il le vit, il se précipita à sa rencontre, mais il s'arrêta net à deux pas de son maître. Celui-ci le dépassa sans même sembler le voir. Un peu déçu, le chien lui emboîta le pas. Il ne pensait plus à gambader.

Farid n'était plus là. Il errait dans l'inconsistance de ses indécisions. Était-il encore chez lui ? Y avait-il jamais été ? Qu'un étranger, un Arabe, un petit-fils de harki, puisse se sentir chez lui dans cette forêt, dans cette vieille ferme de paysans morvandiaux, n'avait peut-être jamais été qu'un rêve, une folle prétention évidemment appelée à s'effondrer un jour ou l'autre. On y était. L'illusion s'évaporait. L'erreur était de ne pas y avoir pensé plus tôt. Il s'était laissé aveugler par les quelques plaisirs qu'il avait trouvé à vivre comme s'il était vraiment le maître de ces bois, de cette ferme, de ces chevaux, de cette maison. On ne vit jamais longtemps en faisant « comme si... ». Ce n'était pas qu'il ait cru que ça pouvait durer. Il ne s'était même pas posé la question. Il avait pensé à tout sauf à cette fin pourtant inéluctable.

Il y était confronté de la façon la plus dure et pourtant la plus prévisible qui se puisse trouver. Et il n'avait rien, pas la plus modeste voie de repli. Si une certitude émergeait, dans le trouble de son esprit, c'était bien que Charles était son seul rempart face à tous ceux, dans le pays, à qui il ne plaisait pas qu'il lui ait succédé. Et ce rempart n'était plus. Charles avait-il prévu cette inévitable échéance ? C'était probable. Mais sous quelle forme ? Lui en avait-il parlé ? Dans son trouble, il ne parvenait pas à s'en souvenir. Que devait-il faire ? De quels outils disposait-il pour faire face aux attaques qui n'allaient pas manquer de fondre sur lui ? Il n'en avait pas la moindre idée et s'en exaspérait d'autant plus qu'il était persuadé que la réponse existait, qu'elle était là, à portée de sa main, mais qu'il était incapable de la voir.

Il se fit rapidement à manger et se prépara pour partir travailler. Il pleuvait toujours autant, mais à la seule pensée de rester là, inactif, à tourner en rond, il préférait fuir vers ses bois. Au moins il s'y dépenserait, il aurait autre chose en tête, même si ce n'était déjà plus son affaire.

Pourquoi y repensa-t-il soudain, là, planté sur son paillasson où il venait d'enfiler ses bottes ? La fête ! Ce n'était pourtant pas le moment. Dans le charivari de son esprit, il l'avait complètement oubliée. Elle était prévue pour dans guère plus de huit jours. Cela faisait plus d'un mois qu'il avait lancé les invitations et les réponses, plus enthousiastes les unes que les autres, avaient très vite afflué. L'évidence : il fallait annuler, et vite.

Reposant sur le portemanteau sa veste qu'il faisait déjà le geste d'enfiler, il prit son téléphone.

18

« *Présence indispensable* »

Il fallut que tout le monde s'y mette. Décommander une fête est parfois bien plus difficile que de la décider. Farid, qui s'en serait bien passé, dut répéter inlassablement à tous ses interlocuteurs sidérés les raisons qui en rendaient la tenue impossible. En temps ordinaire, il se gardait bien d'emporter son téléphone portable sur ses chantiers. Sa boîte vocale était encombrée de tant d'appels, le premier soir, qu'il dut se résoudre, dès le lendemain, à glisser le petit appareil dans sa poche avant de quitter la vieille ferme. Sa sonnerie le poursuivit littéralement au fond des bois, l'exaspérant, interrompant son travail à tout bout de champ. Il pouvait difficilement expliquer à ses interlocuteurs qu'il leur répondait du fond d'un taillis, tenant de la main gauche son téléphone et de la droite des guides rendues explosives par l'impatience de deux chevaux n'appréciant pas du tout les arrêts qu'il devait leur imposer en plein effort.

Dans l'état d'abattement qui était le sien, tout cela lui paraissait absurde. Il lui semblait que, depuis la mort de Charles, sa vie s'enfonçait dans le non-sens. Avait-il encore une quelconque légitimité à vivre à la vieille ferme et à travailler dans les bois du vieux ? Que n'en avaient-ils parlé lorsque Charles lui avait si longuement expliqué les dispositions qu'il avait prises depuis que lui-même avait renoncé à travailler au bois ? Peut-être lui avait-il dit ce qu'il en était. Il avait détaillé tant de choses, ce soir-là. Il semblait bien à Farid qu'il en avait été question, que le vieux avait prononcé des mots probablement très importants, mais dont le sens lui était totalement inconnu. Si seulement il se souvenait...

À longueur de journée, il cherchait à se remettre en mémoire son long discours. Ne lui en revenaient évidemment que des bribes, ce qui concernait le plus directement son quotidien. Le reste, tout ce que Charles s'était pourtant évertué à lui expliquer le plus minutieusement possible, l'avait-il seulement écouté ? De toute façon, il n'y comprenait rien. Rien d'autre ne lui importait, ce soir-là, que de savourer la griserie du nouveau statut qui allait être le sien. Pense-t-on aux lendemains quand se présente une telle aubaine ? Il avait été comme un gamin que les couleurs chatoyantes de son nouveau jouet captivent et émerveillent bien plus que son fonctionnement.

Dans le froid et l'humidité de ces derniers jours d'hiver qui n'en finissaient pas de résister à l'air de printemps qu'on sentait parfois se glisser entre deux bourrasques, Farid s'abrutissait de travail. Ce n'était plus par volonté d'améliorer encore et toujours ses résultats. C'était une sorte d'automatisme. À quoi se serait-il occupé les mains et l'esprit si, dans l'incertitude de son devenir, il avait cessé de bûcheronner ? Il ne parvenait pourtant pas à se défaire de la sensation que quelque chose lui échappait, qu'il y avait un détail précis qui aurait dû lui revenir, quelque chose qu'il savait, qu'il connaissait parfaitement, mais dont il n'arrivait pas à se souvenir.

C'était pénible, horripilant, presque invalidant. Il tempêtait, maugréant contre lui-même à haute voix. Embrouille comme les chevaux tournaient vers lui des regards étonnés, moroses. Il avait suffi de cette espèce d'obsession dont il ne parvenait pas à se détacher pour que disparaisse une bonne part du plaisir qu'ils avaient à agir ensemble. Il finit par s'en rendre compte. Si Embrouille se contentait de se tenir à bonne distance, menant sa vie à sa guise, ses chevaux le lui firent sentir bien plus nettement. Ils se contentaient d'obéir sans trop de bonne volonté, là où, jusque-là, ils coopéraient.

Farid se sentit seul. C'était la dernière bonne raison qu'il avait de s'accrocher à son travail et à la vie qu'il s'était bâtie qui s'envolait. Ce jour-là, il interrompit brusquement son chantier, surprit ses chevaux en venant longuement les caresser, puis, écœuré par la sensation qu'il avait de ne plus être à l'unisson avec eux, il alla s'abriter sous le bout de bâche qu'il avait tendu entre quatre troncs pour s'en faire un abri sommaire. Assis sur la bûche qui lui servait de siège à l'heure du casse-croûte, et bien que ce n'en fût pas le moment, il se prit la tête entre les mains et tenta de mettre un peu d'ordre dans le chaos de son esprit. Il faudrait bien pourtant qu'il s'en sorte. Mais que faire ? Vers qui ou vers quoi se tourner ? Et cette chose essentielle, dont il se persuadait qu'elle contenait la clef de son problème, qui était là, quelque part, dans sa tête, mais qui lui échappait sans cesse…

Aurélie… À elle seule, lui sembla-t-il, il aurait pu se confier. Elle seule aurait pu le conseiller. Jamais, jusque-là, la présence de son amie ne lui avait tant manqué. Mais, depuis l'enterrement, Aurélie avait disparu. Elle ne donnait plus signe de vie. Pour la première fois, il s'étonna de ne même pas savoir comment la contacter.

Pas un seul instant l'idée ne lui vint de la chemise verte que lui avait remise Charles, conservant la rouge, le soir de leur fameux entretien. Pas un seul instant il ne put imaginer que ces papiers qu'il avait signés pouvaient traiter par des écrits, noir sur blanc, d'une question si importante. Pour lui, il s'agissait d'une affaire si personnelle qu'elle ne pouvait avoir été tranchée que par des mots prononcés d'homme à homme, face à face, dont on convient et qu'on scelle au besoin d'une franche poignée de main. D'ailleurs, savait-il seulement où elle était, cette chemise verte ? Qu'avait-il pu advenir d'elle depuis qu'il l'avait glissée dans un placard du camp et qu'un déménagement était passé là-dessus ?

Il n'y pensa pas. Levant enfin les yeux sur ses chevaux qui attendaient placidement, sous la pluie, à trois pas de là, il vit son chien qui, sans chercher à venir le rejoindre sous son abri, était venu s'asseoir près d'eux. Parfaitement immobile, le poil dégoulinant d'eau, il ne le quittait pas des yeux avec, dans le regard, une sorte d'immense interrogation. Farid en fut bouleversé.

— Viens ! lui dit-il.

Embrouille bondit et vint se jeter dans ses jambes. Il était trempé, mais quelle importance ? Farid le serra contre lui en lui fouillant le poil comme le chien aimait tant, le faisant se trémousser d'aise et l'arroser copieusement. Allons, se reprendre. Oublier tout cela ? Non, bien sûr, il ne pouvait pas en être question. Mais se contraindre à le ranger dans un coin de son esprit, redevenir soi-même, le temps de son travail et pour ses animaux. Il serait bien temps d'y repenser plus tard. Il alla à la tête des chevaux, dénicha au fond de ses poches deux croûtons de pain pas encore totalement détrempés, les leur offrit.

— On s'y remet ? demanda-t-il comme s'il escomptait une réponse. Faut bien avancer.

Rarement il était rentré à la vieille ferme aussi trempé que ce soir-là. Avant d'aller se changer, il bouchonna énergiquement ses chevaux. Il les avait attachés chacun à sa place dans l'écurie qu'il leur avait aménagée sous un petit hangar ouvrant sur le pré. Ils tiraient énergiquement sur le foin de leur râtelier pendant qu'il leur frottait le dos, les flancs et les jambes. Puis il leur mit une bonne ration d'orge aplatie et les détacha. Il savait qu'ils n'auraient rien de plus pressé, quand ils seraient rassasiés, que de retourner sous la pluie. Il ne se serait pourtant pas éloigné d'eux sans leur avoir apporté tous ces soins.

— À nous, dit-il enfin à Embrouille, qui l'attendait dans la porte de l'écurie.

Le premier soin du chien, pendant que Farid s'occupait des chevaux, avait été d'aller longuement se rouler dans la paille. Il en était revenu un peu moins mouillé, mais le poil complètement hérissé et constellé de brins de paille.

— La maison que tu vas encore m'arranger...

Ils traversèrent la cour en courant, comme pour se protéger de la pluie qu'ils avaient ignorée toute la journée. Au passage, par habitude plus qu'autre chose, Farid jeta un coup d'œil dans la boîte à lettres. Pour un peu il n'aurait pas vu la longue enveloppe crème qui se dissimulait entre quelques publicités aux couleurs tapageuses.

— C'est quoi, ça ? s'interrogea-t-il en la jetant sur la table avec les prospectus.

D'abord se changer. Mais sans vraiment perdre de vue ce pli juste un peu trop net, un peu trop élégant pour ne pas l'intriguer. Malgré l'envie qu'il avait de savoir, il prit soin d'aller se laver les mains et de se les sécher soigneusement avant de venir le ramasser sur la table, au milieu des publicités en désordre. Le nom et l'adresse de l'expéditeur étaient écrits en belles lettres d'imprimerie, en haut et à gauche de l'enveloppe. Cette fois, il se figea. Sous les sourcils froncés, l'œil se fit noir et inquiet. C'était le notaire. Toutes les angoisses qu'il avait réussi à faire taire, durant quelques heures, sur son chantier, jaillirent à nouveau et le tétanisèrent.

Bêtement, au lieu de l'ouvrir, il la tournait et retournait comme s'il en avait perdu le mode d'emploi. Lui qui, à quelques heures de là, souffrait le martyre d'ignorer ce qu'allait être son sort, il butait sur l'instant où, peut-être, il allait enfin savoir. Il aurait voulu qu'elle n'existât pas, cette lettre, mais il l'avait, là, dans les mains, contenant peut-être son destin. Il en espérait si peu de chose qu'il restait planté devant sa table, incapable de détacher les yeux de ce ridicule rectangle de papier, ni d'accomplir le dernier geste après lequel, enfin, peut-être, il saurait.

Il fallait pourtant qu'il se décide. Il n'allait pas rester là indéfiniment. La tentation lui vint de reposer la lettre où il l'avait prise, de l'oublier quelques heures encore, de remettre l'échéance à plus tard. Il eut le geste de la remettre à côté des publicités, sur la table. Et puis, non, c'était trop bête. Il allait se bouffer sa soirée à se torturer l'esprit pour tenter d'imaginer ce qu'elle pouvait bien contenir. Comme s'il n'y avait pas assez d'occasions comme cela de se pourrir la vie de folles inquiétudes.

Il retourna la lettre et avançait déjà le doigt qui allait éclater l'enveloppe. Non. C'était trop important. Un couteau. Il lui fallait un couteau pour l'ouvrir proprement. Tout à coup, il y eut urgence. Il le lui fallait, ce couteau, et vite. Mais où le prendre ? Lequel était digne de cette redoutable fonction ? Il tâtonna, chercha, s'énerva avant de mettre enfin la main sur celui qu'il cherchait. Lentement, il enfila la lame dans le petit orifice prévu à cet effet en haut de l'enveloppe. Il eut encore une hésitation, puis, avec une crispation de tout son être, il tira sèchement. Son œuvre accomplie, le couteau tomba sur la table, rebondit sur le banc puis arriva en cliquetant sur le carreau. Farid, tout à coup fébrile, en était déjà à extraire une unique feuille de papier de l'enveloppe et à la déplier.

Il fut presque déçu. Il n'y avait que cela ? Sous un bel en-tête très sobre, très dépouillé et néanmoins très élégant, au milieu d'une page pour le reste blanche, il n'y avait que trois lignes. *Suite au décès de monsieur Charles Fauverand, vous êtes prié d'assister en notre étude à l'ouverture de son testament.* Suivaient une date et une heure, puis, très discrètement, une mention qui stupéfia Farid : *Présence indispensable.*

Lentement, il reposa la lettre sur la table. Qu'est-ce que cela voulait dire ? Quel sens donner à ces quelques mots ? Avait-on besoin de le convoquer de la sorte pour lui dire blanc ou noir ? Ou bien rien ne changeait pour lui – ce à quoi il ne croyait pas le moins du monde –, ou bien il était viré – ce qu'il redoutait. À quoi ressemblaient toutes ces simagrées ?

Il passa une soirée épouvantable, échafaudant toutes les hypothèses les plus saugrenues, dormit très mal et se retrouva le lendemain matin dans sa cour, plus indécis et paniqué qu'avant d'avoir eu en main cette lettre du diable. Parce qu'il ne savait rien faire d'autre, il repartit sur ses chantiers. Il s'y abrutit de travail, stupéfia Embrouille en lui manifestant une sympathie brouillonne et exagérée, fut plein d'attention pour ses chevaux, mais ne parvint qu'à rendre plus confuses encore les idées noires qui lui trottaient dans la tête.

Si seulement il n'avait pas été seul... Il l'avait pourtant tant appréciée, cette solitude. Longtemps, elle avait été sa force. Il ne travaillait jamais aussi bien que lorsqu'il avait à se colleter littéralement avec cette nature à laquelle Charles lui avait appris qu'on pouvait donner un sens. Il lui avait si longtemps semblé que lui seul, à la suite du vieux, était capable de réaliser un tel prodige. Il y avait de la création dans cet acharnement qu'il fallait savoir mettre à faire une belle futaie d'un taillis inextricable. Avec qui partager cette passion ?

Il l'avait bien vu, ce qu'il advenait des sous-bois auxquels s'attaquaient les autres forestiers, avec leurs gros tracteurs, leurs machines titanesques qui broyaient tout, qui laissaient derrière elles de véritables déserts vite replantés de misérables sapins de Douglas qu'on alignait comme des poireaux dans un potager. Charles s'était fait un devoir, mais aussi un plaisir, de lui faire découvrir cette réalité-là qui dévastait les forêts loin à la ronde. Pas fou, le Charles. Il savait bien ce qu'il faisait en entraînant Farid vers ces titanesques chantiers sur lesquels, dans un bruit d'enfer, casque sur la tête, affublé d'oreillères réglementaires, s'agitaient en tous sens ce que le vieux, sur un ton méprisant, appelait des « massacreurs de bois ».

Tant de temps, Farid avait cru dur comme fer au sens qu'avait sa solitude au milieu de ces bois qu'il façonnait, à qui il redonnait leur chance de redevenir ces lieux de force un peu magique que sont les plus belles futaies. Nul autre que lui n'avait reçu l'enseignement nécessaire à la réalisation de cette œuvre dont Charles lui avait révélé la grandeur.

Farid avait appris à travailler à ce grand dessein, pas à le défendre. Savait-il seulement qu'il y a souvent plus d'énergie à dépenser pour s'opposer aux attaques des détracteurs que pour ériger les plus grandes causes ? Sa solitude se retournait contre lui. Compagne naturelle du créateur, elle le laissait totalement démuni, sans la moindre défense, face aux attaques qu'il pressentait.

Rien d'autre, pour l'instant, ne les matérialisait que cette lettre. Par son laconisme, elle l'atteignait et le blessait plus sûrement que des explications dont il aurait peut-être pu tirer argument pour se défendre. Encore que la conscience qu'il avait de son ignorance le condamnait à l'avance. Il savait qu'il n'avait plus d'autre choix que de subir.

Il regarda la date à laquelle il était convoqué. Près d'une semaine encore à attendre. Lentement, il replia la lettre, puis la glissa dans son enveloppe.

— Ce sera long, dit-il à haute voix. Peut-être, ça ne servira à rien d'attendre. Peut-être, ce serait aussi bien de partir tout de suite.

Il baissa les yeux. Embrouille était assis à ses

pieds et le fixait intensément avec comme de l'angoisse dans les yeux.

— Non, reprit-il à l'adresse du chien. Bien sûr que je ne vous abandonnerai pas, ni toi, ni les chevaux.

19

« La ferme est cernée… »

Il sursauta. Rêve ou réalité ?

Le dimanche matin, Farid s'octroyait quelques heures de repos supplémentaires. Un jour gris s'infiltrait entre les rideaux de la fenêtre de sa chambre. Errant dans les espaces flous qui séparent le sommeil de l'état de veille, il cherchait vaguement à comprendre. Avait-il réellement entendu des cris ou les avait-il rêvés ? Mais où était son rêve ? Où était la réalité ? Le silence, comme à l'accoutumée, était total. Il tendait l'oreille dans le vide et glissait à nouveau tout doucement vers l'inconscience quand il bondit dans son lit. Cette fois, il n'y avait plus de doute. Une voix énorme avait pulvérisé l'aube :

— Je répète, hurlait-elle. La ferme est cernée… Vous ne pouvez pas vous échapper… Nous savons que vous êtes là… Sortez les mains en l'air… On vous donne trois minutes, dernier délai... Après, ce sera l'assaut...

Farid avait jailli de ses couvertures. Assis au bord de son lit, éberlué, il cherchait à comprendre. Donner l'assaut à sa ferme ? Trois minutes de délai ? C'était quoi, cette histoire-là ? Il alla jusqu'au rideau, l'écarta légèrement. D'abord, il ne vit rien que la grisaille du jour levant. Puis, tout de même, quelque chose d'anormal au coin de la grange, une silhouette aux contours estompés par une légère brume qui traînait au niveau du sol. En y regardant de plus près, c'était bien cela, une silhouette sombre à demi dissimulée derrière l'angle du pignon. Puis une autre, plus loin, dans le pré, au bord d'un bouquet de noisetiers. Puis une autre encore, le long du chemin. Il se pencha en veillant à ne pas trop faire bouger le rideau. Quatre hommes se tenaient à l'entrée de la ferme. Il distinguait très bien leurs uniformes bleu nuit et leurs casques qui brillaient légèrement dans les premières lueurs du jour.

Ce fut à peine si son attention fut brièvement attirée par un mouvement plus loin, derrière eux, dans le bois. La vision fugitive d'une silhouette différente, en tenue plus claire, à laquelle, déjà encombré par tout ce qu'il découvrait, il n'attacha pas d'importance. Le détail ne lui reviendrait à l'esprit que plusieurs jours plus tard, lorsqu'il comprendrait de qui il s'agissait.

Que faire ? Qu'avait-il à se reprocher pour justifier cet invraisemblable déploiement de force ? Et le délai qui courait... Trois minutes... N'étaient-elles pas déjà écoulées ? Tout à coup, Farid vit les quatre hommes qui se tenaient à la barrière s'agiter. L'un d'eux, qui tenait à la main un mégaphone, gesticulait en tous sens. Les trois autres s'éparpillèrent, qui le long du chemin, qui vers le pré, qui vers l'arrière de la ferme. En même temps, les silhouettes déjà entrevues lui parurent se multiplier à l'infini. Il en sortait de partout.

Ça y est, s'affola Farid. Ils vont donner l'assaut. Tant pis, mieux vaut que je me montre.

Il écarta le rideau, ouvrit la fenêtre et se pencha vers le porteur du mégaphone.

— Qu'est-ce que c'est ? Qu'est-ce que vous me voulez ? cria-t-il.

Quatre hommes jaillirent du coin de la maison. Ils étaient porteurs de fusils qui lui parurent démesurément grands.

— Tu ne bouges pas. Tu restes où tu es. Les mains en l'air ! aboya l'un d'eux en levant son arme vers lui.

L'homme au mégaphone se précipitait. À voir son uniforme rutilant, ce devait être le chef.

— Vous êtes combien là-dedans ?

— Je suis seul, vous le voyez bien.

— Tu te fiches de nous ? On sait que vous êtes nombreux. Tu dis à tes copains de se montrer, vite fait. Sinon, on va vous chercher.

Il était déjà sur le perron, secouant énergiquement la porte bien entendu fermée de l'intérieur, déclenchant les aboiements furieux et certainement affolés d'Embrouille. Curieusement, cela parut refroidir ses ardeurs. Farid, les bras toujours levés, commençait à geler, en pyjama devant sa fenêtre grande ouverte. Il tenta de profiter de l'instant de flottement provoqué par la fureur d'Embrouille :

— N'essayez pas d'entrer. Mon chien, il n'est pas commode. Je vous dis que je suis seul. Laissez-moi le temps de descendre. Je vais le calmer et vous ouvrir.

Les silhouettes qu'il avait entrevues autour de la ferme convergeaient avec d'autres vers la cour. Ils étaient bien une vingtaine, tous casqués, engoncés dans leurs gilets pare-balles, fusil à la main. Malgré ce que sa situation avait de peu enviable, Farid ne put s'empêcher de sourire. Tout cela était tellement grotesque. Ce n'était apparemment pas le point de vue du chef qui, toujours sur le perron, devant la porte, surveillait du coin de l'œil le rassemblement de ses troupes. Quand il dut estimer disposer d'assez de renforts, il fit un pas en arrière et leva le nez vers Farid.

— Bon, on te laisse trente secondes. Tu viens ouvrir et tu retiens ton clebs. Tu as vu ce que j'ai derrière moi ? Tu n'as pas intérêt à jouer au plus malin. On t'attend.

Farid attrapa sa veste au passage et descendit en l'enfilant. Embrouille, complètement paniqué, se jeta dans ses jambes quand il atteignit la salle. Elle était plongée dans une épaisse pénombre que soulignaient par contraste les filets de lumière que laissaient passer les interstices des volets. Il alluma au passage, alla tirer le verrou de la porte et l'ouvrit.

— Eh ben, voilà, dit-il en se contraignant au calme.

Il parvenait même à arborer un large sourire que ne parut pas remarquer l'homme face auquel il se trouva. Farid n'y connaissait rien en signes distinctifs des grades de gendarmes mobiles, mais, à voir les barrettes qui ornaient les épaulettes de celui-là, il décréta arbitrairement que ce devait être un lieutenant.

— Ton chien ? glapit-il.

— Eh ben, il est là, mon chien. Tant que je suis avec lui, il ne vous mangera pas.

— Et les autres, ils sont où ?

— Quels autres ? Je vous dis que je suis seul. Et puis quoi ? Qu'est-ce que vous me voulez ?

— Oh ! On se calme. Les questions, c'est moi qui les pose.

Il se tourna vers ses hommes qui s'étaient approchés.

— Cinq pour fouiller la maison. Les autres, vous me passez les bâtiments au peigne fin. Exécution.

Farid n'en croyait pas ses oreilles.

— Heu… Vous avez un mandat, quelque chose comme ça ?

Le rire du lieutenant présumé eut tout du rugissement.

— Tu rigoles, non ? Le mandat, tu le demanderas au juge plus tard… si tu oses. Pour l'instant, tu es en état d'arrestation. Vous lui passez les menottes.

Il fut sur le point de refuser, de tenter de se défendre, mais à quoi bon ? Que pouvait-il faire face à une telle troupe ? Ils le menottèrent, le poussèrent vers le bout de la table, l'obligèrent à s'asseoir. Il dut assister, impuissant, à la fouille systématique de ses meubles, aux allées et venues des hommes qui retournaient tout sans ménagement comme s'ils recherchaient quelque chose de bien précis.

— Vous cherchez quoi ? tenta-t-il de savoir. Je n'ai rien à cacher. Si vous me dites, je pourrai peut-être vous aider. Ça vous éviterait de tout casser dans ma maison.

On ne lui répondit même pas. C'était comme s'il ne comptait pas plus qu'un objet. À l'angoisse de son devenir, dans laquelle il se débattait depuis la mort de Charles, succédait sans transition la sensation d'un brutal effondrement. À force de ne pas savoir ce qu'on ferait de lui, on en venait à lui reprocher d'exister. Qu'allait-on inventer pour se débarrasser de lui ? Et ses chevaux ? Et son chien ? Qu'allaient-ils devenir ? Les questions se bousculaient en désordre dans son esprit pendant que les hommes envoyés à la fouille des bâtiments revenaient bredouilles les uns après les autres. Farid, perdu dans son désarroi, ne les écoutait même plus. Qu'auraient-ils pu lui apprendre ?

Il sursauta pourtant quand celui qu'il avait affublé du grade de lieutenant revint brutalement vers lui.

— Bon, maintenant, on ne rigole plus, rugit-il. Les autres, ils sont où ?

— Quels autres ? Quand je vous dis que je suis seul, ici.

— Mon adjudant, hasarda un des hommes, venu au rapport, on n'a trouvé aucune trace d'autres présences. Pas de couchage, de vêtements ou de bagages, rien…

Allons bon, le lieutenant n'était donc qu'un adjudant. Farid se le tint pour dit, bien que cela ne changeât rien à la précarité de sa situation.

— Ça ne veut rien dire, décréta d'ailleurs ledit adjudant. Ils nous auront repérés en temps voulu. Ils auront pris le temps d'effacer toutes leurs traces avant de filer. Celui-là sera resté parce qu'il se croit chez lui et pour donner le change.

Ainsi donc l'histoire était écrite d'avance. Farid comprit qu'il ne lui servait à rien de se défendre. Il était coupable. Restait tout de même à savoir de quoi.

— Faudra bien que tu le dises, avec qui tu étais ! glapit à nouveau l'adjudant en se tournant vers

Farid. Tu ne peux tout de même pas nier. On a les preuves. On le sait, que vous deviez vous réunir ici durant le week-end. Tu crois peut-être qu'on est venus comme ça, au hasard ? Pour qui tu nous prends ?

Alors Farid réalisa : la fête, bien sûr ! Que n'y avait-il pensé plus tôt ! Il avait eu assez de mal à l'annuler en temps voulu. C'était pourtant vrai que, sans la mort de Charles, sa maison aurait dû, ce matin-là, être pleine de monde. Ses assaillants avaient été bien renseignés. Sauf d'une chose : que les invités avaient dû renoncer à la dernière minute à se retrouver. Qui, parmi ceux qui ne lui voulaient pas du bien, avaient pu avoir vent de leur projet de retrouvailles mais n'avaient pas été informés de sa décommande ? Il avait déjà sa petite idée, mais la garda évidemment pour lui. Pour le reste, il décida qu'il n'y avait rien à cacher.

— Oui, c'est vrai, admit-il. On avait le projet de se réunir ici, ce week-end. Mais on a annulé à la dernière minute.

— Pourquoi ? Qui vous a dit qu'on allait débarquer ?

Cet adjudant commençait à le fatiguer avec ses aboiements de roquet. Farid ne s'en cacha pas :

— Parce qu'on a enterré un ami, propriétaire de cette ferme, à la fin de la semaine et qu'on ne pouvait décemment pas faire la fête dans ces conditions, récita-t-il d'un air las.

Il en aurait fallu plus pour faire dévier l'adjudant de ses certitudes.

— Et c'était qui, ces gens-là ?

— Ma famille, des amis. On fait ça souvent, de se réunir ici. Ça n'a jamais posé le moindre problème.

— Tu nous donneras les noms de tous ces gens-là.

— Non, dit Farid.

Là, l'adjudant, il allait trop loin. Si c'était comme ça qu'on récompensait sa sincérité…

— C'est ce qu'on verra. Tu te débrouilleras avec le juge.

Quel juge ? Farid commençait à en avoir assez. Il se redressait pour exprimer son exaspération quand un homme vint se pencher à l'oreille de l'adjudant. À l'étincelle qu'il vit s'allumer dans l'œil de celui-ci, il comprit qu'il n'en avait pas fini de cet interrogatoire absurde.

— Tu as une voiture ? lui fut-il tout à coup demandé, toujours sur ce ton rogue et avec ce tutoiement qui l'horripilaient.

— Oui, j'ai une voiture. Et après ?

— C'est quoi, ta voiture ?

— Pourquoi vous me le demandez puisque vous le savez ? Une vieille Renault un peu pourrie. Pour ce qu'elle me sert…

— Alors, c'est quoi, cette grosse BMW, dans ta grange ?

La douche froide. Depuis le temps qu'elle était là, Farid l'avait complètement oubliée, celle-là. La voiture de Kader, un ami d'Ibrahim. À la fin de l'été précédent, au soir d'une de leurs fêtes, il l'avait surpris en lui demandant s'il pouvait la laisser dans la grange. Dans sa banlieue, il n'avait pas de garage et redoutait que cette belle voiture, dont il avait longtemps rêvé avant de parvenir à se la payer, passe l'hiver sur un parking de HLM. Une demande étonnante, mais Farid avait de la place. Il avait accepté. « Je viendrai la rechercher au printemps », avait dit Kader. On avait rangé la voiture tout au fond de la grange et il l'avait oubliée.

— Ben oui, quoi, dut-il admettre en redoutant le piège. Je n'y pensais même plus. C'est la voiture d'un ami de mon frère. Elle est garée là pour l'hiver.

— Tu as les papiers ?

— Bien sûr que non. Il m'a juste laissé les clefs, au cas où j'aurais à la déplacer.

— Et il s'appelle comment, cet ami de ton frère ?

— Kader.

— Kader comment ?

— Ce que j'en sais, moi !

— Tiens donc !

L'adjudant triomphait. Ça se voyait dans son regard. Et Farid enrageait.

— Ça, reprit l'adjudant à la cantonade, comme pour souligner la perspicacité de son interrogatoire, c'est une bagnole qu'on va retrouver au fichier des voitures volées, mise là bien à l'abri, en prévision du coup qu'on était en train de monter. Pas vrai ?... Ah, bien sûr, tu ne vas pas nous le confirmer. De toute façon, ne te fatigue pas. Ton compte est bon. Tu t'expliqueras avec le juge. Allez, hop, on l'embarque.

— Mes animaux ! Je ne peux pas les laisser comme ça. Faut s'en occuper.

— T'inquiète pour tes bestiaux. Je signalerai leur présence. On trouvera bien quelqu'un pour s'en charger. Allez, ouste, on lève le camp.

Opération de police sur un repaire présumé de terroristes en forêt du Morvan... Un terroriste présumé arrêté à Sarmigny... Dès le lendemain, il n'était pas un média, qu'il soit local ou national, dont la une n'était pas barrée de cette nouvelle sensationnelle. Les journaux et les télévisions l'agrémentaient même de photos dont le flou savant évoquait à merveille le document « volé » dans le feu d'une action nécessairement spectaculaire.

Farid, retenu en garde à vue, ne put évidemment rien savoir de cette brutale notoriété dont il se serait bien passé. Ce ne fut que longtemps après que le souvenir lui revint de la silhouette en civil entrevue dans les bois, le matin de son arrestation. Il put alors se poser à loisir la seule question qui valait. Comment donc un journaliste avait-il pu être informé suffisamment à l'avance de ce débarquement des forces de l'ordre au fond de la forêt morvandelle, pour se trouver en même temps qu'elles, juste au bon endroit, au bout de son chemin défoncé qu'aucune signalisation n'indiquait ?

20

Embrouille n'est plus là…

Garde à vue, mise en examen, détention provisoire… Il fallut plusieurs semaines à l'avocat commis d'office pour qu'il soit enfin admis que le dossier était strictement vide. Hormis quelques broutilles qu'on pouvait reprocher à quelques-uns des habitués des fêtes de la vieille ferme, tous leurs autres participants étaient irréprochables. Sauf à admettre que leurs origines maghrébines en fassent d'office des suspects de terrorisme, rien ne pouvait leur être reproché et certainement pas de participer, à intervalles de temps à peu près réguliers, à des fêtes strictement privées.

Quant à la belle BMW dont l'adjudant avait été si fier de décréter qu'elle avait été volée, il se trouvait qu'elle appartenait bel et bien à Kader, l'ami d'Ibrahim. La preuve de cette légitimité, lorsqu'elle arriva de la préfecture du département d'immatriculation du véhicule, fut ce qui ébranla le plus sûrement les certitudes du juge.

Et ce qui le mit dans le plus grand embarras. Si seulement il n'y avait pas eu ce fichu journaliste venu les espionner... Qui l'avait prévenu, celui-là ? Qu'il s'agisse de la même source qui les avait mis sur la piste d'une possible affaire de terrorisme, très à la mode par les temps qui couraient, et qu'il se soit agi, en fin de compte, d'un véritable traquenard dans lequel ils étaient tombés, cela lui parut évident. Mais qu'y faire, maintenant ? S'en prendre à celui ou celle qui manipulait de telles visées machiavéliques n'aurait été que l'aveu de leur instrumentalisation.

L'événement avait pris une telle ampleur dans les médias que le risque du ridicule était grand s'il devait admettre que tout cela n'était même pas une tempête dans un verre d'eau. C'était bel et bien une erreur, l'emballement quelque peu inconsidéré de quelques-uns sur la foi d'indications douteuses que personne n'avait pris la précaution, pourtant élémentaire, de vérifier.

Paradoxalement, tout cela n'était pas trop de nature à servir Farid. La meute de journalistes qui s'attroupaient, chaque jour, devant le tribunal, demandant à cor et à cri de la matière pour leurs articles, les coups de téléphone incessants de rédactions souvent lointaines, impatientes de savoir où en était ce dossier une fois pour toutes assimilé à une redoutable menace terroriste, empêchaient tout bonnement que lui soit donnée la seule suite qu'il méritait. S'il n'y avait pas eu tout cet émoi médiatique, on l'aurait clos sans autre forme de procès. On aurait renvoyé Farid d'où il venait en faisant la sourde oreille à ses protestations et à ses demandes de dédommagement, et on n'en aurait plus entendu parler.

Personne ne se sentait le courage d'assumer le ridicule de la situation. Pas question, dans ces conditions, de relâcher tout simplement Farid dans la nature. C'était l'impasse. Les arguments des uns valant bien ceux des autres, sa détention risquait de durer longtemps. On tergiversa ainsi durant des semaines. Puis l'avocat, comprenant qu'on ne s'en sortirait pas sans un solide coup de poing sur la table, menaça tout bonnement d'abandonner la cause.

On commença par s'en réjouir. On prendrait son temps pour en désigner un autre. On lui accorderait un délai confortable pour étudier le dossier, et même s'il devait nécessairement en venir aux mêmes conclusions que son prédécesseur, ce serait autant de gagné pour tenter d'étouffer l'affaire. On dut pourtant changer d'avis quand l'homme de robe, décidément perspicace et sachant distiller ses effets, précisa tout de même que, s'il devait se résoudre à pareille démission, il ne manquerait pas de réunir une conférence de presse pour expliquer les raisons de son geste.

— Je tiens à ma réputation ! crut-il bon de conclure.

Cela se passait dans le bureau du juge, qui comprit là qu'il n'avait plus le choix. À trop ergoter, il allait finir par voir ce malencontreux dossier lui exploser à la figure. C'était sa carrière qui était en jeu. Par chance, comme cela arrive fréquemment, l'actualité s'était chargée de détourner l'attention des journalistes.

— C'est bon, dit-il. On va le relâcher, votre client. Mais attention : l'affaire est trop grave. Liberté conditionnelle avec interdiction formelle de répondre aux questions des journalistes, sous peine de réincarcération immédiate.

L'avocat sourit. Il n'en demandait pas plus. Il connaissait suffisamment son client pour être assuré qu'il n'irait pas se répandre dans le premier canard venu.

Farid apprécia beaucoup moins. Certes, il retrouvait enfin la liberté, mais à quel prix ! Était-ce d'ailleurs bien de liberté qu'il s'agissait, avec cette épée de Damoclès suspendue au-dessus de sa tête ? C'était donc qu'on l'assimilait toujours à un possible terroriste. Pire qu'une franche accusation dont il savait pouvoir se défendre, c'était le côté implicite du soupçon qu'on laissait planer sur lui qui lui était le plus insupportable.

Sitôt libéré, il n'en reprit pas moins aussi vite qu'il le put le chemin de la vieille ferme. Dans l'autocar qu'il dut emprunter pour remonter jusqu'à Sarmigny, il fit la redoutable expérience des regards soupçonneux qu'il sentait peser sur lui et auxquels il lui faudrait bien s'habituer tant que justice ne lui serait pas rendue. Il se donnait l'impression d'être marqué au fer rouge, mais il décida de ne pas s'y arrêter.

Curieusement, cette avalanche d'épreuves qu'il devait affronter, depuis la mort de Charles, ne l'abattait plus. Son séjour en prison l'avait durci. Il était résolu à ne plus subir. Il remonta à la vieille ferme avec la volonté bien arrêtée d'y affirmer sa présence. Il allait reprendre ses chantiers et s'en délectait déjà. Il avait du bois à vendre. Il allait reprendre contact avec ses acheteurs, se remettre aux livraisons. Rien ni personne ne pourrait l'en empêcher.

Le coup de froid subi durant la semaine du décès de Charles avait été le dernier. Le printemps, depuis, avait pris le dessus. Du fond de sa prison, Farid n'avait pas pu assister au puissant réveil annuel de la nature. Il en découvrait les effets et s'en émerveillait. On n'en était qu'au stade d'un vert tendre inégalement répandu sur les futaies où quelques espèces plus tardives se contentaient encore de laisser grossir leurs bourgeons luisants de sève. On les surveillait du coin de l'œil. C'étaient les plus prudentes, celles qui ne se hasardent à éclore qu'après qu'eut disparu l'ultime risque de ces gelées du point du jour encore capables de bien des ravages. Les prés, entre leurs haies à peine saupoudrées de timides bouquets de feuilles minuscules, viraient lentement du jaune et du gris inégalement répandus par le froid, la neige et le gel au vert légèrement scintillant de l'herbe nouvelle. On attendrait quelques jours avant de la livrer aux mufles goulus des troupeaux. Pour l'heure, ceux-ci s'impatientaient encore dans leurs stabulations, d'où on les entendait appeler frénétiquement le moment de leur libération.

Sur le vieux chemin qui montait vers chez lui, Farid, pour une fois, ne se laissait pas accaparer par les mille petites manifestations de la nature dont il faisait pourtant son régal ordinaire. Il avait suffisamment observé les effets du printemps s'installant, depuis la fenêtre de l'autocar. Les mains dans les poches, tête baissée, il allait à grands pas, l'esprit totalement occupé et surtout inquiet de ce que seraient ses lendemains.

Il lui semblait pourtant que chacun de ses pas renforçait sa résolution. Non, décidément, il ne se laisserait plus faire. Il y en avait assez de ces gens du pays qui n'avaient pas d'autre idée en tête que de lui nuire, après s'être si longtemps acharnés sur Charles. Mais il avait de la défense, Charles. Au fond, ils n'avaient jamais réussi à l'ébranler. C'était certainement ce qui leur donnait tant d'ardeur pour s'en prendre à celui que le vieux avait choisi pour lui succéder. Eh bien, Farid continuerait sur la même lancée. Charles continuerait d'être son exemple, jusque dans la résistance qu'il opposerait aux coups qu'on n'allait pas manquer de lui porter, et dans sa détermination à les rendre.

Qui d'ailleurs avait lancé la justice sur cette piste ridicule d'une réunion de possibles terroristes ? L'affaire ressemblait trop à la première descente qu'avaient dû faire les gendarmes au camp. Il ne s'agissait alors que de complaire, comme ils l'avaient reconnu à demi-mot, au clan de Justine et d'Alfred. Cette fois, on avait visé plus haut. Jusqu'à prévenir un journaliste ! Il fallait le faire. Farid était tout de même surpris que ces gens si bien informés de la fête qu'il préparait n'aient pas su qu'elle était annulée. Il ne s'en était pourtant pas caché. C'était tout de même curieux. À moins qu'ils n'aient laissé faire juste pour lui porter tort ? Il fallait reconnaître qu'ils avaient pas mal réussi leur coup.

De rage, à l'idée des jours qu'il venait de passer en prison, il donna un grand coup de pied à une pierre du chemin qui vola loin devant lui. Le pire, évidemment, était qu'il n'avait aucune preuve. Pour bien arrêtées qu'elles étaient, ses convictions lui seraient d'un maigre recours lorsqu'il s'agirait de faire face aux manœuvres que l'Embrouilleuse devait déjà ourdir pour l'écarter définitivement des bois de Charles et de la vieille ferme.

Plongé dans ses pensées, lorsqu'il l'atteignit, il eut le geste de pousser la barrière rustique qui fermait sa cour. Elle lui résista. Surpris, il essaya une deuxième fois en baissant le regard sur la récalcitrante. Elle était fermée d'un bout de chaîne et d'un cadenas.

Et voilà, se dit-il. Ça commence...

Mais l'urgence n'était pas là. Il lui semblait qu'un silence malsain régnait sur sa ferme. Embrouille... Où pouvait-il bien être ? Il appela. En vain. Les chevaux... Il contourna la barrière, enjamba sans difficulté la clôture toute théorique qui fermait sa cour, la traversa à grandes enjambées pour atteindre la porte du pré. À nouveau, il appela en même temps qu'il remarquait des crottins frais. Ils étaient donc là. Mais la porte était elle aussi munie d'un cadenas. Il l'enjamba, s'avança dans le pré en appelant. Les chevaux se tenaient à l'ombre du pignon de la grange. Ils s'avancèrent sans se presser.

— Ouf ! souffla Farid.

Il alla au-devant d'eux. Ils étaient sales, un peu amaigris, et leur poil d'hiver, qu'ils perdaient à poignées, leur donnait un aspect plus misérable encore.

— Mes pauvres vieux, leur dit-il en distribuant des caresses, je n'ai pas de pain. Laissez-moi le temps d'aller jusqu'à la maison. Je vais vous en apporter avec un bon picotin. Sûr que vous n'en avez pas eu depuis longtemps. Et Embrouille ? Il est où, Embrouille ? Vous le savez, vous ?

Toutes les issues, celles de la ferme comme celles de la maison, étaient cadenassées. Farid, en allant de l'une à l'autre, sentit le poids de toutes les urgences qui s'accumulaient en le ramenant sans ménagement aux réalités. Tous ces insupportables cadenas, les chevaux qui attendaient à l'entrée de leur pré, Embrouille dont il ne savait pas ce qu'il avait pu devenir, sa maison à retrouver... Par où, par quoi commencer ? Bref moment de panique qu'il eut tôt fait de remettre à plat.

C'était l'absence d'Embrouille qui l'inquiétait le plus. Le plus urgent n'en était pas moins de pouvoir à nouveau pousser une porte sans qu'elle résiste. Une cisaille et une scie à métaux... Il avait cela dans son matériel. Encore fallait-il pouvoir y accéder. L'ancienne étable où il le rangeait disposait fort heureusement d'une étroite fenêtre dont la crémone avait connu des jours meilleurs. Farid eut tôt fait de la faire céder. Il parvint ainsi jusqu'à ses outils. Le reste n'était plus qu'une question de patience et surtout, de son point de vue, de perte de temps. Il n'en garda pas moins tous les bouts de chaîne et les cadenas fracturés. Pour en faire quoi ? Il n'en avait pas la moindre idée, mais il n'en était pas moins convaincu qu'un jour ou l'autre ils pourraient lui être utiles.

Les chevaux eurent leur picotin et même un rapide coup de brosse. Il ressentit un immense plaisir à pouvoir enfin pousser la porte de sa maison. Il y faisait un froid de loup. Froisser une feuille de papier, casser du petit bois, disposer le tout dans le foyer de la cuisinière, craquer l'allumette et contempler avec ravissement le spectacle des flammes qui montaient et s'enhardissaient jusqu'à ce qu'il puisse fournir quelques belles bûches à leur énergie dévorante lui fut un vrai bonheur.

Il était pourtant gâté, comme chacun de ses gestes, par l'absence d'Embrouille. Il fallait que ce pauvre chien ne soit pas là pour qu'il mesure à quel point il faisait partie de son existence et de celle de la ferme. C'était plus fort que lui, à tout bout de champ il allait à la porte et l'ouvrait avec chaque fois l'espoir sitôt déçu de trouver le chien sur le perron. À plusieurs reprises, il appela, mais n'obtint aucune réponse.

Le soleil n'était plus loin d'atteindre les frondaisons de la forêt derrière lesquelles il s'engloutissait chaque soir, lorsque Farid bondit. Que n'y avait-il pensé plus tôt ? Le camp ! Il y avait vécu, après tout, ce chien. S'il était allé s'y réfugier ? Il y avait quelque chose de plausible dans l'hypothèse. Faute de mieux et pour se raccrocher au maigre espoir qu'elle lui donnait, Farid n'hésita pas. Il ferma sa maison et fila par les chemins qui menaient au camp.

Quand il l'atteignit, la nuit n'était plus loin. Il fut accueilli à bras ouverts, mais dut vite déchanter. Ni les uns ni les autres n'avaient vu Embrouille. Ils en étaient désolés et ne savaient que faire pour distraire Farid de son souci. On insista pour qu'il reste.

— Tu souperas bien avec nous. Depuis le temps ! C'est qu'on en a des choses à se dire.

Il n'y avait là aucun sous-entendu. Ils étaient vaguement au courant de ce qui s'était passé, mais ne savaient même pas que Farid avait si longuement séjourné en prison. Lui ne s'en cacha pas et leur raconta toute l'affaire jusque dans ses détails.

— Faut pas chercher, en conclut Georges. Encore un coup au clan de la Justine. Ça devient une habitude, chez eux, de prévenir les gendarmes.

Farid évita de répondre. Il se contenta d'en sourire. Décidément, il y avait des convictions qui finissaient par valoir certitudes ! Dommage que la maréchaussée et la justice y soient restées sourdes.

Ils insistèrent tellement qu'il finit par passer la soirée avec eux. Pour l'occasion, les deux familles s'étaient réunies, chacune posant sur la table ce qu'elle avait trouvé dans son garde-manger. On évoqua Aïcha et Ahmed, on regretta bien que la dernière fête n'ait pas pu avoir lieu. On fit des projets pour la suivante. On eut mille petites choses à raconter au sujet des amis qu'on s'était faits aux précédentes. L'affaire de la voiture de Kader eut un grand succès. On parla peu de la vie du camp. Qu'y avait-il à en dire ? Pour un peu, Farid en serait venu à envier cette tranquillité des pauvres à qui il ne peut rien arriver de pire que la misère et l'abandon dans lesquels ils vivent.

Ils auraient voulu le retenir pour la nuit.

— Tu as vu l'heure ? Tu ne vas pas repartir

maintenant. On va sortir un matelas. Tu vas dormir là.

Cette fois, il tint bon. Il connaissait les chemins. Marcher dans la nuit ne lui faisait pas peur.

— Tu as vu le clair de lune ? Je vais y voir comme en plein jour. Je préfère être chez moi, demain matin, pour les chevaux. Et puis, est-ce qu'on sait ? Peut-être qu'il m'attend à la porte, l'Embrouille.

Il n'y croyait évidemment pas, mais ça lui faisait tellement de bien d'entretenir comme une illusion que tout allait s'arranger. La nuit était fraîche. À aller à grands pas dans la douce lumière argentée du clair de lune lui fit le plus grand bien. Il n'avait pas froid et se plaisait à pousser devant lui le petit nuage de sa respiration dans lequel il arrivait que joue la lumière nocturne.

Deux chouettes se répondaient à bonne distance l'une de l'autre. Il dut en déranger une, dont il crut entendre le frissonnement du vol entre les cimes des arbres. L'autre appela à plusieurs reprises en vain. Son cri se fit plus mélancolique encore. Puis une réponse vint, un peu feutrée par la distance. Alors leur dialogue reprit, douce mélopée à deux voix dans le silence attentif de la forêt.

« Allons, se disait Farid, demain, je me remets au travail. Ça va marcher. Ça va reprendre comme avant. Il n'y a pas de raison. »

Il en mourait d'envie en même temps qu'il avait parfaitement conscience des illusions dans lesquelles il cherchait à s'entretenir. Et Embrouille... Que faire ? Où, auprès de qui aller s'inquiéter de ce qu'il avait bien pu advenir de son chien ?

Demain, je me remets au travail, s'obstinait-il comme si, dans sa marche nocturne, il voulait se dissimuler tout ce qui, à l'évidence, ferait que cela ne pourrait pas « reprendre comme avant ».

21

Chassé des bois

Bien qu'il sût qu'il y avait encore très loin de la coupe aux lèvres, Raymond Bouland jubilait. Avant que l'affaire soit conclue, il se passerait encore beaucoup de temps. Le temps, justement, qu'il y ramasse tout ce qu'il pouvait. Au bout du compte, si elle ne se faisait pas, ce serait toujours ça de pris, et si, par miracle, elle pouvait se concrétiser, c'était peu de dire qu'il serait bien placé pour l'emporter.

Voilà ce que c'était, de savoir choisir ses sympathies et les ménager comme il le fallait. À dire vrai, il ne pensait pas autrement que les autres. Justine n'était qu'une vieille harpie. De toute son existence, elle n'avait rien su faire d'autre que de manigancer des chamailleries entre ses voisins, dont elle savait tirer parti avec une roublardise inégalable. Elle était de ces femmes qui, dès leur plus jeune âge, s'estiment flouées par tout et par tous. Elle avait pourtant eu sa part de l'héritage des parents Fauverand, mais, alors que Charles, son frère aîné resté célibataire, faisait méticuleusement fructifier ce qui lui était échu, elle avait eu la malencontreuse idée d'épouser un brave homme de cantonnier dont la seule ambition, sa vie durant, s'était limitée à son jardin et à la guerre sans merci qu'il y livrait à la mauvaise herbe. Sans qu'on sût très bien ce qu'il était advenu du bien laissé par ses parents, Justine avait mené auprès de lui une petite vie étriquée dont le seul plaisir, en fin de compte, avait été de jalouser celle des autres.

C'était de notoriété publique. Tout le monde lui en voulait et se méfiait d'elle, mais bien rares étaient ceux qui osaient en convenir. Elle était trop redoutée ! Plus rares encore étaient ceux qui avaient su mettre leur mouchoir sur leurs préventions et qui s'étaient montrés assez malins pour ne pas se brûler les ailes aux alliances qu'ils avaient osé conclure avec elle.

Raymond Bouland était de ceux-là. Avec une infinie patience, sans jamais se formaliser des rebuffades et des propos facilement acides de Justine, il avait toujours su être là au bon moment quand celle-ci avait quelque chose à lui demander. C'était quelques stères de bois de chauffage qu'il lui faisait à prix d'ami, une haie à nettoyer, une bricole à transporter... Des choses qui ne lui rapportaient pas un sou et qui lui faisaient perdre du temps, mais dont il comptait qu'elles finiraient par porter intérêt. Rien n'était gratuit, avec Justine. Quand on avait compris cela, qu'on était assez madré pour ne jamais se faire prendre du côté des payeurs et assez perspicace pour ne pas laisser passer sa chance, on avait quelques chances d'encaisser les bénéfices, un jour ou l'autre.

Prudent, le forestier se serait bien gardé d'affirmer que tel était enfin son cas. Seul l'avenir lui dirait s'il avait choisi le bon cheval. Ce n'était pourtant pas faute d'y avoir mis du sien. Déjà, quand elle lui avait suggéré avec insistance d'aller proposer un salaire mirobolant à l'Arabe qui travaillait pour Charles et vivait encore au camp des harkis, il avait dû se forcer. Dans ce coup-là, il se savait perdant quoi qu'il arrive. Et si Farid avait accepté ? Il aurait eu l'air malin. Certes, les risques qu'il en soit ainsi étaient minimes, mais comment s'en serait-il sorti ? Et si les autres, ses concurrents et surtout les gars qui travaillaient pour lui, avaient su le montant qu'il lui avait proposé… Il préférait ne pas y penser. Pour le coup, c'était sa réputation, sa crédibilité qui volaient en éclats.

Elle lui avait fait miroiter tout ce que l'avenir leur apporterait, quand Charles ne serait plus dans le coup. Il n'en avait pas moins tordu le nez, longuement hésité, puis il s'était décidé. Quand on court après un lièvre depuis si longtemps, ce ne sont plus ses feintes qui vous feront renoncer. Le coup avait foiré. C'était d'ailleurs la meilleure chose qui pouvait lui arriver. Il en était tout de même resté qu'il avait osé. Justine avait, une fois de plus, porté cela à son crédit.

Avec bien d'autres choses, depuis qu'ils se connaissaient, c'était certainement ce qui lui avait valu d'être celui à qui, après la mort de Charles, elle avait proposé l'affaire dont ils rêvaient tous. Cela se résumait d'ailleurs à peu de choses.

« Ces bois-là, lui avait-elle dit, englobant d'un geste de la main les vastes possessions patiemment accumulées par son frère durant toute sa vie, il faudra bien qu'on les gère. On ne peut pas les laisser comme ça. Ce n'est pas l'autre guignol d'Arabe qui va en faire quelque chose. Alors, bien sûr, il y a le pataquès du testament... Fallait bien qu'il nous en fasse une dernière comme celle-là, mon frère. Mais ce n'est rien. On s'en sortira bien. Ça va prendre du temps, mais on y arrivera. Seulement, pour exploiter, on n'a pas le temps d'attendre. Faut s'y mettre tout de suite. Ça a déjà trop attendu. Tu le ferais, toi ? »

Raymond Bouland en était resté bouche bée. Il y a des choses comme ça, à force de trop les attendre, quand elles arrivent on a bien du mal à y croire. Surtout qu'elle avait une façon bien à elle, la Justine, de vous amener une affaire pareille. Sa petite question de rien du tout, après son long discours... Par réflexe, il s'était montré prudent. On ne l'est jamais trop.

« Je le ferais... Je le ferais... Vite dit. Faut voir.

— Faut voir quoi ? C'est tout vu. Tu exploites. Tu en tires tout ce que tu peux. Tu coupes à blanc, tu replantes en sapins.

— Et je me paie comment ?

— Ben, sur le bois feuillu que tu sors, pardi. Tout ce que tu en vends, c'est pour toi. Nous, on aura les sapins, plus tard. Ce sera pour nos enfants ou nos petits-enfants. »

Il avait hésité. Pour ce que ça valait, le petit bois feuillu qu'il allait sortir... Mais il savait bien que Justine n'avait pas les moyens de lui en donner plus. Et quand bien même elle les aurait eus, il ne fallait pas compter sur elle pour payer un travail dont elle n'était pas sûre de tirer quelque bénéfice que ce soit. En somme, c'était à prendre ou à laisser durant tout le temps que traînerait cette affaire d'héritage. Et ça pouvait durer longtemps.

Oui mais refuser, c'était laisser la place à un autre. Ça méritait tout de même d'être réfléchi.

« Bon, faut que j'aille voir, avait-il conclu. Tu me laisses un peu de temps ? Faut tout de même que j'aille évaluer ce que ça représente. Tu comprends, c'est que ce n'est pas un petit morceau. Il va falloir y mettre du matériel, et puis des hommes. C'est que ça coûte, tout ça. Faut tout de même que je rentre dans mes sous. »

Elle en avait convenu. Il lui avait promis une réponse sous huitaine.

Il n'eut pas besoin d'aller courir les bois de Charles. Il les connaissait par cœur. Il lui fallait simplement prendre le temps de peser le pour et le contre dans le taillis autrement touffu de sa méfiance et de ses peurs paniques de se faire rouler. En fin de compte, ce fut celle de se voir doublé sur le fil par un concurrent, après tant d'années de subtiles manœuvres, qui le décida. Au jour dit, il était chez Justine.

— Et l'Arabe ? demanda-t-il pour qu'il ne soit pas dit qu'il n'avait pas levé la dernière objection. Il est quoi, là-dedans, l'Arabe ? On en fait quoi ?

— L'Arabe, il est en taule. D'ici à ce qu'il en sorte… Marche, dit Justine, on a ce qu'il faut pour qu'il reparte d'où il est venu. On n'en entendra plus parler et ce sera aussi bien.

Elle ne faisait là que prendre ses désirs pour des réalités. Il le savait, mais ce n'était, à ses yeux, que péripéties. Le tout était qu'ils soient bien d'accord. Ils n'avaient pas plus envie l'un que l'autre de voir réapparaître Farid. Ainsi alliés, au cas où on le verrait revenir, ils sauraient bien faire en sorte que ce soit pour très peu de temps.

— C'est bon, finit-il par admettre. Je vais m'y mettre. Mais c'est qu'il y a du boulot. Je ne suis même pas trop sûr de m'y retrouver.

Elle eut à son adresse un petit sourire entendu

dont il préféra ne pas rechercher trop loin la signification.

— C'est bien, approuva-t-elle. À dire vrai, je ne me faisais pas trop d'inquiétudes. Je le savais, que tu es un gars entreprenant. Tu sais mener ta barque. Tiens, pour le coup, un accord comme celui-là, ça vaut la peine qu'on l'arrose. Tu prendras bien un petit verre...

Si l'absence d'Embrouille ne lui avait pas été d'un tel poids, le bonheur de Farid à retrouver ses chantiers aurait été parfait. Même les chevaux semblaient surpris de ne plus voir le chien aller et venir autour d'eux. C'était du moins ce que Farid se mettait dans la tête tout en reprenant son travail.

Durant tout l'hiver, sur une vaste coupe s'étendant sur plusieurs hectares, il avait abattu et ébranché tous les arbres en surnombre. Ne restaient debout que les plus beaux, ceux dont on attendait qu'ils profitent de la lumière qui leur était rendue et de l'espace disponible autour d'eux. Ainsi allaient-ils croître librement. C'était le vieux rêve de Charles repris à son compte par Farid, qui commençait à se matérialiser. Il lui faudrait pour cela quelques dizaines d'années. Mais Farid s'en souciait peu. Après avoir tant peiné à accomplir ce travail fondateur, c'était son privilège de pouvoir imaginer comme s'ils existaient déjà les fûts puissants qui s'élanceraient là, comme autant de piliers de cathédrale, sous l'ombre fraîche des vastes feuillages.

Pour l'heure, le coteau au flanc duquel il travaillait était encore encombré de tous ces troncs d'arbres dénudés qu'il n'avait pas pris le temps de débiter, durant les mois propices à l'abattage. C'était là un travail qu'il réservait à la belle saison, quand il fallait respecter la montée de sève, puis les feuillages. Il n'était que temps de s'y mettre. Il était monté avec le fardier aux ridelles duquel il avait attaché sa tronçonneuse et sa musette. Si tout allait bien, il pouvait espérer débiter et charger deux fardiers. À ce rythme-là, à la fin du printemps, il en aurait fini du nettoyage de toute cette vaste parcelle et pourrait s'attaquer au débroussaillage d'une autre, un peu plus loin.

Bien que le ciel fût d'un gris laiteux qui étendait sur le paysage une lumière sans relief, il faisait presque chaud. Farid fut vite en bras de chemise. Il retrouvait avec délectation le plaisir du corps bien échauffé dont les muscles travaillaient en harmonie. Il se faisait l'impression d'agir sans le moindre effort. Tous ses gestes s'engrenaient à la perfection, chaîne bien huilée qui allait sans le moindre heurt depuis le tronc à débiter jusqu'aux bûches bien rangées sur le fardier. S'il n'appréciait que modérément le bruit de guêpe de la tronçonneuse, il respirait à pleins poumons les délicates fragrances de sève que dégageaient le bois coupé et la sciure.

Il travailla ainsi toute la matinée et ne s'accorda qu'une petite demi-heure de pause pour manger le sandwich et la pomme qu'il avait glissés dans son sac avant de partir. Il alla boire au ruisseau qui coulait au fond du vallon, et y remplit sa gourde. Il remontait vers ses chevaux, regrettant une fois de plus de ne pas être accompagné d'Embrouille, lorsqu'il les vit approcher.

Que venait faire là ce gros 4 × 4 aux flancs maculés de boue ? Il montait le chemin sans se presser. Il parut se déhancher en franchissant le ruisseau, peina à se hisser en haut du talus de sa rive, fit encore quelques dizaines de mètres en le longeant puis s'arrêta en dessous du fardier et des chevaux que Farid avait rejoints.

Tout en faisant celui qui s'activait à rassembler ses outils, il ne perdait pas de vue les quatre hommes qui montaient vers lui. Les mains au fond des poches, ils allaient de front à grandes enjambées un peu lentes. Ceux-là ne lui voulaient pas de bien. En voyant apparaître le 4 × 4, il en avait eu le pressentiment. À les voir avancer vers lui le visage fermé et l'œil sombre, il en avait maintenant la certitude et s'attendait à tout.

— Tu n'es donc plus en taule ? l'attaqua de front le plus âgé des quatre.

C'était celui qu'il avait vu descendre de la place

du chauffeur. Il devait être le chef. Bien que Farid ne l'eût jamais rencontré, il pensa tout de suite à ce Raymond Bouland qui avait tenté de le brouiller avec Charles par son offre de travail absurde. Les trois autres devaient être ses commis. À voir leurs têtes, il n'y avait pas de doute à se faire. Ce serait à celui qui renchérirait le plus servilement sur les poses de son patron.

— Eh non ! fit semblant de blaguer Farid. Ils m'ont gardé assez longtemps, les vaches. Maintenant, rien à faire, il faut rattraper le temps perdu. C'est qu'il y a du boulot.

— Et c'est avec ça que tu comptes le rattraper, ton temps perdu ?

Le « ça » concernait sans surprise les chevaux désignés d'un geste méprisant du menton par Raymond Bouland.

— Bien sûr !

Farid en était déjà à se reprocher d'avoir trop parlé. Ne rien dire, ou presque. Ne pas donner prise à l'argument que l'autre cherchait pour envenimer la conversation. Mais le forestier n'était évidemment pas là pour argumenter. Sa volonté d'en découdre se lisait sur son visage. Il a tout du bœuf prêt à charger ! se dit Farid.

— Tu le sais, au moins, que tu n'as rien à faire là ? attaqua soudain Raymond Bouland.

Farid se raidit. Cette fois, on y était.

— Ah bon ? fit-il mine de s'étonner. Et qui me le dit ?

Bouland s'énervait tout seul. La couperose lui montait au visage et, tel qu'il était placé, face à lui, Farid ne pouvait pas détacher son regard des deux veines qu'il voyait battre de chaque côté de son cou.

— Qui te le dit ? tonna-t-il. Tu le vois bien, non, qui te le dit ! Tu vas reprendre toutes tes bricoles, tu vas faire faire demi-tour à tes canassons et tu vas disparaître. C'est bien de ta faute, après tout. Tu n'avais qu'à réfléchir un petit peu, quand je t'ai proposé de travailler pour moi. Monsieur a fait le malin. Monsieur a préféré ses chevaux à mes tracteurs. Tu as laissé passer ta chance, mon gars. Tu ne pourras pas dire que je ne t'avais pas tendu la perche. Je n'ai pas besoin d'oiseaux de ton espèce dans les pattes de mes gars quand ils bossent. Pas vrai, les gars ?

Ce fut à celui qui acquiescerait avec le plus d'énergie. Ils avaient pourtant l'air gênés, les trois commis de Raymond Bouland, et ils évitaient soigneusement d'avoir à rencontrer le regard de Farid. Qu'avait d'autre à faire celui-ci que de faire front ? Il n'avait plus le choix.

— Mais attendez, monsieur, dit-il d'une voix ferme. D'abord vous êtes là à me tutoyer comme si on avait élevé les cochons ensemble. Mais c'est que je ne vous connais pas, moi. Ensuite, de quel droit vous voulez me faire partir ? Encore une fois, vous êtes qui, vous ?

Raymond Bouland n'avait peut-être pas particulièrement envie de se mettre vraiment en colère, mais il vit le piège. Entre Farid qui tenait bon et ses trois gars qu'il ne sentait pas trop décidés à le suivre au-delà du simple effet de flagornerie, il risquait de se faire ridiculiser. Il n'avait pas d'autre choix que de brusquer les choses. La méthode, d'ailleurs, n'était pas pour lui déplaire.

— Écoute, mon petit gars... Et écoute bien parce que je ne répéterai pas deux fois. Moi, on m'a demandé de m'occuper de tous ces bois-là. Je fais ça, ce n'est pas pour ce que je vais gagner. Pour dire, c'est presque pour rendre service. Alors, je ne vais pas perdre du temps par-dessus le marché avec un petit rigolo de ton espèce. Tu vois, tout ça ? Je m'en vais t'y mettre tout le matériel qu'il faut. Je vais tout raser, tout mettre à blanc. On replantera en sapins. Et ce sera bien comme ça. Alors, si tu tiens à ta peau, tu évacues, et vite fait. Parce que, quand les tracteurs, les broyeuses et tout le reste seront là, moi, je n'en réponds plus, de ta peau. C'est bien compris ? Peut-être, tu as besoin d'un dessin ?

Il avança vers Farid, l'air menaçant. Ses trois commis lui emboîtèrent le pas sans grande conviction. Mais que pouvaient-ils faire d'autre ? Farid recula prudemment. Il vint à la tête de ses chevaux. Il était seul et ne doutait pas que, malgré leurs réserves, les ouvriers de Bouland le suivraient, quoi qu'il arrive.

— Allez, ouste, tu évacues ! hurla encore le forestier. Personne sur mes chantiers. Non mais, eh !

Ce n'est tout de même pas un bicot qui va faire sa loi chez nous !

Il fallait que ça vienne. Cette fois, Farid comprit qu'il n'y pouvait plus rien.

— C'est bon, dit-il. Pour ce soir, je rentre. Mais ne vous imaginez pas que je renonce pour autant.

22

Quelle vengeance ?

Embrouille, malgré l'espoir auquel Farid s'était raccroché tout le long du chemin du retour, n'était évidemment pas à la ferme. De tout le temps qu'il passa à décharger les quelques bûches qui se trouvaient sur le fardier, à le reculer dans la grange, puis à soigner et à alimenter ses chevaux, il s'appliqua à ne penser qu'aux gestes qu'il accomplissait.

Puis vint le moment où il n'eut plus rien d'autre à faire qu'à ressasser son désarroi. L'après-midi n'était pas encore trop avancé, il était inactif, les bras ballants, au milieu de sa cour. Jamais, depuis qu'il vivait là, il n'avait ressenti un tel sentiment de vide et d'inutilité. Chassé de ses bois… Il n'arrivait pas encore très bien à comprendre la portée de ce qui lui arrivait. Quand viendrait le tour de la ferme ? Parce qu'il ne fallait pas en douter. On allait l'en chasser. Sinon, pourquoi ces cadenas ridicules sur toutes les portes ?

Mais pourquoi semblait-on hésiter ? Pourquoi ces chemins détournés pour l'écarter de la charge que Charles lui avait confiée ? Si elle lui était retirée, il suffisait de le lui dire. Pourquoi ces silences, ces atermoiements et surtout ces coups fourrés, ces agressions ? On voulait l'écarter, c'était évident. Mais on usait pour cela de chemins tellement détournés qu'il fallait bien qu'il y ait autre chose. Comment savoir ? Qui lui dirait son droit ?

On serait venu lui annoncer, après l'enterrement de Charles, que son contrat était dénoncé qu'il se serait peut-être rendu. Une façon comme une autre d'être licencié. Et cela, il connaissait. Mais cette façon de ne rien dire de bien précis, de laisser traîner, de lui tendre des pièges, de préférer à l'explication ouverte la force d'une espèce de commando contre lequel il ne pouvait rien…

Une fois encore, Farid se heurtait seul au mur de ses ignorances. Tout le pays ne lui était évidemment pas hostile. Sinon, pourquoi tous ces jeunes auraient-ils répondu avec un bel enthousiasme à ses invitations à faire la fête, au camp d'abord, à la vieille ferme ensuite ? Où étaient-ils maintenant ? Quand il s'agissait de s'amuser, ils étaient bien là, mais ensuite…

Aurélie… Elle lui manquait. Il en prenait tout à coup la désespérante mesure. Pourquoi ce silence alors qu'il aurait eu tant besoin de sa présence et de ses conseils ? Pourquoi n'était-elle pas réapparue depuis l'enterrement de Charles ? Il se faisait des reproches. S'il avait été assez malin pour lui dire, quand il en était temps, l'importance qu'il attachait à ce qui les liait... Mais non ; il n'avait pas osé. Ce soir où ils s'étaient brièvement étreints, où elle avait laissé courir ses doigts sur sa nuque, sur sa joue, sur sa poitrine en s'éloignant doucement de lui. Il lui aurait pris la main... Il l'aurait retenue... Mais non, il n'avait rien fait. Et maintenant où était-elle ? Comment le savoir ? Comment la joindre ? Il n'y avait qu'elle qui puisse l'aider. Elle seule, il en était convaincu, pouvait le conseiller. Elle savait, elle. Elle lui manquait tant...

Il n'y avait pas d'issue. Farid ne dormit pas de la nuit. Quand il franchit sa porte, au petit matin, prêt à partir à son travail, comme d'habitude, et qu'il se retrouva face à la béance de l'inaction qui l'attendait, il eut l'impression d'un formidable vertige se saisissant de lui et l'entraînant inexorablement sur les pentes d'un gouffre sans fond. Il serra les dents, s'astreignit à traverser la cour comme si de rien n'était. Il vint s'accouder à la barrière du pré.

Les chevaux étaient là, contre le pignon de la grange, somnolents dans l'attente de leur picotin d'orge du matin. Il alla le leur préparer, revint un seau dans chaque main. Ils l'avaient entendu. Ils étaient à la barrière. Comme toujours, ils se bousculèrent un peu quand il passa entre eux.

Chacun voulait être le premier servi. Il évita les museaux impatients, s'éloigna d'eux, posa les seaux à quelques mètres l'un de l'autre. Ils les ignorèrent et revinrent vers lui. C'était le rite du matin. Il distribua quelques caresses sur les chanfreins, puis consentit enfin à sortir de ses poches quelques quignons de pain bien sec. Ce n'était pas pour ce que ça représentait, juste un bref craquement sous les dents. C'était pour le geste. Pour la main qui se tend et caresse au passage les lèvres épaisses, au moment où elles se saisissent de la friandise.

— Allons, dit-il. Ça va comme ça. C'est fini pour ce matin.

Ils se détournèrent de lui et s'éloignèrent chacun vers son seau. Et Embrouille qui n'était pas là... C'était le moment où le chien, chaque matin, après avoir laissé les chevaux accaparer l'attention du maître, profitait qu'ils soient le nez dans leurs seaux d'orge aplatie pour venir s'asseoir discrètement aux pieds de Farid. Il levait sur lui un regard plein de tendresse et recevait à son tour les quelques caresses qui valaient bien tous les serments de fidélité du monde.

Farid eut mal à sa main vaine qui ne pouvait pas venir se poser sur le crâne du chien. Il se détourna lentement et revint dans la cour. Oh, bien sûr, il y avait bien quelques bricolages à faire par-ci par-là, quelques rangements à terminer, peut-être même, en cherchant bien, un peu de maçonnerie à entreprendre là où l'âge des constructions et le trop long abandon qu'elles avaient subi se voyaient le plus. Il y a toujours à faire dans une ferme. Encore faut-il que les gestes qu'on y accomplit aient un sens. Farid ne le trouvait plus.

Cette tête d'Embrouille qui n'était pas venue se glisser sous sa main, là, ce matin, entre les chevaux occupés de leur picotin, ce n'était même plus le gouffre dans lequel il s'était senti glisser inexorablement quelques instants auparavant. C'était le néant. C'était la perte totale des repères autour desquels il avait cru pouvoir donner un sens à son existence. C'était la négation de ce sens lui-même. Farid, bras ballants, oisif au milieu de sa cour, se faisait l'impression d'être incapable d'aller plus loin. Un pas, un seul pas… Vers où ? Vers quoi ? Et puis à quoi bon…

En début d'après-midi, il partit droit devant lui en forêt. Il n'y avait là aucune décision délibérée, juste une évidence. Il savait où il allait. Son chantier était désert. La forêt était vaste. Où chercher ? Il se cachait, ne sortait de l'ombre qu'après s'être soigneusement assuré qu'il était bien seul. Il s'arrêtait souvent, tendait l'oreille. Ils étaient là ; il le savait bien. Mais, dans ce fouillis de coteaux en désordre et de vallons profonds, par quel bout avaient-ils bien pu décider d'attaquer ?

Farid n'avait jamais travaillé avec des machines comme celles qu'ils possédaient. Leur logique n'était pas la sienne. Il tenta tout de même de se mettre à leur place. Leurs lourds engins n'étaient peut-être pas encore là. Ils devaient certainement les faire venir d'autres chantiers, peut-être lointains. S'ils arrivaient, ce serait par la route. De là, compte tenu de leurs méthodes expéditives, ils n'iraient certainement pas se compliquer la vie en cherchant à délimiter les zones les plus intéressantes. Rien ne les intéressait. Ils n'avaient pour seul but que de tout raser, tout détruire, faire de tous ces bois un désert sur lequel replanter des sapins... Des sapins... Des sapins alignés comme des salades, des carottes ou des poireaux dans un jardin... Farid en était malade.

Il erra tout l'après-midi sans rien trouver. Il en était à caresser l'espoir fou que le commando qui l'avait agressé la veille n'avait pas eu d'autre motivation que de l'intimider. Un coup de bluff, en quelque sorte, un de plus, après celui de l'offre d'emploi. Contre toute logique, mais avec la force inébranlable de désirs dont il aurait tant voulu qu'ils se fassent réalités, il se prenait à y croire lorsque sur une aire de stockage, au bord de la route, devant les piles de bois qu'il avait lui-même alignées des jours durant, des traces de pneus entrecroisées attirèrent son attention. Il eut vite compris. On avait débarqué là quelques engins. Ils s'étaient ensuite dirigés vers un chemin qui montait en forêt. Ils y avaient creusé de profondes ornières qui préjugeaient mal de l'état dans lequel ils laisseraient les sous-bois lorsqu'ils s'y répandraient.

Farid n'eut à patauger dans ce chemin complètement défoncé que sur quelques centaines de mètres pour trouver quatre énormes tracteurs attelés de monstrueux broyeurs. On les avait garés là, dans un étroit vallon, à l'abri des regards indiscrets. Il n'y avait plus de doute à avoir. Ses illusions s'étaient envolées. Le massacre commencerait dès le lendemain.

Prudemment, au cas où quelqu'un serait encore là, au milieu des engins, il était sorti du chemin et s'était enfoncé de quelques mètres dans le sous-bois. Adossé à un arbre, les poings serrés au fond des poches, il contemplait le triste spectacle. Quelque chose grouillait en lui qu'il cherchait à mieux comprendre. Il n'était plus abattu.

Pour se ranger le long du chemin, les tracteurs avaient manœuvré. Ils avaient écrasé sans discernement toute la végétation qui le bordait. Peut-être fut-ce à la vue de ce gâchis, de ces jeunes troncs tordus, rompus, broyés, de cette verdure pulvérisée, qu'il se révolta. À la conscience de son impuissance se substitua brutalement celle de l'impossibilité de laisser faire. C'en était trop. Il ne tolérerait pas... La colère l'emportait, une colère brûlante qui le soulevait littéralement et balayait inexorablement tout ce qui, depuis la veille, avait pu traîner en lui de renoncement et d'abandon à la fatalité.

La vengeance ! Comment l'évidence de cette idée tellement étrangère au tempérament placide de Farid avait-elle pu s'imposer à lui avec une telle force ? Il n'en discuta même pas la pertinence. La conscience de sa petitesse, face à ce déploiement de forces et de moyens, ne lui vint même pas à l'esprit. Là, en quelques instants, adossé à son arbre, il comprit pour quoi, désormais, il vivrait. La vengeance ! Comment, par quel moyen ? Il n'en avait pas la moindre idée. Peu lui importait. Rien d'autre ne comptait plus pour lui que cette volonté vers laquelle se tendait tout son être. Le moyen ? Il le trouverait bien. Il avait tout son temps. Au moins, maintenant, il savait où il allait.

Il ne vit pas le chemin du retour vers la vieille ferme. Les raisons de ce qui lui arrivait, dans l'incompréhension desquelles il se perdait encore le matin même, ne lui importaient plus. Il n'avait plus en tête que la longue énumération de tout ce qui, selon lui, pouvait justifier qu'il se venge. Même l'absence d'Embrouille n'était plus une peine. Elle s'était muée en froide détermination à faire payer ceux par la faute de qui son chien avait disparu.

Dans son emportement, il faillit ne pas voir, sur le carreau de la salle, le bout de papier qu'on avait glissé sous la porte. Subodorant déjà un nouvel ennui, il fronça les sourcils. *Passe nous voir dès que tu peux*, y avait griffonné une main malhabile. *Peut-être ce n'est rien, mais tout de même, on a des choses à te dire.* C'était signé *Georges, du camp.*

Il hésita à repartir aussitôt par les chemins. Mais

non, il était trop tard. Ça pourrait bien attendre demain. Au moins, ça l'occuperait. Cette étrange demande ne l'en turlupina pas moins durant toute la soirée. Il était pris entre l'avis facile que, venant de ce brave Georges, cela ne pouvait pas être d'une grande importance et l'impression diffuse que, malgré tout, pour qu'il ait pris la peine de se déplacer jusqu'à la vieille ferme, il y avait peut-être là quelque chose à ne pas négliger.

Dès qu'il eut soigné ses chevaux, le lendemain matin, il prit le chemin du camp. Il serait bien allé surveiller les tracteurs et leurs broyeurs, mais ce serait pour l'après-midi. C'était fou ce que, dans son inaction, il avait de choses à faire ! Ce n'était évidemment pas pour le réjouir, mais il se faisait l'impression de se réinventer des raisons d'exister. Que ce fût autour de sa froide volonté de se venger ne le dérangeait pas. Il y trouvait une nouvelle détermination, qui redonnait un sens à son existence. Peu lui importait qu'il s'agisse de porter des coups, de détruire peut-être. Il fallait le faire. Il le ferait. Il en subirait les conséquences, mais personne ne pourrait lui ôter de la tête que ce n'était que justice.

Au camp, il fut accueilli par les habituelles manifestations de sympathie. Les visites y étaient si rares. Georges, comme à son habitude, laissait faire sans sembler se soucier le moins du monde de ce qu'il avait à dire. Il fallut que Farid soit installé devant un bol de café pour qu'il vînt s'asseoir près de lui. On parla encore de choses et d'autres. Farid dut raconter comment il s'était fait proprement virer de ses chantiers. On commenta, on se lamenta. « Si ce n'est pas un malheur, tout de même… » Georges, enfin, lui posa la main sur le bras.

— Tu as eu mon petit mot ?

Bien sûr qu'il l'avait eu. Sinon pourquoi aurait-il été là ?

— Je te croyais au travail. C'est pour ça que je l'avais écrit avant de partir.

— Et c'est quoi, cette affaire-là ? finit tout de même par s'impatienter Farid.

Georges eut l'air gêné. Il hocha la tête à deux ou trois reprises, comme s'il hésitait à parler. Il leva même les yeux sur sa femme qui se tenait debout devant la table, les mains croisées sur son grand tablier gris. Elle parut l'encourager à parler.

— Ce que je vais te dire, hasarda-t-il enfin, je ne sais même pas si c'est vrai. Et puis je ne voudrais pas te donner de faux espoirs…

— Dis toujours, l'encouragea Farid.

— Voilà, reprit Georges. Depuis quelque temps, certaines nuits, on entend un chien qui jappe et qui pleure. Ce n'est pas toutes les nuits. À mon avis, ça doit dépendre du vent. Ça vient d'assez loin. Peut-être de l'autre côté du village, en haut, dans la pente, sous la forêt. Des fois, on dirait…

— Ce n'est pas on dirait, l'interrompit sèchement Juliette. Moi, je dis que c'est ton chien, que c'est Embrouille. J'en suis comme sûre.

Georges se voulait plus prudent :

— Je ne voudrais pas qu'on aille te mettre des idées dans la tête...

Farid, sans voix, les considérait lentement l'un après l'autre en essayant de bien assimiler ce qu'il venait d'entendre. Un chien pleurant dans la nuit de l'autre côté du village. Tiens donc... Et pourquoi ce ne serait pas Embrouille ?

— Pourquoi tu dis que c'est Embrouille ? demanda-t-il en levant les yeux vers Juliette.

— Parce que je l'ai reconnu, pardi. Tu le sais bien. Tu le connais, ton chien. Tu sais qu'il a une façon bien à lui d'aboyer. Moi, je dis que c'est lui. J'en mettrais ma main au feu.

Georges avait l'air ennuyé, presque désolé.

— Ce que je ne voudrais pas, répéta-t-il, c'est qu'on te donne de faux espoirs.

— Et après ? s'étonna Farid. D'abord, il faut contrôler. Peut-être c'est lui. Peut-être ce n'est pas lui. Tant qu'on ne saura pas, on restera avec ces questions. Vous avez bien fait de me prévenir. Je vous en remercie. Je vais tâcher de savoir. Et puis, je vous dirai.

Il restait songeur, comme si quelque chose l'intriguait encore.

— De l'autre côté du village, tu dis ? Loin, tu crois ?

— Encore assez. C'est pour ça que je ne suis

pas certain. On dirait, bien sûr, mais à une telle distance… Et puis, il suffirait qu'il soit de l'autre côté d'une maison ou dans une grange, je ne sais pas moi… Ça suffit pour amortir les bruits.

— Et la direction, tu es sûr ?

— Là, pour le coup, oui, je suis sûr de moi. C'est toujours quand le vent est au nord qu'on l'entend, jamais autrement.

En les quittant, Farid hésita à traverser tout de suite le village et à aller mener ses investigations sur l'autre versant de la vallée, là d'où, selon Georges, venaient les jappements et les pleurs qu'ils avaient entendus. Prudemment, il y renonça. Il y venait si rarement, dans ce village, que son passage en plein jour ne manquerait évidemment pas d'être remarqué. Il pouvait donner l'alarme. Il y en avait, des moyens, de faire taire un chien. Il préféra ne pas prendre ce risque.

Poings serrés au fond des poches, tête basse, il allait à grands pas sur le chemin tant de fois parcouru qui unissait le camp de harkis à la vieille ferme. Il ruminait ses colères. Il y en avait tant. Et cela était si peu dans sa nature. Il n'était pas fait pour envier, pour récriminer ou pour disputer, Farid. Il était fait pour se contenter de ce qu'il avait. Mais même cela, on le lui contestait. Que lui restait-il ? Dos au mur, il n'avait plus d'autre choix que se défendre.

Embrouille… Pas un seul instant il n'avait douté.

C'était lui qui jappait et pleurait nuit après nuit, de l'autre côté du village. Pour Farid, c'était l'évidence. Quel autre chien pour pleurer sa liberté perdue avec une telle constance ? Ce soir, il irait. Ce soir, envers et contre tous, il retrouverait Embrouille. De l'autre côté du village, dans le coteau qui le séparait de la forêt… Dût-il y passer la nuit, il fouillerait tous les jardins, toutes les cours des quelques maisons qui s'espaçaient à mesure qu'on s'éloignait du bourg.

Farid s'immobilisa au milieu du chemin. Que n'y avait-il pensé plus tôt ? Chez qui d'autre ? Quelle autre maison fouiller que la plus haute, celle qui dominait tout le village, cette grande bicoque un peu prétentieuse, au milieu de son parc ? Certains n'hésitaient pas à l'appeler « le château ». Dans quel commun sordide Alfred Bogival pouvait-il retenir ce pauvre Embrouille ? C'était tellement évident.

Ce soir, ils se retrouveraient.

23

Embrouille libre

Farid attendit tout l'après-midi sans impatience. Il prit son temps pour dîner, vint à plusieurs reprises sur son perron pour ausculter la nuit qui se faisait. Il n'y avait pas un souffle de vent. Des nuages en gros paquets blanchâtres cheminaient sans se presser d'un bord à l'autre du ciel. Lorsque la lune se lèverait, ils ménageraient de longues périodes d'ombre épaisse propices aux actes discrets.

Simplement équipé d'une lampe et d'un couteau de poche, il partit quand il estima l'heure assez avancée pour que tout le pays soit endormi. Il descendit le chemin qui conduisait au village à grandes enjambées, sans se dissimuler. Que risquait-il ? Il ne s'arrêta qu'en atteignant la lisière de la forêt. Dissimulé par l'ombre des arbres, alors qu'une large trouée dans la couverture nuageuse déversait les flots de lumière blanche de la lune déjà haute dans le ciel, il resta attentif quelques instants. Le silence semblait total. Hormis les trois ou quatre lampadaires qui éclairaient toute la nuit le centre du bourg, aucune lumière ne venait polluer l'obscurité nocturne. Tout cela était si calme, si apaisé, qu'il eut un instant de doute. Et si Georges et Juliette avaient rêvé toute cette histoire ? Il fronça les sourcils. Il irait jusqu'au bout, mais il n'aurait pas voulu qu'un tel doute s'insinue dans son esprit.

Il allait repartir. Il se penchait déjà en avant pour donner à son corps l'impulsion de la marche, quand il se figea. Il en trébucha presque. Une plainte venait de se glisser dans la nuit. Elle était à peine audible. Il fallut qu'elle se prolonge et prenne un peu d'ampleur pour qu'il se persuade qu'il ne prenait pas ses désirs pour des réalités. Un chien pleurait par là. C'était évident. De là à dire qu'il s'agissait bien d'Embrouille, il y avait un pas qu'il se garda bien de franchir. Il écouta longuement. Bien qu'il n'y eût pas le moindre souffle d'air, il était assez proche du bourg pour pouvoir situer l'origine de la longue mélopée infiniment triste qui s'élevait dans la nuit. Pour s'en approcher, il avait le choix. Ou bien il le traversait dans sa plus grande longueur ; ou bien il le contournait par les chemins. Les courir de nuit ne le rebutait pas. Sa course s'en trouverait sérieusement allongée. Mais qu'à cela ne tienne. Il préférait leur ombre discrète et leur solitude aux rues du village, où rien ne lui disait qu'un coin de rideau ne s'écarterait pas à son passage.

Il lui fallait traverser la ferme de Charles pour atteindre l'entrée du premier chemin qu'il allait avoir à parcourir. C'était la première fois qu'il y revenait depuis la mort du vieux. Elle ne lui parut pas endormie. Elle était bel et bien morte. Il en eut le cœur serré.

Et sa chienne, la mère d'Embrouille ? se demanda-t-il. Qu'en ont-ils fait ? Il l'aimait tant, sa vieille chienne…

D'atteindre à nouveau le couvert des chemins forestiers lui fut un soulagement. Parfois, la plainte du chien semblait s'apaiser. Le silence de la nuit reprenait ses droits. Puis elle renaissait, toujours à peine audible dans les premiers instants, prenant peu à peu de l'ampleur. À quelques reprises, elle fut ponctuée de brefs aboiements, et là, à chaque fois, Farid s'immobilisa.

Pas de doute, finit-il par conclure. C'est lui. C'est Embrouille.

Il pressa le pas.

Enfin, il atteignit la lisière de la forêt au nord du village. Il n'était séparé du mur qui entourait le parc de la maison Bogival que par quelques prés entre les haies desquels serpentait le chemin qu'il allait suivre pour l'atteindre. Curieusement, le chien s'était tu. Le silence de la nuit s'était fait attentif. Ce fut du moins l'impression qu'en eut Farid.

Le clair de lune inondait le paysage de sa lumière froide. Il leva les yeux. Une lourde bande de nuages avançait doucement vers lui. Il suffisait d'attendre. Encore quelques minutes et l'obscurité reviendrait. À voir leur épaisseur et leur nombre, il estima qu'il aurait alors devant lui vingt bonnes minutes pour agir. Il s'adossa à un arbre et attendit.

De là où il était, la maison Bogival s'imposait dans toute sa grandeur, mais les arbres du parc et la lumière sans relief qui baignait le paysage l'empêchaient d'en voir les détails. Par où pénétrer dans le parc ? Vers quelle partie de la propriété diriger ses pas ? C'était comme si, dans l'univers nocturne, il n'avait pas devant lui une maison, avec ses usages et ses commodités, mais rien d'autre qu'un puissant symbole porteur de toute une histoire.

Ce n'était pas pour rien que ceux qui l'avaient fait bâtir, voici plus d'un siècle, lui avaient donné cette position dominante. C'était en un temps où la puissance du nom et celle de l'argent s'accommodaient bien du renfort de tels artifices pour asseoir son autorité sur le pays et y faire la pluie et le beau temps.

Temps révolus. La famille s'était éparpillée aux quatre vents des alliances et mésalliances, des réussites et des naufrages. Plus personne ne savait, au pays, ce qu'il était advenu des Bogival à qui, jadis, on portait chapeau bas. « Le château » était même resté fermé des années durant. Jusqu'à ce que la fantaisie prenne à un de leurs descendants de venir y vivre sa retraite.

Alfred Bogival s'était peut-être imaginé que, sur

le seul bénéfice de son nom, il pourrait se faire servir les « not' bon maître » qui ravissaient l'orgueil de ses ancêtres. Certes, il avait dû déchanter, mais il ne s'en obstinait pas moins à afficher sa différence avec ostentation. Pas question de se laisser confondre avec tous ces bouseux plus ou moins parvenus. Il n'en était pas moins réduit, ni plus ni moins qu'eux, à batailler ferme pour faire reconnaître ses droits sur les possessions des Bogival et sur celles que pourrait éventuellement lui faire acquérir le jeu complexe des héritages.

C'était ce qui, faute d'avoir pu s'entendre avec son cousin Charles Fauverand, l'avait amené à passer une alliance un peu contre nature avec Justine. Farid se souciait peu de savoir comment s'était achevé le jeu de dupes auquel ces deux-là s'étaient adonnés. Qui avait hérité et de quoi ? Il n'en savait rien et ne s'en souciait pas, accordant aussi peu de confiance à l'un qu'à l'autre.

Tout ce qu'il savait et qui le prévenait le plus sûrement à l'égard d'Alfred Bogival, c'était que le monsieur, depuis qu'ils s'étaient quelque peu affrontés dans un chemin creux, n'avait pas cessé de surveiller ses allées et venues. Il prétendait se dissimuler, mais semblait ne pas avoir remarqué ce que les traces laissées par le quad au guidon duquel il arpentait les forêts avaient de caractéristique.

Ces façons d'agir à la foi maladroites et dissimulées étaient ce qui avait prévenu le plus sûrement Farid à l'égard du personnage. Il savait Justine capable des pires manigances. Ce n'était pas pour rien que Louisette l'avait surnommée l'Embrouilleuse. Mais il redoutait plus encore ce qu'il pouvait y avoir de fourbe et de bassement calculateur dans le comportement d'Alfred Bogival.

Au fond, dès lors qu'Embrouille avait disparu, il aurait dû y penser. Qui d'autre que ce triste personnage pouvait avoir à la fois la maladresse et l'insensibilité de retenir chez lui un chien qui n'avait rien à voir dans tout cela et dont il était prévisible qu'habitué à la liberté il n'allait pas manquer de manifester bruyamment son mécontentement et sa tristesse ?

Un premier nuage s'interposa entre la lune et la terre. Farid se redressa. C'était le moment. Il se glissait sans bruit le long des haies lorsque monta dans la nuit une plainte infime. Il dut s'arrêter pour se convaincre qu'il avait bien entendu. C'était à peine audible. Une note unique vibrante d'une sorte d'intense supplication, frémissante d'impatience.

Il sait que je suis là, se dit-il. Il m'aura senti. Il m'appelle.

Il pressa le pas.

Il atteignit le coin du mur d'enceinte du parc. Le chemin le longeait avant de rejoindre la route. Il était assez haut et assez épais pour avoir pu symboliser, en d'autres temps, toute la morgue de la famille Bogival, qui n'entendait pas que le commun puisse avoir l'œil sur ce qui se passait dans le parc. Il gardait encore quelques beaux vestiges de cette époque, mais était, en d'autres endroits, assez décrépit pour qu'il soit possible de le franchir sans problème. Farid repéra un passage dont la sauvagine devait user régulièrement. Malgré quelques broussailles aux épines desquelles il faudrait veiller à ne pas se faire prendre, il se sentait capable de se faufiler en suivant la coulée qu'elle s'y était ménagée. Par acquit de conscience, il alla jusqu'à la route. Le long de celle-ci, une large grille barrait l'accès à l'allée au bout de laquelle, dans la pénombre, il devinait la masse imposante de la maison. Sur sa droite, un portillon tenta Farid. Et s'il n'était pas verrouillé ? Il s'en approcha, tendit la main. Non. S'il devait être surpris, c'était par là qu'on attendrait qu'il passe. Mieux valait l'inconfort de la coulée. Il revint sur ses pas.

La plainte, plus discrète que jamais, se faisait de plus en plus implorante. Elle vibrait d'impatience. Farid leva les yeux. Les nuages avançaient doucement. Mais ils étaient nombreux et épais. Il avait encore du temps devant lui. Invisibles dans l'obscurité et sous la mousse qui les couvrait, les pierres éboulées du mur devaient être plus praticables aux renards, aux blaireaux et autres fouines qui passaient par là qu'aux pas maladroits de Farid. Il s'y tordait les chevilles en même temps qu'il lui fallait se préserver de la broussaille. Enfin, il fut dans le parc. Il s'immobilisa et écouta. De minuscules petits jappements ponctuaient maintenant la longue plainte qui ne cessait pas. Sans surprise, il put les localiser à l'arrière de la maison. Alors, il se hâta. Il n'était plus temps de prendre des précautions.

Au bout de la chaîne qui le retenait prisonnier, plaqué au sol, le museau sur les pattes, Embrouille suivait avec angoisse la progression de son maître. Il savait qu'il était là. Belle lurette qu'il l'avait repéré, qu'il avait reconnu le bruit de son pas, dans la forêt, puis qu'il avait identifié son odeur. Il s'était affolé lorsque, tout à coup, sans que celle-ci se dissipe, il ne l'avait plus entendu. L'attente avait été terrible. En se glissant devant la lune, un nuage parut éteindre le monde. Alors, sans même qu'il l'ait voulu, Embrouille laissa naître au fond de sa gorge et monter doucement dans la nuit une longue plainte désespérée. Puis les pas avaient repris. Ils avaient beau se faire aussi discrets que possible, il en aurait fallu plus pour déjouer le flair du chien. Son maître approchait. La plainte vira dans les aigus et se fit fébrile. Quand il l'entendit s'approcher de la brèche du mur qu'il avait repérée depuis longtemps et sur laquelle il focalisait tous ses espoirs de fugue, il crut qu'il allait enfin le voir apparaître. Mais non, les pas s'étaient éloignés. Le pauvre chien, quelques instants, s'était vu abandonné à tout jamais. Il y avait eu comme des sanglots dans la plainte qui persistait à s'élever doucement dans la nuit. Jusqu'à ce qu'il les entende revenir. Alors, il avait osé quelques petits jappements, pour que finisse enfin cette angoisse.

Et maintenant, il était là. Il vit la silhouette de Farid naître des grands arbres du parc et s'avancer dans sa direction. Alors ce fut plus fort que lui. Il se jeta en avant, s'étrangla sur cette maudite chaîne, couina de douleur et se mit à japper furieusement en bondissant sur place comme un diable jaillissant de sa boîte. Le silence de la nuit en fut pulvérisé. Farid se précipita.

— Tais-toi donc ! Tu vas nous faire repérer…

Le chien n'en avait cure. Fou de joie, il se trémoussait en tous sens pendant que son maître cherchait à le libérer de sa chaîne. Elle enserrait son cou et était fermée par un méchant mousqueton. Dans l'épaisseur de la toison du chien, Farid peinait à trouver le moyen de l'ouvrir.

Il en était encore là lorsqu'il réalisa que plusieurs lumières venaient de s'allumer dans la maison. Vite, il fallait s'en aller.

— Calme-toi, Embrouille, implora-t-il. Tu vas tout faire louper.

Il y eut un bruit de fenêtre brutalement ouverte et, presque aussitôt, le faisceau d'une lampe torche fouillant la nuit en même temps qu'une voix furieuse ajoutait encore au vacarme :

— Non mais, ce n'est pas bientôt fini ? Tu ne te tairas donc jamais, sale bête de chien ? hurla-t-elle.

Et puis tout à coup, le faisceau de la lampe torche les accrocha.

— Qu'est-ce que vous faites là ? De quel droit... ? Laissez ce chien ! Je vous préviens, je suis armé. Si vous ne partez pas maintenant, je tire !

En même temps que disparaissait la lampe, la voix, bien que toujours aussi tonitruante, parut s'éloigner dans la profondeur de la maison.

— Il est parti chercher son fusil, réfléchit Farid. On n'a que quelques instants devant nous...

Et le mousqueton, enfin, consentit à s'ouvrir. Embrouille bondit en avant en même temps que Farid plongeait vers l'obscurité des arbres.

— Arrêtez ! Arrêtez ou je tire !

Trop tard. Le fusil devait être rangé trop loin de la fenêtre. Il y eut tout de même une détonation que le silence de la nuit fit paraître proprement monstrueuse. Quelques plombs durent aller s'écraser sur les pierres du mur, qu'ils firent crépiter. Farid en était déjà à se faufiler dans la broussaille de la brèche au-delà de laquelle, frétillant d'aise, Embrouille l'attendait.

— Viens vite, mon chien, viens. On ne risque plus rien.

Des bois qu'ils avaient rejoints aussi vite qu'ils l'avaient pu, ils virent les fenêtres s'éteindre l'une après l'autre. Jamais maître et son chien n'avaient été plus heureux de cheminer ensemble. Les nuages s'étaient écartés. La lune baignait à nouveau le vallon de sa lumière crue. Le village, dont ils entrevoyaient parfois la masse sombre au-delà des prés, en dessous d'eux, semblait toujours aussi profondément endormi.

Apparence trompeuse ! Restait à attendre de savoir quelle explication donnerait Alfred Bogival à cette détonation nocturne qui avait dû en sortir plus d'un de son sommeil !

24

« J'aurai ta peau ! »

Cette fois, se dit Farid en remontant vers la vieille ferme, j'ai poussé le bouchon trop loin. Ils ne vont pas accepter. Ils vont venir me virer.

C'était un constat froid, lucide, mais dont, pour l'instant, il se souciait peu. Il y avait le chien qui trottait devant lui. Là était le bonheur de l'instant. Le reste attendrait. Embrouille ne s'éloignait pas. Il allait à trois pas devant son maître et se retournait de temps à autre comme pour s'assurer qu'il le suivait bien. Il était un peu amaigri, mais ne semblait pas en trop mauvaise forme. Contrairement à ses habitudes, il se gardait bien de courir en tous sens. Pas la moindre incursion dans les sous-bois qui bordaient le chemin sur lequel il avait renoncé à filer comme une flèche, loin devant, pour le seul plaisir de revenir plus vite encore. Farid le sentait inquiet, sur ses gardes, comme s'il redoutait qu'on vienne encore les séparer.

La lune se couchait quand ils atteignirent la vieille ferme. Pour le plaisir, ils allèrent jusqu'à la barrière du pré. Farid s'y accouda. Embrouille la franchit, mais ne s'éloigna pas. Ils sondèrent l'obscurité. Les chevaux n'étaient pas visibles. Pour la forme, Farid appela une ou deux fois, mais rien ne bougea. Ils devaient être loin, au fond de leur pré, occupés à brouter ou à somnoler et peu soucieux de renoncer à leur liberté nocturne.

Dans la maison, Embrouille retrouva son tapis avec délectation. Il s'y lova en levant sur son maître un regard lumineux. Rien d'autre que l'immensité d'un bonheur simple dans la paisible conscience d'une connivence retrouvée. Farid lui glissa une longue caresse sur l'échine, éteignit et alla se coucher. En se superposant au plaisir de l'instant que lui procuraient ces retrouvailles avec son chien, l'incertitude de leurs lendemains l'agita longuement dans son lit avant qu'il parvienne à trouver le sommeil.

Dans les premiers temps, la présence d'Embrouille à ses côtés, quoi qu'il fasse, où qu'il aille, l'aida grandement à supporter son inaction. Chaque matin, pourtant, c'était le même sentiment d'inutilité et de vacuité qui se saisissait de lui après qu'il s'était occupé de ses chevaux. Les premiers jours, en tournant en rond dans sa cour, il parvint à dénicher quelques bricoles à faire, juste de quoi s'occuper les mains et se donner l'illusion d'exister encore, mais rapidement il n'eut même plus cette ressource.

Et cette vieille idée de vengeance qui rejaillissait alors comme une antienne cherchant à occulter tout le reste... Elle ne lui plaisait pas. Farid était un pragmatique. Quitte à en passer par des concessions, toujours il privilégierait les actes et les comportements de nature à arranger les choses. Il savait que se résoudre à un acte de vengeance était même au-delà de la dernière extrémité. C'était l'expression ultime du désespoir, le geste négatif par excellence dont l'accomplissement signerait sa propre destruction.

Il aurait fallu, pour que cette obsession cesse de lui occuper l'esprit, qu'il se passât quelque chose, qu'une perspective quelconque s'ouvrît devant lui. Si seulement il avait su ce qu'il allait advenir de lui à la vieille ferme... Après qu'il avait réussi à libérer Embrouille, il s'était attendu à ce que son expédition provoque une réaction. Certes, Alfred Bogival ne devait pas être trop fier de la façon dont il s'était fait rouler. Sans son malencontreux coup de fusil nocturne, il aurait certainement passé l'aventure sous silence. Il y avait pourtant fort à parier que tout le pays était maintenant au courant et que les gorges chaudes s'en donnaient à cœur joie. Sauf à accepter de se ridiculiser et de mettre les rieurs du côté de Farid, il n'avait plus guère d'autre choix que de réagir.

Or rien ne se passait. C'était à n'y rien comprendre. Rien de plus éprouvant, pour Farid, que cette attente d'un nouveau coup dont il ignorait jusqu'à la forme qu'il prendrait mais qu'il jugeait inéluctable. Plus les jours passaient, plus il se faisait l'impression de s'enfoncer dans les profondeurs d'une nasse dont il ne comprenait pas pourquoi elle ne se refermait pas sur lui.

Il n'avait plus rien à faire là. Il en avait parfaitement conscience, mais ne se résolvait pas pour autant à en tirer les conclusions. Renoncer, partir, reprendre le chemin de la cité ? C'était à l'évidence la seule échappatoire qui lui restait. Il le savait, mais se refusait obstinément à l'admettre tant que ne lui auraient pas été exposées clairement les raisons pour lesquelles il n'était plus chez lui à la vieille ferme. Plus que cette sanction qu'il pressentait, c'était le silence et l'inaction de ceux qui entendaient le chasser qui lui faisaient le plus sûrement perdre son sang-froid.

Pour se changer les idées, il alla jusqu'au camp. Embrouille fut avant lui à la porte de Georges et Juliette. Pour une fois, ce fut le chien qui eut la vedette de leur accueil toujours aussi chaleureux. Après tout, c'était à eux que Farid devait de l'avoir retrouvé. Il était simplement venu les remercier. Ils en furent tout émus et tinrent à le retenir à déjeuner. Curieusement, ils n'étaient pas au courant. Leurs contacts avec le pays étaient rares, mais ils avaient tout de même leurs sources et savaient très bien se tenir informés de ce qui s'y passait. Or, là, rien... Pas le moindre écho. Farid aurait pu s'en réjouir. Il fronça les sourcils. C'en était trop, de ce silence. Il en arrivait à ne plus le supporter.

Il revint à la vieille ferme de plus méchante humeur encore. Ça ne pouvait évidemment plus durer. Cette fois, le mur qui obstruait l'impasse dans laquelle il se trouvait piégé, il ne le voyait plus grandir au fur et à mesure qu'il s'en approchait. Il s'y heurtait. Il lui bouchait toute la vue en même temps qu'une bonne part, sinon la totalité, de ses capacités de discernement. Il l'aveuglait et éteignait en lui tout ce qui n'était pas lié à cette terrible, cette douloureuse, cette injuste volonté de vengeance dont il ne se sentait même plus capable de se détourner.

Après une nuit épouvantable passée à se tourner et se retourner dans son lit sans parvenir à trouver le sommeil, il céda à la tentation de transgresser le dernier interdit qu'il s'était imposé. Dans l'apaisement des premières heures, après avoir récupéré Embrouille, il s'était promis de ne plus remettre les pieds en forêt. Surtout ne pas aller voir le lamentable spectacle de sa destruction par les engins de Raymond Bouland. Il était encore assez lucide pour imaginer l'état de colère dans lequel ne manquerait pas de le mettre cette destruction systématique de « sa » forêt.

Il s'attarda encore un peu plus que de coutume au milieu de ses chevaux, retenu par le fil de plus en plus ténu de scrupules qui s'obstinaient à lui souffler que, non, il ne fallait pas, ce serait la pire des erreurs. Mais l'obsession n'eut même pas à être la plus forte. Elle était seule à lui occuper l'esprit. Lorsque, une fois de plus, il se retrouva inactif dans sa cour, ses mains inutiles serrées au fond des poches, le fil céda irrémédiablement. Sans plus réfléchir, il prit le chemin des bois.

Peut-être ne tiendrait-il pas indéfiniment le rythme. Mais, pour ces débuts, pour marquer le coup et bien affirmer qu'il était maintenant le maître d'œuvre, Raymond Bouland n'avait pas lésiné sur les moyens. Ses autres chantiers attendraient. Autour de ses quatre tracteurs et de ses monstrueux broyeurs, il avait rassemblé tout le personnel dont il avait pu disposer. Tronçonneuse à la main, tout ce beau monde était parti à l'assaut d'une large bande de forêt où, sans le moindre discernement, on abattait tout ce qui était trop gros pour être avalé par les broyeurs. Dans un épouvantable tintamarre, les troncs étaient rapidement ébranchés et deux tracteurs se chargeaient de les évacuer immédiatement, par bouquets de quatre ou cinq, vers une aire de stockage, au bord de la route, où d'autres hommes les débitaient.

C'était une belle organisation, dont le forestier était très fier. À ce rythme-là, ils auraient tôt fait de ne laisser sur le terrain qu'un pauvre taillis déjà passablement écrasé, dont les broyeurs ne feraient qu'une bouchée. Plus tard, quand toute cette végétation réduite à l'état de débris serait fanée et en voie de décomposition, viendrait le temps des planteurs de sapins. En belles rangées, bien droites, sans le moindre souci du relief, les pieds de pins d'Oregon s'aligneraient à l'infini.

Bien entendu, il n'était pas question de s'attaquer en une seule fois à toute l'étendue des propriétés de feu Charles Fauverand. Il n'avait pas que cela à faire, Raymond Bouland. Il faudrait des années pour couvrir de sapins ces dizaines d'hectares, peut-être plus de cent. Quand on planterait les derniers, les premiers seraient déjà de beaux petits arbres. Il serait temps de penser à y pratiquer les premières coupes d'éclaircies. De quoi occuper du matériel et du monde pendant un bon bout de temps.

Le tout était que la vieille Justine ait de quoi payer. Ce n'était peut-être pas le plus évident. Avant qu'il puisse être question de tirer le moindre bénéfice de tout cela, d'abord elle serait morte depuis belle lurette, ensuite il n'était pas dit que ses héritiers aient envie d'assumer une telle charge. Bof… Ce n'était pas le plus grave. Ce n'était pas à Raymond Bouland qu'on apprendrait la bonne technique pour faire ce qu'il fallait en pareille occurrence.

Quelle autre solution auraient-ils, ces héritiers-là,

que de vendre une partie de leur bien pour payer l'entretien du reste ? Juste le temps qu'ils s'affolent devant la complexité des démarches et des tractations des marchés forestiers, et qui se ferait fort de leur tirer une fameuse épine du pied en leur arrangeant ce coup-là au meilleur prix ? Bouland, bien sûr, qui ne s'étendrait évidemment pas sur les juteux bénéfices qu'il s'octroierait au passage. Pour lui, ce serait du gâteau, une affaire comme celle-là. Et ce n'était pas l'autre rigolo avec ses deux chevaux et son clebs qui l'empêcherait de la mener au bout de ses intérêts !

Au moment précis où, debout au milieu de l'épouvantable champ de bataille laissé par le passage de ses engins, les mains sur les hanches et l'air passablement satisfait, il observait le chantier qui progressait à flanc de coteau en ruminant toutes ces belles idées, si Raymond Bouland s'était retourné, avec un minimum de perspicacité il aurait pu l'apercevoir, « l'autre rigolo ». Farid n'était pas à plus de deux cents mètres de lui. Sur la crête qui dominait le vallon par où ses hommes avaient attaqué, il se tenait dans l'ombre d'un grand hêtre, adossé à son tronc. Il se savait quasiment invisible. Il aurait fallu que le forestier sache qu'il était là pour discerner sa silhouette. Après la leçon qu'il lui avait donnée, à quelques jours de là, se doutait-il que Farid aurait le culot de revenir traîner dans les parages ? Et puis quand bien même… De quel poids pèserait-il face à la puissance et à l'efficacité de ses engins ?

Bouland en avait assez vu. Il était juste venu s'assurer que tout allait bien sur son chantier. Il dévala la pente, franchit le ruisseau, remonta sur le chemin et rejoignit son gros 4×4, qu'il avait laissé un peu plus bas. Farid attendit qu'il ait fait demi-tour, puis qu'il ait disparu entre les arbres, en direction de la route. Là-haut, presque au sommet de la colline, sur fond de branchages broyés et de troncs abattus, les tronçonneuses entremêlaient leurs ronflements rageurs, soutenus par la basse puissante des tracteurs qui continuaient inlassablement à labourer l'humus des sous-bois de leurs énormes pneus.

C'était le moment.

— Viens, glissa Farid à Embrouille qui, couché derrière lui, le museau sur les pattes, attendait patiemment.

Ils n'eurent qu'à dévaler la pente droit devant eux et à traverser le chemin. Farid n'avait aucun projet, aucun plan. Il voulait simplement voir. Rapidement, il fit le tour des deux tracteurs et des quatre broyeurs qui, en attendant d'avoir à entrer en action, étaient restés là où les bûcherons les avaient garés le premier jour. C'était du gros matériel, de fabrication récente et manifestement bien entretenu. Ce n'était pourtant pas ce qui pouvait impressionner Farid. Il était simplement venu voir, mais, maintenant qu'il était là, au milieu de toute cette puissante mécanique, l'idée s'imposait à lui qu'il lui fallait agir. C'est le moment, se répétait-il. Peut-être ne se représenterait-il pas avant longtemps. Mais quoi faire ?

Embrouille furetait entre les roues des tracteurs, sans le moindre signe d'inquiétude. Ils étaient tranquilles pour quelques minutes encore. Un geste... Il y avait nécessairement un geste à faire. Un geste pour libérer toute la fureur, toute la frustration que Farid sentait grouiller en lui. Foutre le feu, tout faire flamber ? Cela n'aurait pas été bien difficile. Il y avait là des bidons de carburant qui attendaient. Les répandre, craquer une allumette... Non, c'était trop. Il n'était pas là pour détruire. L'idée, un instant suggérée, s'effaça d'elle-même de son esprit. Alors quoi ?

Son regard s'était posé sur une grosse caisse à outils restée ouverte contre la roue arrière d'un tracteur. C'était quoi, cette espèce de gros tube argenté ? Il s'approcha. Une bombe aérosol à peinture, de celle qu'utilisent les bûcherons pour marquer les arbres ou leur propriété sur les tas de bois, le long des routes. Du rouge vif. Du meilleur effet ! Cette fois, il la tenait, son idée. Elle s'était imposée à lui, sans la moindre préméditation, à l'instant même où il avait identifié l'objet.

Il n'eut pas à chercher longtemps. Les broyeurs étaient carénés de grands carters bien lisses qu'on avait pris soin de couvrir d'une belle peinture émaillée d'un vert tendre du plus bel effet.

— M'en vais y mettre un peu de fantaisie ! grommela-t-il en s'accroupissant derrière l'un d'eux.

Il s'appliqua. Il fallait que ce soit bien lisible. Il prit son temps. Si on approchait, Embrouille le préviendrait. Mais personne ne s'avisa de s'éloigner du chantier, là-haut, qui continuait de dévaster la forêt dans un bruit d'enfer. Farid, en se redressant, prit encore le temps de se reculer de deux pas pour juger de l'effet de son travail.

Bouland, j'aurai ta peau !

C'était bref, c'était clair, ça disait bien ce que ça voulait dire. Satisfait, Farid jeta négligemment la bombe à peinture au pied de l'appareil.

— Allez, Embrouille, viens. On les a assez vus, leurs engins du diable...

Ils regagnèrent au plus direct le couvert de la forêt encore intacte et s'éloignèrent.

Farid se sentait à la fois soulagé et mécontent. Plus sûrement encore que d'être allé libérer Embrouille, ce geste, il allait nécessairement le payer. Ce n'était pourtant pas ce qui le tourmentait. En toute lucidité, il était content de l'avoir accompli. C'était comme une rupture qui devait nécessairement se produire un jour ou l'autre. Il avait saisi cette occasion-là. Une autre aurait pu se présenter. Celle-là ne lui déplaisait pas.

Même s'il lui semblait qu'il venait délibérément

de rompre avec les temps heureux qu'il avait connus, grâce à Charles, dans ces forêts dont il aurait aussi bien pu ignorer toute sa vie l'existence. Comme une parenthèse qu'il refermait par un formidable point d'exclamation.

Restait à en tirer les conséquences…

25

La malédiction des origines

Farid avait un peu d'argent devant lui. Il aurait pu tenir assez longtemps encore à la vieille ferme, surtout depuis qu'il n'avait plus à payer ponctuellement, chaque mois, la redevance qu'il devait à Charles. Mais une nuit, alors que l'insomnie le tenaillait, l'évidence lui était apparue.

À ce que Georges et Armand lui en avaient dit, Raymond Bouland avait piqué une des plus belles colères qu'on lui ait connues en apprenant de la bouche de ses ouvriers la teneur du tag qu'ils avaient trouvé sur l'un de ses si beaux broyeurs. Il avait intimé l'ordre que soit immédiatement effacée l'insulte, mais il était déjà trop tard. Lequel de ses hommes avait eu l'outrecuidance d'user de son téléphone portable pour photographier l'exploit de Farid ? Il ne le saurait évidemment jamais, mais rien de mieux qu'une telle affaire pour créer la suspicion et enterrer la confiance qui régnait jusque-là entre le forestier et ses employés.

Farid avait au moins atteint cet objectif. Il avait aussi réussi à se mettre bon nombre de rieurs de son côté quand, sans qu'on sache très bien d'où venait le coup, la même photo se mit à fleurir sur quelques « réseaux sociaux » parmi les plus en vogue. Le pays était donc bien loin de ne compter que des alliés de Justine. À moins que le sort de Farid n'ait rien à voir là-dedans et qu'il ne se soit agi que d'exprimer en douce et sans se mouiller le peu d'estime que beaucoup portaient au forestier.

Quoi qu'il en soit, au-delà du sourire amusé que tout cela allumait dans le regard de Farid, il avait surtout conscience de la fureur à son encontre que cette affaire devait entretenir sous la casquette de Raymond Bouland. Si au moins l'affront avait pu être étouffé... Mais non, ainsi étalé sur la place publique, il devenait une question d'honneur que le forestier se devait de laver sous peine de perdre toute crédibilité.

Dans le silence de la nuit, allongé sur le dos dans son lit, les mains sous la nuque, les yeux au plafond, Farid savait que le sommeil ne viendrait pas avant longtemps. Depuis qu'il était contraint à l'inaction, tournant en rond dans sa cour ou même dans les bois, il était confronté chaque nuit à ces longues périodes d'insomnie qui lui rongeaient les nerfs. Il savait qu'il les devait moins à l'absence de cette intense et salutaire fatigue physique qui l'abattait chaque soir, au temps où il travaillait dans les bois, qu'à l'obsession des questions qu'il se posait.

En fait, en déversant sa hargne sur le carter du broyeur, à l'aide de sa bombe à peinture, il n'avait fait qu'ajouter la formidable attente de la vengeance de Raymond Bouland à toutes celles qui le hantaient. Quand viendrait-elle ? Sous quelle forme ? Longtemps, il ne fit que se perdre entre toutes les hypothèses qu'il échafaudait les unes après les autres sans qu'aucune lui apportât d'autre certitude que celle de l'attente à laquelle il était contraint.

Et tout à coup, cette nuit-là, l'évidence de la vacuité de tout cela s'imposa à lui. Il s'était piégé lui-même. À rester là à ne rien faire, à ne pas pouvoir nourrir le moindre espoir qui puisse donner un sens à sa lutte, il s'offrait en victime consentante aux coups qu'il avait lui-même attirés par son comportement et qui n'allaient pas manquer de pleuvoir.

— C'est trop con, maugréa-t-il.

Puis il ajouta, continuant à parler à haute voix dans la nuit :

— Et qu'est-ce que tu feras quand ils t'auront cassé, que tu n'auras plus un sou ? Comment tu feras pour t'en sortir ?

À quoi bon s'obstiner ? Si seulement il n'y avait pas eu cette solitude, cette conviction d'avoir été abandonné de tous. Aurélie… Il n'espérait plus la voir réapparaître. Si seulement il avait su comment la contacter. Perdre peu à peu l'espoir de la revoir avait été le plus dur. Que restait-il ?

Partir… L'évidence. Au fond, il le savait depuis longtemps, mais il ne faisait que tergiverser et ne voulait pas l'admettre. Cette fois, dans cette lucidité étonnante que l'insomnie, alliée au calme de la nuit, procure parfois, l'idée s'imposait à lui dans toute sa brutale logique. Il fallait remonter vers sa banlieue, vers la chaleur humaine de la cité et l'anonymat de la foule pendant qu'il en était encore temps. Il n'y avait pas d'autre solution…

Embrouille ? se demanda-t-il aussitôt, repris par l'angoisse. Pas question, bien entendu, de lui faire subir la cité. Il y serait trop malheureux. Y serait-il seulement accepté ? Le camp, pensa-t-il alors. Avant de s'endormir, il eut encore le temps de s'étonner de la rapidité avec laquelle la seule solution envisageable s'était imposée à lui.

Quand le chien vint lui faire fête, ce matin-là, dans la grande salle de la vieille ferme encore baignée d'ombre, Farid eut un pincement au cœur. Il allait trahir leur amitié. Il savait pourtant qu'il irait jusqu'au bout. Pas un seul instant l'idée ne lui vint de remettre en cause ce à quoi il s'était résolu dans la nuit. Il avait trop longtemps tergiversé. Il avait suffi qu'il trouve enfin le bon sens dans lequel emboîter la première pièce du puzzle pour que les autres suivent.

Comme d'habitude, le chien fut avant lui à la porte de Georges et de Juliette. Farid n'y alla pas par quatre chemins. Il fit part à ses amis de sa décision et leur demanda s'ils acceptaient de se charger d'Embrouille. Ils n'hésitèrent pas plus qu'ils ne parurent étonnés de ce que Farid leur annonçait. Ce fut « oui », bien sûr, mais un « oui » empreint de toute la tristesse qu'ils ne dissimulaient pas à l'idée de voir leur ami et ancien voisin s'éloigner.

— Ce n'est pas à nous de juger, lui dit Georges, mais tu as certainement raison. Avec tous ces margoulins, tu n'aurais jamais eu le dernier mot. C'est bien triste, mais qu'y faire ? C'est pour celui-là surtout que c'est triste. Ce pauvre Embrouille. Mais tu ne dois pas t'inquiéter. Tu nous connais. Tu sais qu'on fera tout pour qu'il soit heureux avec nous. Et puis, il y a les enfants. Il aime bien jouer avec eux. De toute façon, tu dois bien te dire une chose. Embrouille, ça reste ton chien. Quoi qu'il arrive, si tu peux le récupérer un jour, tu viens et vous repartez ensemble. C'est bien entendu ?

Georges raccompagna Farid jusque dans la rue, refermant la porte sur le chien dont Juliette accaparait l'attention avec une friandise qu'elle était allée lui chercher.

— Merci, dit Farid, la gorge serrée. Je vous tiendrai au courant. Je vous écrirai.

Il fila. Restait les chevaux, mais que pouvait-il faire d'autre, malgré ce qu'il lui en coûtait, que les laisser là, dans leur pré où ils auraient au moins à manger et à boire ? Il passa plusieurs heures avec eux, les étrillant, les bichonnant comme jamais il ne l'avait fait, allant de l'un à l'autre, distribuant sans compter les croûtons de pain et les caresses.

Puis il les relâcha dans le pré et, sans se retourner, partit ranger ses affaires. Il n'avait pas grand-chose, mais d'en faire le tri, de décider de ce qu'il emmènerait et de ce qu'il abandonnerait, lui prit une bonne part de l'après-midi. Il ne se pressa pas. Pour ce qu'il lui restait à faire dans le pays, il lui fallait attendre à la nuit noire.

Il prit encore le temps de se préparer un bon dîner, emballa le reste de ses provisions à l'intention d'Aïcha, qui saurait bien les utiliser. Après son repas, vaisselle soigneusement faite et essuyée, il resta encore un long moment assis à sa place habituelle, au bout de la grande table, à siroter son café. Il s'en resservit un, alla le boire sur le perron. La nuit était faite. Il était temps d'y aller.

La vieille Renault cahota doucement en descendant le vieux chemin jusqu'au village. Farid alla jusqu'au centre du bourg. Il coupa le moteur, se saisit d'un paquet qu'il avait posé sur le siège du passager, sortit sans bruit de sa voiture et s'éloigna à pied. La nuit était noire, l'éclairage de rue était éteint. Il savait où il allait. Il ne se souciait même pas des coins de rideaux qui risquaient de s'écarter.

Il longea une ruelle, puis une autre, s'arrêta devant un portillon. Au-delà d'un étroit jardinet, on devinait la masse sombre d'une maison.

Il n'eut qu'un seul geste, ample, de tout le corps accompagnant, dans sa rotation, le large et puissant mouvement du bras. Le paquet s'envola. Il l'entendit chuinter légèrement avant qu'il aille achever la belle parabole qu'il venait de décrire exactement où Farid l'avait prévu.

Ce fut comme si le profond silence de la nuit volait en éclats. Dans un tintamarre épouvantable, le sac en plastique, pulvérisé, venait de libérer et de projeter en tous sens, sur les marches de la porte de l'Embrouilleuse, tous les cadenas et toutes les chaînes que Farid avait dû cisailler, au retour de son séjour en prison. Un bref instant, il sembla que toute cette ferraille coulait comme de l'eau de marche en marche en s'entrechoquant bruyamment. Puis le silence se refit, exactement comme si rien ne s'était passé.

Sans même un regard pour les fenêtres qui n'allaient pas manquer de s'éclairer, ni pour les portes qui allaient s'entrouvrir, Farid repartait déjà. Il rejoignit sa voiture, démarra et s'enfonça dans la nuit en direction du nord.

À la cité, on ne l'attendait évidemment pas. Lorsqu'il poussa la porte du F4, au petit matin, il y eut d'abord un moment de stupeur, tout de suite suivi des débordements d'un accueil triomphal, presque délirant. Ce n'était pas nécessairement ce qu'il aurait voulu. Il sut rester souriant, aimable avec tout le monde, mais avec une réserve, une légère distance, qui n'échappa pas à Ahmed. Quand le calme fut revenu, le vieux vint s'asseoir devant Farid qu'Aïcha avait installé d'autorité devant un copieux petit déjeuner.

— Qu'est-ce qui s'est passé ? attaqua-t-il sans détour. Ils ont réussi à te chasser ?

Farid eut un mouvement d'humeur dont il se reprit vite. Certes, il n'avait pas envie de parler de tout cela, mais, puisqu'il le fallait, autant que les choses soient claires tout de suite.

— Ils ne m'ont pas chassé. Je suis parti de moi-même. Mais là, pour l'heure, tu veux que je te dise ? Je ne veux plus en entendre parler. Personne ne fera revenir Charles. Lui disparu, ce n'était plus vivable. Alors, c'est fini. Je tourne la page. Je vais me chercher un petit boulot tranquille. J'ai le temps. J'ai encore un peu de sous devant moi. Et puis, je ne vais pas rester ici. Ma place n'y est plus. Je gênerai. Je vais me chercher un petit studio, une petite chambre, n'importe quoi, mais je ne veux plus être à la charge de qui que ce soit.

Ahmed n'était pas convaincu. C'était quoi, cette façon de s'éloigner du clan, de la famille indissoluble ? Quand il travaillait à Sarmigny, passe encore, mais là, revenu à la cité, ça ressemblait à quoi de s'isoler comme ça, de rester dans son coin ? À moins...

— Ils te recherchent ? demanda-t-il à mi-voix.

Farid éclata de rire. Un rire nerveux, tendu, à fleur de peau.

— Et pourquoi veux-tu qu'ils me recherchent ? Ils m'ont mis en taule une fois, ça suffit ! C'est fini, cette histoire-là. C'est du réglé. Il a bien fallu qu'ils reconnaissent qu'ils s'étaient trompés. Ils l'avaient un peu trop écoutée, cette vieille folle de Justine. Un coup comme celui-là, ça marche une fois, pas deux. Non, ne t'en fais pas. À l'heure qu'il est, ça doit se savoir que je suis parti. J'ai même fait ce qu'il fallait pour ça. Dès l'instant où j'ai abandonné, ils sont bien tranquilles. Sûr qu'ils vont vite m'oublier.

Le vieux eut une moue sceptique.

— Est-ce qu'on sait… Tu ferais bien de te méfier.

— Me méfier de quoi ? Ah non, tu ne vas pas t'y mettre, toi aussi ! C'est fini, je te dis. J'ai tourné la page. Je ne veux plus en entendre parler. D'ailleurs, c'est bien simple, s'il y en a qui viennent, qui posent des questions, tu dis que tu ne sais pas où je suis, tu ne sais pas ce que je fais. Mais qui veux-tu qui vienne ?…

Farid n'avait plus manifesté l'intention de s'éloigner de l'appartement familial. Le temps était passé et il habitait toujours le F4 au quatrième étage de la cité, lieu incontournable de toute la famille. Avait-il seulement cherché sérieusement à se loger ailleurs ? Il n'en parlait plus et Ahmed se gardait bien de lui poser la question. Il s'occupait plus sérieusement de se chercher du travail et espérait bien ne pas rester inactif trop longtemps.

Mais il n'était pas pour autant redevenu le même. Plus solitaire que jamais, enfermé dans sa souffrance, il menait sa vie à sa façon, sans véritables liens avec ses frères et sœurs, n'apparaissant à l'appartement qu'aux heures des repas et pour la nuit, disparaissant des journées entières, sans jamais faire la moindre allusion, pas même devant Ahmed, à ce qu'il faisait de tout ce temps.

Deux lettres étaient arrivées pour lui. Ce genre de courrier était assez rare pour avoir attiré l'attention d'Aïcha qui s'était permis de jeter un coup d'œil aux cachets de la poste. L'une venait de Sarmigny, l'autre de Dijon. Farid s'était isolé pour les lire. Ahmed, qui le surveillait du coin de l'œil, l'avait vu les replier et les remettre dans leur enveloppe, l'une après l'autre, sans que son regard exprime autre chose qu'un ennui un peu buté. Il y avait pourtant fait allusion sans même qu'on le lui demande :

« Ceux du camp, ils vous transmettent des tas de choses », avait-il dit à Ahmed et à Aïcha.

Ils en étaient restés interdits. Devaient-ils s'en contenter ? Devaient-ils commenter, essayer d'en savoir plus ?

« Et le chien ? avait hasardé Ahmed.

— Ça va. Il va bien. »

Ce fut tout. Signifiant que l'entretien était clos,

il s'était levé, avait enfourné les deux enveloppes dans sa poche et s'en était allé.

Quelque temps, Ahmed avait espéré que Farid consentirait à rétablir le contact avec ses amis du Morvan. Ces deux lettres étaient la preuve qu'il n'était pas totalement rompu. Peut-être d'ailleurs n'étaient-elles que des réponses à des courriers déjà échangés. Il y avait surtout cette Aurélie dont Ahmed se souvenait bien et dont il avait cru comprendre qu'elle n'était pas totalement indifférente à son petit-fils. Peut-être… s'était-il dit. Ce serait bien. Mais rien, apparemment, ne s'était passé. À plusieurs reprises, il avait tenté d'aborder le sujet. À chaque fois, il s'était heurté à une énergique fin de non-recevoir. Il avait fini par ne plus insister.

Il lui semblait que ce long épisode de leur séjour au camp de harkis et de l'amitié qui s'était nouée entre Charles et Farid s'enfonçait doucement dans l'oubli. Le beau souvenir qu'on aurait tant aimé en garder, s'il n'y avait pas eu toute cette peine et cette amertume pour le souiller. Quelle désolation. Comme un vêtement irrémédiablement gâché, ils s'en détachaient, le repoussaient loin d'eux. Après tout, c'était par lui, le vieux Ahmed, que tout cela était arrivé. Il culpabilisait un peu et se désolait surtout de voir son petit-fils continuer de se morfondre dans le regret de tout ce qui l'avait passionné, là-bas, et dans le sentiment aigre que rien d'autre ne l'en avait privé que ses origines.

Comme une malédiction contre la fatalité de laquelle le vieux harki avait tant lutté. Il avait cru en avoir au moins sorti ses enfants. Il venait maintenant à douter qu'elle puisse un jour s'éteindre.

26

« Comment ils vont, au camp ? »

Tous les dimanches matin, c'est un peu comme si c'était la première et la dernière fois. Dès l'aube, à l'heure où les grandes tours grises dorment encore, cela commence invariablement par quelques portières claquées, quelques éclats de voix et de rires. Viennent ensuite les clameurs métalliques des gerbes de mâts que l'on débarque sans ménagement des camionnettes, qu'on éparpille sur le sol de la grande esplanade, puis que l'on dresse aux quatre coins des emplacements, toujours les mêmes.

Quand les bâches sont tendues sur les stands alignés au cordeau le long des allées, quand les étals commencent à s'organiser, les bruits s'estompent. Ne reste guère que le brouhaha des conversations. Il s'adoucit encore, devient presque paisible. C'est l'heure de la pause-café. De toute façon, l'essentiel du boulot est fait. Une à une, les fenêtres des cuisines se sont allumées, à tous les étages des tours. Tout le monde est réveillé. Reste à les attendre. Un brin de toilette, un bout de petit déjeuner, et ça ne va pas tarder à rappliquer.

Que la fête commence ! D'abord les odeurs. Sur les rôtissoires, merguez et poulets embrochés tournent déjà. Des cageots extraits des camions s'échappent des senteurs d'Orient. Poivrons, piments, menthe, coriandre mêlent leurs fragrances aux fumets épais de tout ce qui cuit et mijote, que l'on touille et mélange à grand renfort de louches géantes.

Alors commence l'incomparable ballet des étoffes. Amples jupes multicolores, voiles plus ou moins intégraux, châles virevoltant, tout cela encombré de cabas et de petits chariots à roulettes, se croisent, se frôlent en froufroutant. On se hèle, on s'apostrophe à voix pointues. On feint d'ignorer les marchands qui, déjà, entonnent leurs antiennes : « Elle est bonne, elle est bonne, ma semoule ! », « Allons, mesdames, ne manquez pas mes poivrons ! »...

Ça chauffe, mais ce n'est qu'un début. Manque encore la foule, la vraie, la dense, celle au milieu de laquelle on se presse, on se bouscule. Elle vient, elle arrive petit à petit, elle se densifie à son rythme, comme une entrée en scène bien dosée.

Manque encore les hommes. Ils prennent leur temps, les hommes. Aux voiles noirs, aux jupes et aux foulards multicolores, manque encore la blancheur des djellabas, les couleurs pastel des turbans, peut-être même aussi la touche quasi exotique de quelques jeans et de tee-shirts aux poitrails barrés d'inscriptions énigmatiques.

Aux femmes la presse impatiente au long des étals. Aux hommes le milieu des allées, où ils traînent nonchalamment leurs babouches, saluant déjà à grands gestes et à larges sourires les amis assemblés à un carrefour d'allées.

C'est le douar. C'est le souk ressuscité pour quelques heures. Chaque dimanche matin, c'est comme une immersion, pour la première, pour la dernière fois – est-ce qu'on sait ? *Inch Allah !* – dans le creuset originel. Juste le temps du marché. Comment manquer cela ? Avant, après, la vie... Elle n'est pas toujours tendre, la vie, dans cet univers de tours, de béton et de bitume, de petits boulots sans espoir, de chômage et de regards qui, toujours et encore, rappellent qu'on n'est pas d'ici... Alors, quelques heures, le dimanche matin, se donner l'illusion d'être chez soi, entre soi...

Jamais François n'avait côtoyé une telle humanité. Jamais, à vrai dire, il ne s'était trop éloigné de son Morvan natal. Il avait fallu l'occasion d'une formation professionnelle un peu inespérée pour qu'il consente à venir s'enfermer quelques jours à Paris. Du coup, il s'était retrouvé chargé de mission par Aurélie. Remettre la main sur Farid... Facile à dire.

Depuis le temps qu'il cherchait, passablement perdu dans ce grouillement coloré de la cité… Il était allé à l'adresse que Farid avait laissée à ses amis du camp avant de disparaître. Pour atteindre le quatrième étage de cette sinistre barre de HLM, il lui avait semblé entreprendre un étrange voyage en pays inconnu. Jamais il n'avait senti converger sur lui tant de regards tour à tour curieux, étonnés, voire suspicieux.

Tout cela pour se faire éconduire. « Pas de Farid ici », lui avait soutenu un gamin d'une quinzaine d'années à l'air boudeur. François était redescendu convaincu qu'on avait juste cherché à se débarrasser de lui. Pourquoi ? Par simple flemme de devoir expliquer ? Par méfiance ? Peu importait. Seul restait que l'unique piste qu'il détenait venait de lui claquer dans les doigts. C'était pourtant qu'il en avait, de la famille, des amis, Farid. On les avait bien vus aux différentes fêtes qu'il avait organisées à la vieille ferme. Pour mettre de l'ambiance, ils n'étaient pas les derniers.

En bas de l'immeuble, indécis, il s'était laissé porter par la foule qui convergeait vers le marché. Ça grouillait de monde. C'était une formidable explosion de vitalité, de bruits, d'interpellations. Et puis, il y avait les couleurs, les odeurs… Parmi tous ces gens, c'était bien le diable si ne se trouvait pas l'un ou l'autre de ces amis, de ces frères, sœurs, cousins de Farid avec qui il avait en commun tant de si beaux souvenirs de fête.

Totalement dépaysé, mais en même temps attiré, il ne lui déplaisait pas de s'immerger dans cette ambiance de souk qui lui donnait l'impression de vivre la grande aventure. Il commença par se contenter de suivre la foule d'une allée du marché à l'autre, osant dévisager tous ceux qui, de près ou de loin, lui semblaient avoir une quelconque ressemblance avec les hôtes occasionnels de la vieille ferme. Il lui avait fallu longtemps avant d'oser aborder l'un d'eux. Non, il ne connaissait pas Farid, mais lui peut-être, puis un autre... François s'était laissé porter, jusqu'à celui-là, un peu plus loquace que les autres, qui avait interpellé Ahmed !

Ahmed ! François s'était fait l'impression d'émerger brutalement d'une trop longue plongée dans l'inconnu. Là, pas de doute, il reconnaissait. Il avait renoué le fil. Ahmed, d'ailleurs, l'avait lui aussi reconnu. Quittant le cercle de ses amis avec qui il palabrait, il venait déjà vers lui, les bras tendus.

— François, mon fils ! Quel bonheur de te trouver là ! Comment tu vas, François ? Et le camp ? Comment ils vont, au camp ?

Il n'était même pas étonné de le trouver là. Il fallut que François raconte, donne des nouvelles...

— Ah, le camp ! s'exclama Ahmed. C'est qu'on y était bien. Je ne sais pas l'idée qui lui a pris, à Aïcha, de vouloir remonter. Pour une ou deux paroles de travers... Des méchants, des médisants, il y en a partout, pas vrai ? Ici comme ailleurs. Plus encore, peut-être. Mais dans la foule... C'était la foule qui lui manquait, à Aïcha. Mais qu'est-ce que tu veux, c'est la vie. Le moyen de faire autrement...

— Et Farid ? Il est où, Farid ? parvint enfin à placer François.

Ahmed, aussitôt, se rembrunit.

— Farid... Ah oui, Farid... Pourquoi tu le cherches ?

Il y avait de la méfiance dans sa voix.

— Ce n'est pas pour moi, tenta de le rassurer François. Encore que j'aimerais bien le revoir. On l'aimait bien, Farid.

— Alors, si ce n'est pas toi, qui c'est qui le cherche ?

— C'est Aurélie, la petite-fille de Justine. Tu te souviens de Justine ? La sœur de Charles. Ils ne s'aimaient pas, ces deux-là, mais Aurélie, elle aimait bien Charles. Elle était souvent chez lui. C'est là qu'elle a rencontré Farid. Après, ils se sont revus assez souvent. Tu te souviens d'Aurélie ? Elle était avec nous à toutes les fêtes, à la vieille ferme. Elle est étudiante à Dijon. Ça faisait encore assez longtemps qu'elle n'était pas revenue au pays. C'est qu'elle n'a pas trop de temps. Quand elle a appris ce qui s'était passé, elle était dans tous ses états. Moi, je dis ça... Je ne suis pas très au courant, mais je pense que c'est rapport à la vieille ferme et aux bois de Charles. C'est qu'ils s'aimaient bien, Farid et Aurélie. Alors, peut-être elle a quelque chose à lui dire à ce sujet-là. Elle dit que Farid a eu tort de partir, qu'ils n'avaient pas le droit de le chasser comme ils l'ont fait.

Ahmed écoutait gravement. Il semblait toujours sur la réserve.

— Pourquoi ce n'est pas elle qui est venue ?

— Je te dis, elle travaille beaucoup, Aurélie. Elle a des examens. Elle ne peut pas se libérer comme ça. C'est quand je lui ai dit que je devais monter pour quelques jours à Paris qu'elle m'a demandé de venir voir Farid.

— Pourquoi elle ne lui a pas écrit ?

— D'abord, elle n'avait pas son adresse. C'est moi qui l'ai trouvée chez Georges et Juliette, au camp. On lui a écrit tous les deux, chacun de notre côté. On n'a pas eu de réponse.

Cette fois, Ahmed parut plus convaincu. Il acquiesça d'un geste du menton.

— Oui, je sais, dit-il. Deux lettres sont arrivées presque en même temps au nom de Farid.

— Il les a eues ?

Il fallut encore à Ahmed le temps de la dernière réflexion. Puis, il leva un regard résolu sur François.

— Oui, il les a eues. C'est moi qui les lui ai données. Mais Farid, ce n'est plus le même. S'il n'a pas répondu à vos lettres, ça ne m'étonne pas. J'avais pourtant espéré, mais qu'est-ce que tu veux ? Tu sais, ce n'est plus le même, Farid. Ça l'a marqué, tout ça. Il ne veut plus en entendre parler. Ça lui a fait trop de mal. Moi, je ne sais pas. Qu'est-ce qui s'est passé, là-bas ? Je n'en sais rien. Que veux-tu que je fasse ? Je suis bien malheureux pour lui. Mais quoi faire ?

— Peut-être je pourrais le rencontrer ?

— Il ne voudra pas.

— Alors, peut-être, simplement, tu pourrais lui répéter ce que je t'ai dit, lui expliquer qu'Aurélie, elle pense qu'il ne sait pas tout. Elle a beaucoup de choses à lui dire, Aurélie.

Ahmed admit.

— Je lui dirai. Je lui répéterai. Je te le promets. Mais le résultat… Il est têtu, tu sais.

— Dis-lui aussi que son chien va bien. J'étais au camp juste avant de partir. Je l'ai vu. Il paraît qu'il le cherche encore. Une fois ou deux, ils l'ont retrouvé à la vieille ferme, couché sur le perron, comme s'il attendait Farid. Mais, peu à peu, il s'habitue. Et puis il y a des enfants, au camp. Il joue avec eux. Il n'est pas malheureux. Tu n'as qu'à lui dire.

— Sûr, je lui dirai. Je lui ferai la commission. Tu n'as pas à t'inquiéter.

— Tiens, dit François en détachant une page de son calepin. J'ai noté là nos deux numéros de téléphone. En haut, c'est le mien. En bas, c'est celui d'Aurélie. Donne ça à Farid. Ce serait bien qu'il nous appelle.

— Je lui donnerai. Tu peux être tranquille. Je lui dirai qu'il faut qu'il appelle cette demoiselle Aurélie, ou toi. Mais tu sais... Tu le connais... Je ne peux rien promettre.

Il n'y avait plus rien à dire. Ils se serrèrent longuement la main.

— Reviens, reviens quand tu veux, insista Ahmed. Tu es comme chez toi ici.

François promit. Ça n'engageait à rien. Il doutait pourtant que son chemin de Morvandiau viscéralement attaché à son pays l'amène encore à se dépayser, comme il venait de le faire, entre les tours en béton de la cité et surtout au milieu des couleurs, des sons et des odeurs tellement exotiques de son marché. Ils se serrèrent longuement la main, puis François s'éloigna.

Ahmed, immobile, le suivit des yeux aussi longtemps qu'il le put. De le voir disparaître dans la foule bariolée, qui ne cessait d'aller et venir dans les allées du marché, parut le soulager. Il ne fit pas un geste vers ses amis qui continuaient de palabrer à trois pas de là. Ceux-ci d'ailleurs, s'ils lui montrèrent, de deux ou trois regards rapides, qu'ils avaient vu son interlocuteur s'éloigner, ne firent rien pour l'inciter à venir reprendre sa place dans leurs conversations.

Ahmed restait comme figé là même où il avait conversé avec François, laissant la foule des étoffes multicolores virevolter autour de lui. Il avait quelque chose de l'écueil sur lequel le flot bat, se retire, revient à la charge sans jamais qu'il cède. Son attente ne parut étonner personne. Sans sourciller, sans laisser paraître la moindre impatience, il la laissa durer. Ses amis, toujours occupés de leurs débats ordinaires, se contentaient, par instants, de tourner les yeux vers lui, comme s'ils étaient de connivence.

Et tout à coup, sans qu'il ait bien vu d'où il sortait, Farid fut à côté de lui. Quand François l'avait abordé, Ahmed avait tout de suite su que Farid était là, tout près d'eux, ne perdant rien de leurs propos, probablement dissimulé derrière l'étal le plus proche. Quelques signes discrets de ses amis qui continuaient de palabrer à trois pas de là, et puis, surtout, le sentiment très fort d'une présence, d'une écoute attentive juste à côté d'eux. Il ne s'était évidemment pas trompé.

— Qu'est-ce qu'il me voulait ?

— Tu as tout vu ?

— Bien sûr que j'ai tout vu.

— Tu aurais pu venir. C'est ton ami.

Farid ne releva pas.

— Qu'est-ce qu'il me voulait ? répéta-t-il.

— Peut-être, tu as eu tort de quitter la vieille ferme.

Farid eut un mouvement d'humeur.

— Qui c'est qui me dit ça ? C'est toi ou c'est lui ?

— Les deux. Il vient de me dire. Aurélie… Pourquoi tu ne m'as pas parlé d'elle ?

— Pourquoi… Pourquoi… Parce que je ne te parle pas de tout le monde.

— Oui, mais cette Aurélie, vous étiez bien amis, tous les deux, non ? À ce qu'il m'a dit, elle t'aimait bien. Et elle aimait bien Charles aussi.

Cette insistance de son grand-père à s'inquiéter d'Aurélie n'était manifestement pas du goût de Farid. Il se fit plus rogue encore qu'il ne l'était ordinairement.

— Et puis d'abord, qu'est-ce qu'elle vient faire là-dedans, Aurélie ? Quand j'étais bien dans la m…, ils ne sont pas venus me voir, ni lui, ni Aurélie, ni les autres. Pour venir faire la fête, là, ils ont su. Mais après… Laisse tomber, tu veux. C'est complications et compagnie, tout ça. J'en ai trop vu. Je ne veux plus en entendre parler, ni de Sarmigny, ni de lui, François, ni d'Aurélie, rien…

Ahmed dodelinait doucement de la tête, l'air ennuyé.

— Peut-être, tu devrais voir. Pour qu'il ait pris la peine de venir te chercher jusqu'ici, ce François, c'est qu'il lui en fallait, une bonne raison.

— Laquelle ? Il te l'a donnée ?

Que Farid consente à faire durer leur conversation était déjà, pour Ahmed, une forme de victoire. C'était que ça l'intriguait, tout de même, cette démarche de François. Peut-être attisait-elle au fond de lui la minuscule flamme de son espoir de revoir un jour la vieille ferme. Ahmed se fit plus abattu, plus désolé encore.

— Il m'a dit que, selon Aurélie, ils n'avaient pas le droit de te chasser comme ils l'ont fait. Il m'a dit qu'Aurélie, elle avait des choses importantes à t'expliquer à ce sujet-là.

— Et c'est maintenant qu'ils le disent ? Pourquoi pas avant ? Pourquoi ils ne m'ont rien dit ? Ils ne sont même pas venus me voir quand il en était encore temps.

— Aurélie, elle ne savait pas. Il dit qu'elle a beaucoup de travail, qu'elle n'a pas pu se libérer. Elle a appris trop tard.

— Tiens donc...

Ça ne tournait pas comme Ahmed l'aurait voulu. Farid se braquait, il se laissait emporter par son amertume. Qu'y pouvait le vieux ? Cette fois, il ne jouait plus la comédie. Il était sincèrement désolé.

— Pour toi, tenta-t-il encore en tendant à Farid la page de carnet sur laquelle François avait porté leurs deux numéros de téléphone. Un coup de fil, qu'est-ce que ça te coûterait ? Tu pourrais toujours essayer. Ça ne t'engagerait à rien. Et puis, juste pour l'amitié.

Farid lut avec attention les deux numéros, puis plia soigneusement le bout de papier et le glissa dans son portefeuille. Ça, c'était plutôt bon signe.

— Je verrai, dit-il, en se montrant plus détaché qu'il ne l'était peut-être vraiment.

Il faisait déjà mine de s'éloigner. Ahmed le rattrapa par la manche.

— Ah oui, aussi. J'allais oublier. François m'a dit de te dire. Ton chien, l'Embrouille…

— Quoi l'Embrouille ?

Farid s'était redressé, l'air tout à coup inquiet. Ahmed vit que son dernier coup pourrait être le bon.

— Oh, rien, dit-il sur un ton détaché. Il m'a juste dit qu'il l'a vu il y a quelques jours, chez Georges et Juliette, au camp. Il paraît qu'il se porte bien. Une fois ou deux il est retourné te chercher à la vieille ferme, mais maintenant il s'habitue. C'était un bon chien, que tu avais là…

Farid avait baissé les yeux. Les mains au fond des poches, il restait planté au milieu de l'allée du marché, indifférent à la foule qui allait et venait autour d'eux.

— Oui, murmura-t-il, c'est un bon chien, Embrouille. Je suis content de savoir qu'il va bien.

Puis il s'éloigna, tête basse, épaules voûtées.

Peut-être, se dit Ahmed, j'ai visé juste…

— Oh ! Ahmed, tu viens ? On t'attend.

Cette fois, ses amis qui continuaient à palabrer en rond, comme tous les dimanches, au milieu du carrefour des allées du marché, s'étaient tournés vers lui et l'interpellaient.

— Viens donc. Tu ne nous as pas encore parlé de ton Morvan. Ça nous manque !

Il sourit, attendit d'avoir totalement perdu de vue la silhouette de Farid, puis consentit à se diriger à petits pas vers leur groupe en traînant les babouches.

27

La fête chez Charles

Il n'y eut bien que pour Ahmed que ce ne fut pas une vraie surprise. François lui avait téléphoné à quelque temps de là. Cela avait même été toute une affaire pour le vieux harki que ses enfants venaient d'équiper d'un téléphone portable. Pour l'essayer, avec l'aide de ses petits-enfants, il avait appelé ceux du camp, à Sarmigny. Ils avaient dû noter le numéro et l'avaient donné à François.

Ce n'était pas ce qui expliquait à Ahmed comment fonctionnait cette petite boîte noire dont, malgré tout, il ne se séparait plus. Il s'en était fallu de peu que l'appel de François ne finisse par tomber dans le vide. Il avait enfin appuyé sur le bon bouton et hurlé un « Allô ! » triomphant en se collant l'appareil à l'oreille.

Par chance, il était seul, assis sur un banc public devant leur immeuble, à prendre l'air. La demande de François l'avait sidéré. Il avait fallu que le jeune Morvandiau s'applique à expliquer. Ahmed avait d'abord été sceptique, puis, peu à peu, il s'était laissé convaincre.

« Ça ne va pas être facile, mais qu'est-ce que ça coûte d'essayer ? »

Ah oui, mais comment faire pour fournir à François ce qu'il demandait ? Rassembler les adresses qu'il lui fallait, ce n'était pas une affaire. Il les avait toutes en tête ou presque. Mais après, qu'en faire ? À quelle adresse envoyer tout cela ? Il n'avait évidemment pas de quoi écrire sur lui.

« Pas de problème ! s'était empressé François. Je vais vous envoyer mon adresse par SMS. »

Par quoi ? Panique d'Ahmed. Est-ce qu'il savait, lui, le vieil Arabe de la cité, ce que c'était, ces trucs qu'il voyait manipuler avec tant d'aisance par ses petits-enfants ?

« Eh bien, c'est simple, en rajoutait François. Vous leur demandez de vous montrer. Belle occasion pour apprendre. »

Cette histoire-là, ça lui avait gâché son après-midi, au vieil Ahmed. Et si ça ne marchait pas, son affaire, à François ? Comment il ferait, lui, pour répondre ? Il attendit. Il savait bien que Nacera, la plus jeune de ses petites-filles, passerait nécessairement par là en rentrant de l'école. Malgré son jeune âge, ou peut-être grâce à lui, c'était une experte en manipulation de téléphone portable, sa petite-fille. Elle lui expliquerait.

Le fond de l'air était encore un peu frais, mais c'était supportable. Un valeureux soleil à peine voilé d'une légère brume diaphane tentait de démontrer que le printemps l'avait enfin emporté sur l'hiver. Ah, bien sûr, ce n'était pas la grande lumière des premiers beaux jours en Morvan, mais il ne fallait pas rêver. Les mauvais jours, leurs frimas et surtout leur grisaille avaient duré si longtemps, ils avaient été tellement pénibles à supporter que, même dans ce décor de béton et sous ce ciel jamais vraiment bleu, cette première caresse du printemps, c'était un vrai bonheur.

Le plus dur, pour Ahmed, c'était ces jours de mauvais temps qui n'en finissaient pas, tout au long desquels il n'avait pas d'autre choix que de rester enfermé là-haut, dans cet appartement surpeuplé où il lui semblait étouffer. Alors, à la première éclaircie, il filait. Aïcha tempêtait bien un peu, le menaçant de tous les coups de froid possibles et imaginables, mais il laissait dire. Lui, son banc, au pied de l'immeuble, c'était sa liberté. Il passait des heures à contempler les quelques pauvres petits platanes qu'on avait plantés tout autour de la place du marché.

Ils faisaient ce qu'ils pouvaient, ces arbres. Ils étaient là depuis deux ou trois ans, tous vivants, ce qui était déjà comme une victoire, mais bien en peine, c'était visible, d'aller chercher de quoi croître et embellir sous le bitume, dans cette terre bouleversée et martyrisée. Ahmed n'en contemplait pas moins avec ravissement les bourgeons qui commençaient à poindre sur les branches des platanes. Jour après jour, il allait suivre leur imperceptible croissance. Pour un peu, il les en aurait remerciés. Et puis, un jour, ils éclateraient, libérant de minuscules feuilles d'abord, puis les feuillages dont l'ombrage serait si bien venu, aux mois de canicule. Ainsi allait la vie du vieux harki qui faisait son bonheur des rythmes de la nature.

Ordinairement, la fraîcheur qui venait vite, en ces premiers jours de beau temps, était ce qui interrompait ses contemplations bucoliques. Il se levait, adressait un dernier regard à ses chers platanes en resserrant sur lui les plis de sa djellaba, puis il rentrait sans hâte, satisfait de ce petit moment de liberté.

Cet après-midi-là, pourtant, il se retrouvait contraint de se plier à un autre horaire. Il lui fallait attendre Nacera. Et le froid, lui, n'attendait pas pour venir. Et le souci de ce téléphone qui devait mystérieusement contenir un message important dont il ne savait comment l'atteindre. Il aurait pu remonter à l'appartement et attendre Nacera là-haut, bien au chaud. Mais non. Comme toujours, il y en aurait eu cinq ou six autour d'eux pour regarder, commenter et sûrement colporter à travers toute la famille ce qu'Ahmed voulait garder pour lui. Nacera, il avait confiance en elle, surtout si elle était seule avec lui. Il lui dirait de ne pas répéter. Elle ne répéterait pas. Mais il fallait l'attendre. Ahmed se tassa sur son banc, s'emmitoufla autant qu'il le put dans son ample vêtement et, le regard sombre, voulut oublier qu'il avait froid.

Par chance, en sortant de l'école, Nacera n'eut rien à confier à ses amies, ni, apparemment, aucune confidence à recevoir. Marchant d'un bon pas, les pouces passés dans les bretelles de son cartable qu'elle portait sur le dos, elle survint avant même qu'Ahmed ait eu le temps de s'impatienter. Elle n'en fut pas moins stupéfaite de le trouver ainsi recroquevillé sur son banc.

— Ben, grand-père, qu'est-ce que tu fais là ? Tu vas prendre froid. Viens vite avec moi. On va monter…

— Attends, l'arrêta-t-il. Viens voir. J'ai quelque chose à te demander.

Il sortit son téléphone, lui expliqua son souci sans parvenir, bien entendu, à se souvenir du nom bizarre dont François avait usé pour qualifier le message qu'il allait lui envoyer. La gamine prit le petit appareil, l'ouvrit, l'ausculta et eut un large sourire.

— Ben, grand-père, tu te mets aux SMS, maintenant ? Tu veux que je te l'ouvre ?

— Si tu peux.

— Bien sûr que je peux ! Regarde, c'est simple.

Elle eut si vite fait qu'Ahmed ne vit rien de la manœuvre.

— C'est ça, ton SMS ? Ce n'est pas grand-chose. Juste une adresse. Viens, à la maison, je te l'écrirai sur un bout de papier.

Avant de la suivre, il la prit par l'épaule et l'obligea à lui faire face.

— Mais attention, lui dit-il. Tu n'en parles à personne. C'est juste entre toi et moi. C'est d'accord ?

Nacera en resta un instant bouche bée. Son grand-père avait-il des secrets ? Elle n'aurait jamais imaginé qu'une telle chose soit possible.

— Euh... Ben oui, d'accord, je n'en parlerai pas.

Elle eut un petit temps d'hésitation, puis osa :

— Ce n'est pas grave, au moins ?

Le vieux éclata de rire.

— Non, n'aie crainte, il n'y a rien de grave là-dedans. Au contraire. Plus tard, je te dirai. Viens. C'est qu'il ne fait pas trop chaud, ici.

Il ne fallut guère plus d'une semaine pour qu'arrive la nouvelle. Elle fit l'effet d'une bombe. Tout le monde, Ahmed et Aïcha compris, ayant reçu le même courrier le même jour, il n'y eut plus d'autre sujet de conversation. On se croyait revenu au bon temps des fêtes auxquelles invitait Farid au camp de harkis, puis à la vieille ferme. À ceci près que celui-ci ne s'encombrait pas de cartons d'invitation et usait plus du bouche-à-oreille, au moins aussi efficace.

L'autre différence, et non la moindre, était que le dénommé Farid n'était plus l'expéditeur. Il se trouvait maintenant au nombre des destinataires de ce joli petit bristol qui en laissa plus d'un perplexe. La plupart se souvenaient de cette Aurélie si mignonne qui ne laissait pas sa part aux autres et semblait surtout porter beaucoup d'intérêt à Farid. Que ce soit elle qui reprenne à son compte les bonnes habitudes de leurs fêtes était inattendu et au demeurant fort sympathique. Mais ce n'était certainement pas pour rien qu'elle avait trouvé opportun de préciser le prétexte sidérant de cette première : *Venez avec moi,* écrivait-elle, *pendre la crémaillère dans ma nouvelle maison, qui n'est autre que celle dans laquelle vécut mon grand-oncle Charles Fauverand, qu'il m'a laissée et où je finis de m'installer.*

L'élan fut unanime : « Bien sûr qu'on y va ! » Mais, presque aussitôt, la même interrogation les saisit. « Farid… » Comment allait-il réagir ? Aller faire la fête à Sarmigny sans Farid ? Inconcevable. Il y avait pourtant fort à parier qu'il allait refuser. Dans l'état où il était, il ne serait pas aisé de lui faire reprendre le chemin du pays où il avait été si heureux mais qu'il avait dû quitter dans de si lamentables conditions. Il n'était évidemment pas là. On décida de laisser l'enveloppe qui lui était destinée bien en vue sur la table et chacun fit mine de retourner à ses occupations, non sans surveiller la porte.

Elle ne lui livra passage que dans la soirée. Toujours appliqué à ne pas trop extérioriser son mal-être, il veilla, comme de coutume, à se montrer aimable, faute d'être très souriant. Ce parti pris de ne pas se dévoiler lui donnait un air un peu rigide, presque froid, qui contrastait tant avec le caractère qu'on lui connaissait qu'il mettait tout le monde mal à l'aise. Les uns et les autres auraient voulu lui sauter au cou et lui dire simplement qu'ils l'aimaient. Inconsciemment, il créait autour de lui comme un vide, un espace infranchissable dans lequel se perdaient les plus chaleureuses intentions et qui l'isolait plus sûrement que s'il avait été seul au milieu de ses bois. Il passa à côté de la table sans rien voir.

— Tu as du courrier, lui dit Aïcha avant qu'il disparaisse dans la chambre qu'il partageait avec ses frères.

Il s'arrêta, surpris, peut-être vaguement conscient du silence qui s'était établi dans l'appartement où chacun retenait son souffle.

— Là ! insista Aïcha en lui montrant l'enveloppe sur la table.

Il s'en saisit, la retourna une ou deux fois, fronça les sourcils en voyant le cachet de la poste, puis se décida à l'ouvrir. Il ne put cacher sa surprise en en découvrant le contenu, mais ce fut sa seule réaction.

— On l'a tous reçue, dit Ibrahim qui sortait opportunément de sa chambre. Bien sûr, on y va. Je t'emmènerai, si tu veux.

— Je n'irai pas.

Ils s'y attendaient. Ce fut pourtant comme un soulagement. Cette fois, les choses étaient claires. On allait pouvoir engager les grandes manœuvres.

— Si tu n'y vas pas, nous non plus, lâcha trop vite Ibrahim.

Ce n'était pas le meilleur moyen de faire avancer les choses. Ils s'étaient tous rassemblés autour de lui. Il y eut un instant de blocage. Comment continuer, comment se faire persuasifs, après une telle remarque ?

— Nous aussi, ta grand-mère et moi, on l'a reçue, cette invitation-là, s'empressa d'intervenir Ahmed. Et nous, on ira. Ibrahim nous emmènera. Tu vois l'effet si on y va sans toi ? Pense à ceux du camp, pense aux jeunes du pays, à Aurélie…

— Et après ? Il n'y a pas qu'eux dans le pays, malheureusement. Ceux-là, vous leur donnerez le bonjour de ma part. Vous leur direz que je vais bien, et puis basta…

Chacun allait y aller de son petit argument. Ahmed vit le risque. D'un geste de la main, il prévint la surenchère totalement vaine qui allait se produire.

— C'est bon, dit-il. C'est pour dans plus de trois semaines. On a encore le temps d'en parler et de réfléchir. Penses-y bien, Farid. Tu n'as pas à te sentir obligé. Fais la balance. C'est vrai que tu as de bonnes raisons de ne plus vouloir y mettre les pieds, dans ce pays-là. Mais, à bien y réfléchir, tu verras que tu as sûrement plus de raisons encore de retourner dans la maison de Charles, où ne seront rassemblés que tes amis. Tu n'es pas curieux de savoir comment Aurélie l'a récupérée, cette maison-là, ce qu'elle va en faire ? Sûr qu'entre ses mains elle restera la maison de Charles. Moi, cette idée-là, elle me plaît. J'aimerais voir. Pas toi ?

Il avait touché juste. Farid n'ouvrit plus la bouche, mais son regard avait été éloquent. Ahmed comprit qu'il ne devait pas insister. On fit comme si l'incident était clos et chacun repartit vers ses occupations. Ce soir-là pourtant et les jours qui suivirent, ce fut comme si la question continuait de peser sur eux sans qu'aucun osât l'aborder.

C'était comme si Ahmed et Aïcha s'étaient approprié le droit d'en débattre. Sans qu'ils s'en vantent, ils en eurent, des conciliabules avec leur petit-fils ! De la réflexion la plus anodine placée discrètement par Aïcha au bon moment, jusqu'à de longues conversations entre Ahmed et lui, sur le banc où le vieux prenait le soleil, ou dans les allées du marché. D'un côté le bon sens du vieux qui argumentait que cette fête ne pouvait pas avoir lieu sans que Farid en soit, et de l'autre la farouche détermination de celui-ci, enfermé dans le serment qu'il s'était fait de tourner définitivement la page.

Si issue il y avait, elle était étroite. Ils la cherchèrent longtemps. Farid voulait trouver les arguments à donner à son grand-père pour qu'il puisse justifier son absence, pendant que celui-ci n'en démordait pas des bonnes raisons qu'il entendait trouver pour que son petit-fils les accompagne. Les propos de l'un finissaient toujours par effacer l'avantage que l'autre estimait avoir pris et tout était à recommencer.

Sans s'en rendre compte sur l'instant, ce fut Ahmed qui émit, finalement, la remarque décisive :

« Tu les connais, lui avait-il dit. Le seul fait que tu ne sois pas là, tu imagines tous les ragots qu'ils vont pouvoir inventer ? “Il se cache”, “Il n'ose plus venir”, “Il a encore fait un mauvais coup”, “S'il n'est pas venu, c'est bien la preuve qu'il n'a pas la conscience tranquille”… Et patati, et patata… Tu ne vois pas que tu leur donnes des armes contre toi ? »

Farid s'était bien gardé de relever. Cette perspective d'être encore traîné dans la boue du seul fait de son absence n'en prit pas moins le dessus sur tous les arguments qui, jusque-là, lui faisaient obstinément rejeter l'idée de répondre à l'invitation d'Aurélie.

Il fallut encore qu'il imagine le moyen de se distinguer, d'arriver la tête haute en montrant bien qu'il n'avait rien à se reprocher. Ce fut Kader, en fin de compte, qui lui en fournit le moyen. Rencontré un peu par hasard dans les rues de la cité, il lui avait évidemment parlé du carton, qu'il avait reçu comme les autres.

« C'est sûr, j'y vais, avait-il ajouté. Tiens, si tu veux, je t'emmène. J'y vais avec la BM, celle que tu as gardée dans ta grange plusieurs mois et qui t'a valu quelques ennuis... Elle te doit bien ça ! Une bonne idée, ça, tu ne trouves pas ? Ça me plairait, que tu fasses le voyage avec moi. »

La vieille Renault n'était plus en état d'accomplir un tel déplacement. Farid, comme il fallait s'y attendre, n'avait d'abord dit ni oui, ni non. Qu'il n'ait pas refusé tout net n'en était pas moins déjà un progrès. À la réflexion, l'idée de traverser le village dans cette voiture dont on avait voulu faire l'instrument d'un complot terroriste complètement farfelu lui parut plaisante. Certes, il abdiquait sa farouche résolution de ne jamais remettre les pieds à Sarmigny, mais Ahmed n'avait pas tout à fait tort quand il maintenait que ce n'était pas dans le pays qu'il allait mais chez Charles, ce qui était fondamentalement différent. Et puis il reviendrait. Il ne ferait là-bas qu'une brève incursion, juste pour démontrer qu'il était au-dessus de tous les ennuis qu'on lui avait faits.

Et peut-être un peu aussi pour les beaux yeux d'Aurélie... Le seul argument dont Ahmed n'avait pas usé, le sachant le plus solide, mais dans sa bouche le plus inopérant ! Le seul surtout dont Farid sentait, depuis qu'ils avaient reçu ces fameux cartons d'invitation, qu'il finirait par balayer tous les autres.

28

« Tu es chez toi, là-haut »

Extérieurement, la maison du vieux Charles n'avait guère changé. La cour avait été nettoyée et ses abords s'ornaient déjà de parterres récemment dessinés, bêchés et même plantés de tas de petites choses vertes à qui il faudrait encore quelques mois de beau temps pour qu'on puisse les identifier et s'extasier sur leurs premières floraisons.

Farid était au volant de la BM quand elle y pénétra. À la sortie de l'autoroute, Kader lui avait proposé de lui laisser sa place. « Tu les connais, toi, ces petites routes. Tu y seras plus à l'aise que moi », avait-il prétexté. Avait-il pensé à l'inévitable traversée du village et à l'effet que sa voiture pilotée par Farid ne manquerait pas de faire ? Il n'en dit rien. Farid garda pour lui sa réflexion, mais ne fut pas mécontent de saisir l'occasion.

Ils n'étaient pas les premiers. La cour était déjà encombrée. Farid alla se garer devant la porte de la grange. Il eut une petite moue de dépit. Si la maison semblait bien avoir repris vie, les bâtiments de ferme étaient visiblement fermés. On avait certainement eu, jusque-là, d'autres chats à fouetter. Il ne s'en dégageait pas moins une impression de tristesse qui lui fut pénible.

— Ça commence mal, ne put-il s'empêcher de remarquer tout haut.

Encombrés des paquets qu'ils apportaient, ils traversèrent la cour et gravirent les trois marches du perron. La porte était grande ouverte sur une salle dans laquelle se bousculait déjà beaucoup de monde. Farid laissa Kader passer devant lui. C'était à peine s'il osait lever les yeux sur cette vaste pièce où vivaient quelques-uns de ses plus beaux souvenirs.

— Vous déposez ça là, et vous faites comme chez vous, fit une voix qu'il reconnut tout de suite, mais dont la propriétaire devait être bien trop occupée pour s'inquiéter de l'identité des nouveaux venus.

Ils se retrouvèrent vite un verre à la main, comme il se devait, au milieu de tous les habitués des anciennes fêtes de la vieille ferme. Il y avait là déjà quelques jeunes du pays, dont François, qui entourèrent Farid. Le moment était heureux. On laissait simplement s'exprimer tout le plaisir qu'on avait à se retrouver. Farid parvint à se détendre.

— À la bonne heure, lui glissa Ahmed, qui était venu le rejoindre. On te retrouve.

Ils échangèrent un sourire.

Farid se tournait vers un des jeunes du pays qui lui posait une question, quand il reçut dans les jambes un formidable coup de boutoir. Il vacilla, renversa la moitié de son verre et tentait de reprendre son équilibre quand l'attaque, cette fois, vint de devant. Une boule de poils surexcitée se jetait sur lui, lui jetait les pattes jusque sur les épaules, réussissant, en fin de compte, à finir de vider son verre sur ses voisins.

— Embrouille !

C'était lui, suivi de Georges, de Juliette, d'Armand et de Simone, hilares.

C'était trop. Confiant son verre à la première main qui voulut bien le prendre, Farid s'était effondré sur son chien et c'était à qui manifesterait le plus de joie et de bonheur de retrouver l'autre. Mais cela ne pouvait pas durer. Farid se redressa soudain.

— Non, dit-il. Ce n'est pas bien. Je ne dois pas. Je repars demain. Il sera malheureux, ce chien, une fois de plus.

Il aurait jeté un froid si, tout à coup, il n'avait pas réalisé qu'Aurélie, lumineuse d'aise, se tenait devant lui.

— Tu aurais pu le dire, que tu étais arrivé ! le provoqua-t-elle. Tu aurais pu venir me voir. Il a fallu que tu appelles ton chien pour que je réalise. Viens donc que je te montre. Viens voir ce que j'ai fait de la maison de Charles.

Ils s'étaient tous écartés, elle lui avait pris la main et l'avait entraîné. Seul Embrouille leur avait emboîté le pas. On fit comme si on les oubliait.

Elle lui fit faire le tour des quelques aménagements qu'elle avait réalisés, puis elle s'arrêta.

— C'est tout, dit-elle. En fait, changer le moins de choses possible. Bon, une cuisine bien équipée, une salle d'eau digne de ce nom, des peintures refaites, des huisseries qui, de toute façon, devaient être changées, et surtout un vrai chauffage, c'était tout de même la moindre des choses. Le chauffage surtout, parce que, le Charles, ce n'était pas trop son souci. Pour le reste, cette maison, je veux qu'elle reste dans son jus, que ce soit toujours la maison de Charles. Ça te plaît, non ?

Si ça lui plaisait ! Surtout montré et expliqué par elle.

— Et tu vas habiter là ?

— J'y habite déjà. Bien sûr, tu es parti. Tu ne peux pas savoir.

Elle avait tenu à lui montrer la salle d'eau. Elle l'avait fait installer dans ce qui avait été le petit bureau capharnaüm de Charles. Farid avait toutes les raisons de s'en souvenir. Ils étaient dans le vestibule qui la séparait de la grande pièce dont le brouhaha des voix qui s'y entrecroisaient leur parvenait, étouffé par l'épaisseur de la porte. Aurélie devait avoir beaucoup à faire, mais elle avait plus encore à dire et c'était bien plus important pour elle.

— Tu sais, je n'ai découvert ce qui s'était passé que bien après ton départ. C'était que j'étais drôlement prise par mes études. C'était ma dernière année. Je ne voulais pas la manquer. J'ai travaillé comme une bête en faisant l'impasse sur tout le reste. Depuis l'enterrement de Charles, je n'étais pas remontée au pays. Quand j'ai appris ça, j'étais furibarde. Je me suis même chamaillée avec ma grand-mère à ce sujet-là. J'ai bien essayé de te recontacter. C'est François qui avait eu l'adresse de tes grands-parents auprès des gens du camp. Je t'ai écrit. Tu n'as même pas répondu. J'ai compris que ce n'était pas la peine d'insister de cette façon-là. Et puis j'étais tellement prise ici. Je me suis dit : Rien à faire, il faut arriver à ce qu'il revienne. C'est comme ça et pas autrement qu'on pourra parler. Alors j'ai eu l'idée de cette fête ! Bien trouvé, non ? Et toi ? Faudra qu'on parle. Je n'ai pas compris pourquoi tu es parti.

De l'autre côté de la porte, on s'énervait.

— Aurélie ! appelait-on. On a besoin de toi. Tu es où ?

— Bon. Elles ne me lâcheront pas. Faut que j'y aille.

Elle eut le geste de s'éloigner, puis se reprit. D'un geste très bref, très doux, elle lui caressa la joue.

— Je suis heureuse que tu sois là.

— Et... et moi donc ! bafouilla-t-il en lui attrapant la main et en osant la porter à ses lèvres.

Quand ils rejoignirent la salle, l'éclat de rire fut général en même temps que fusaient les remarques :

— Regardez donc les cachottiers ! C'est qu'on vous y prend...

— Si on est de trop, faut le dire, on vous laisse !

Il en aurait fallu plus pour démonter Aurélie.

— Et alors, ça vous gêne ? lança-t-elle à la cantonade. Bande de jaloux !

Farid, lui, ne savait plus où se mettre. En répondant au hasard par quelques claques d'amitié distribuées au passage ou par de larges sourires, il traversa la salle et sortit. Il étouffait. Il se faisait l'impression d'être contraint de jouer un rôle qui n'était pas le sien, ou du moins qui ne correspondait pas à l'image qu'il aurait voulu donner de lui, dans l'état d'esprit où il se trouvait. Pourquoi avait-il accepté de venir ? Sur quoi tout cela pouvait-il déboucher ? Il ne parvenait pourtant pas totalement à regretter.

— Tiens, tu tombes bien, toi. J'allais vous chercher, toi ou Kader.

Un jeune du pays, l'air très affairé, arrivait du fond de la cour.

— Sa voiture, à Kader, elle gêne. Tu n'aurais pas les clefs ?

Par habitude, il les avait glissées dans sa poche en arrivant.

— Faudrait que tu la déplaces. Faut libérer l'entrée de la grange.

Il y alla. Au moins, ça lui donnait une contenance. Les grandes portes de la grange, dont il avait trouvé si triste, en arrivant, qu'elles soient fermées, avaient été rabattues le long des murs, de part et d'autre de la haute voûte au-delà de laquelle, en lieu et place de l'ombre qui l'habitait ordinairement, un éclairage violent inondait un vaste parquet de danse, pour l'heure encore désert. Farid, sidéré, émit un petit sifflement d'admiration.

— Ça t'en bouche un coin, celle-là, hein ? jubila le jeune gars qui l'avait apostrophé. La soirée qu'on va se payer là-dedans ! Seulement, tu vois bien, elle gêne, la voiture de Kader, pour entrer.

Sans un mot, il fit monter Embrouille dans la voiture, se mit au volant, recula, chercha une autre place, dut sortir de la cour pour en trouver une sur le bas-côté de la route. Il revint sans se presser. De faire quelques pas accompagné de son chien lui fit du bien. Là, de l'autre côté de la cour, entre la grange et l'étable, il savait le chemin qui montait dans les bois, celui-là même qu'il avait emprunté, aller et retour, la nuit où il était allé libérer Embrouille. Des yeux, il suivit la discrète tranchée qui se faufilait entre les arbres, à flanc de coteau. L'envie le prit de s'y engager, de monter en forêt. Pour son bonheur et pour celui de son chien.

Non, bien sûr. Il ne le pouvait pas. Qu'en penseraient Aurélie, ses grands-parents, ses amis ? Il revint vers le perron, en escalada lentement les marches, pénétra dans la salle comme s'il se jetait dans la mêlée de cette trop grande foule.

Comme par hasard, Aurélie passait par là, toujours aussi souriante, toujours aussi affairée, un plat en équilibre sur chaque main, ondoyant entre les groupes.

— Toi, je t'ai à l'œil ! Faut qu'on cause, lui décocha-t-elle au passage sans lui laisser le temps de répondre.

Il en fut gêné. Serait-il toujours autrement que les autres ? Faudrait-il toujours que le suive comme un boulet cette suggestion du rêve d'une autre vie auquel il devrait regretter toute sa vie d'avoir cédé ?

— Allez, viens par là. Viens avec nous. C'est qu'elle reçoit bien, ta copine Aurélie, dit Ahmed qui l'avait repéré et était venu le chercher.

Farid, toujours suivi d'Embrouille, se laissa conduire.

Le clan du camp s'était reconstitué. Avec les gamins allant et venant dans leurs jambes, ils s'étaient regroupés autour d'Aïcha, toute heureuse de retrouver ses voisins et surtout ses voisines. Ça jacassait gaiement en picorant dans les plats alignés sur les tables du buffet. Farid, enfin, se laissa emporter. Il céda, et ce fut comme s'il entendait à nouveau ce qui se disait autour de lui.

— Te voilà revenu ! lui glissa Georges sans qu'on sût très bien si c'était une allusion à l'attention que Farid parvenait à nouveau à porter à ce qui se passait autour de lui, ou s'il exprimait simplement son plaisir de le retrouver parmi eux.

Farid ne chercha pas à savoir.

Dans la double débauche des projecteurs installés dans la charpente de la grange et de la musique déversée sans discontinuer par un « didjé » inépuisable, le plancher de danse ne désemplit pas de toute la nuit. Prévoyante autant que prévenante, Aurélie avait installé des couchages sommaires dans les chambres du premier étage de la maison en les répartissant par tranches d'âge ! Ahmed et Aïcha, de loin les aînés, apprécièrent l'intention, mais n'eurent même pas à en user. Georges et Juliette les emmenèrent au camp, où leur nuit avait toutes les chances d'être plus paisible.

Quand ils revinrent, bien reposés, vers huit heures du matin, un silence lourd pesait encore sur la ferme de Charles. Quelques rares silhouettes allaient et venaient entre la grange éteinte et la salle où restait à ranger le buffet de la veille. Ce n'était pas spécialement gai. Restait à attendre qu'émergent un à un tous les protagonistes d'une soirée folle qui ne manquerait pas de faire date.

Il n'y eut qu'Ahmed pour remarquer l'absence de la petite voiture rouge d'Aurélie. Il se garda bien de clamer sa découverte sur les toits. Seule Aïcha eut droit à la confidence. Ils eurent le même sourire entendu et s'empressèrent de passer à autre chose.

Malgré le bruit et l'agitation, Farid avait réussi à bien dormir. La veille, avant même de suivre les autres vers la grange, il avait repéré le petit coin tranquille où venir s'installer avant qu'il ne soit envahi par les couche-tard. Il avait pris sa part d'ambiance sur le parquet, avait même dansé, au plus grand désarroi d'Embrouille, contraint à se réfugier hors de la piste de danse. Puis, vers minuit, il était allé se coucher, laissant le chien se rouler en boule au pied de son lit.

À sept heures du matin, il était dehors. La cour était presque vide. Cette fois, il était libre de toute préséance et pouvait s'offrir le bain de fraîcheur et de nature dont il rêvait depuis la veille. Embrouille gambadant devant lui, il prit le chemin qui s'ouvrait entre la grange et l'étable, monta dans les bois. Il marcha une petite heure, heureux et libre, à peine chagriné par la conscience de ne pouvoir s'offrir là qu'un petit bout du bonheur qui était jadis le lot de ses journées, et qu'il allait devoir abandonner le soir même, probablement à jamais.

Quand il y revint, la ferme dormait encore du sommeil du juste. Seule, dans la cour déserte, Aurélie, un bol de café au lait dans les mains, était assise sur les marches du perron. Elle le vit venir. Avec un large sourire, elle lui fit signe de venir s'asseoir auprès d'elle. Il y consentit sans enthousiasme. Il ne pouvait décemment pas lui refuser cela. Il n'en avait d'ailleurs pas vraiment envie, mais il savait bien que c'en était fait du moment d'oubli de tous ses tracas qu'il venait de s'offrir. Inévitablement, on allait y revenir.

— Je me réveille à la fraîcheur du matin, lui annonça-t-elle. Ça a été, toi ? Tu as passé une bonne soirée ?

Il confirma, la complimenta pour la belle organisation et se tut. Ni l'un ni l'autre, en ce moment précis, n'avait vraiment envie d'engager la conversation. Il leur suffisait de rester là, côte à côte, dans le silence et la douceur du matin, le chien couché sur le perron, dans leur dos. Ils laissèrent filer le temps. Puis tout à coup, Aurélie, enfin réveillée, posa son bol à côté d'elle et se leva.

— Viens. J'ai quelque chose à te montrer.

Il la suivit sans grand enthousiasme, en se demandait s'il devait se laisser faire ou regimber. D'un pas décidé, elle traversa la cour, passa sans s'arrêter devant la grange éteinte mais encore grande ouverte, et continua jusqu'à la barrière du pré que Farid avait tant de fois fait franchir aux chevaux, avant de les installer à la vieille ferme.

— Tiens, dit-elle, je savais qu'ils seraient là.

Ils attendaient, comme toujours, au coin du bâtiment. Elle avait ouvert la barrière et était entrée dans le pré. Farid la suivit. Bêtement, l'idée de ce qui l'amenait là ne lui était pas venue. Il s'arrêta net, interdit.

— Les chevaux ! Tu les as récupérés.

— Il fallait bien, puisque tu n'étais plus là pour t'en occuper.

C'était un reproche. Il le prit comme tel. Les deux chevaux s'approchaient d'eux sans se presser. Il alla à eux, s'enfouit le visage dans les encolures, distribua les caresses sans compter. Embrouille frétillait à ses pieds, comme si lui aussi goûtait le bonheur du moment.

— Tiens, lui dit Aurélie.

Elle lui tendait quelques croûtons de pain qu'elle avait pris la précaution d'emporter. C'était bien la preuve qu'elle avait parfaitement prémédité son coup.

— Quand tu es parti, Georges s'est occupé d'eux comme il a pu. C'est un brave homme, Georges. C'est François qui a eu la bonne idée de me téléphoner un beau jour pour m'expliquer ce qui s'était passé. Dans la conversation, il a fait allusion aux chevaux qui étaient toujours là-haut, à la vieille ferme. Je lui ai dit de les amener ici. De toute façon, je n'allais pas tarder à revenir. Je n'étais pas mécontente de les trouver là.

— Parce que, maintenant, tu vas habiter là pour de bon, à longueur d'année ?

Farid n'arrivait pas à concevoir qu'il puisse en

être ainsi. Aurélie le considéra longuement d'un œil un peu narquois.

— Bon, je vois qu'il manque quelques wagons à ton train. Il va bien falloir que je t'explique. Tu ne sais pas ? On va monter à la vieille ferme. Si on reste ici, on sera dérangé à tout bout de champ. Là-haut, on sera tranquilles pour parler. On a quoi ? On a deux bonnes heures devant nous. Plus qu'il n'en faut. Et puis, s'ils ont besoin de moi, ou bien ils attendront, ou bien ils se débrouilleront. Allez, viens. Je t'emmène.

Pour le coup, Farid s'était cabré. Pour lui, remonter à la vieille ferme, c'était franchir la ligne rouge. La voiture de Kader, la fameuse BM, lui avait servi de prétexte. Au moins, il ne serait pas dit qu'il avait abdiqué ses choix sans raison. Mais il s'était tout de même fixé des limites à ne pas dépasser. Pas question de laisser croire qu'il revenait là comme en pèlerinage, mû par le regret et la nostalgie.

— Non, dit-il en hochant doucement la tête de droite à gauche. Je ne monterai pas à la vieille ferme. Je n'ai pas envie de la revoir.

Elle s'y attendait.

— Ne m'embête pas avec tes scrupules. Tu es chez toi, là-haut, à la vieille ferme. Il faudra bien que tu te mettes ça dans la tête. Allez, hop, on y va.

Elle lui avait pris la main et l'entraînait. Il se laissait faire mollement.

— Chez moi… Chez moi… Tu sais très bien que

c'était peut-être vrai du temps de Charles. Mais maintenant…

Elle s'arrêta net au milieu de la cour et lui fit face.

— Écoute, maintenant, ça va bien. On parle dans le vide, là. Il faut qu'on déballe tout ça complètement, une fois pour toutes. Allez, dépêche avant qu'ils se réveillent.

29

Le viager

Farid finit par se laisser faire. Il était incapable de s'opposer à Aurélie. Il fit monter Embrouille à l'arrière de la petite voiture rouge, se glissa à la place du passager. Aurélie démarra en trombe, mais se fit vite plus prudente dans le vieux chemin dont l'état s'était sérieusement dégradé depuis que seuls l'empruntaient quelques rares tracteurs forestiers. Ce n'était pas là un traitement à faire subir à sa petite citadine. En toute autre circonstance Farid se serait amusé du soin assez vain qu'elle prenait à tenter d'éviter les véritables chausse-trappes qui balafraient la vieille voie. Cette fois, de tout le temps que dura le trajet, il ne desserra pas les lèvres.

— Et voilà, dit Aurélie en garant la voiture le nez contre la barrière qui fermait la cour. La voilà, ta vieille ferme. Ne me dis pas que ça ne te fait pas plaisir de la revoir.

Farid se dispensa de répondre en faisant mine d'aider son chien à sortir de la voiture. Celui-ci ne l'avait pas attendu pour reconnaître les lieux. Il lui fila entre les mains, contourna prestement la vieille barrière un peu effondrée et entreprit sous leurs yeux amusés une visite détaillée de son ancien domaine.

— Tu vois, dit Aurélie. Lui, au moins, il sait qu'il est chez lui. Viens.

Elle alla jusqu'au perron et s'y assit comme elle l'était, à quelques instants de là, sur celui de la maison de Charles.

— Viens là, insista-t-elle en caressant la marche de la main, auprès d'elle.

Il se laissait manifestement conduire, mais n'y mettait aucun enthousiasme. Elle fit celle qui ne remarquait pas.

— Bon, alors, d'abord, il faut que je t'explique, reprit-elle. Ça a été long, ça a été dur, mais j'ai fini par réussir. Je suis docteur pédiatre depuis trois mois. Et grâce à ce que m'a laissé Charles, je peux réaliser mon rêve : ouvrir un cabinet de ville. Au début, ce sera à mi-temps, l'autre moitié, ce sera à la maternité de l'hôpital où je suis embauchée. Tu comprends maintenant pourquoi je peux m'installer là. Une petite vingtaine de kilomètres matin et soir, ce n'est pas la mer à boire.

— Tu as racheté la maison ?

Elle eut l'air sidérée.

— Rachetée ? Et pourquoi donc ? Enfin, Farid, ne me dit pas que tu n'es pas au courant. Ça a fait assez de bruit. Charles m'a légué sa ferme, bâtiments et terres. Bon, ça n'a pas arrangé mes rapports avec ma grand-mère, mais c'est comme ça. Il a bien fallu qu'elle s'y fasse. À l'exception du pré de la ferme, j'ai loué toutes les autres terres aux agriculteurs du coin. Moi, je me garde la maison et les bâtiments. J'y mettrai peut-être le temps, mais je compte bien en faire quelque chose de chouette, tu sais.

— C'est bien. Je te félicite. Je suis content pour toi, dit Farid en affectant la plus grande indifférence.

Elle le considéra un long moment avec perplexité. Jouait-il la comédie ou n'était-il pas au courant ?

— Bon, maintenant, venons-en à toi, attaqua-t-elle. Ah, au fait, il faut que je te dise. Quand j'ai appris que Raymond Bouland avait lancé ses maudits broyeurs dans une partie de tes bois, je me suis dit que tu n'avais certainement pas donné ton accord…

Il leva la main pour l'interrompre.

— Pourquoi tu dis « tes » bois ? s'étonna-t-il. Tu sais bien qu'ils ne sont pas à moi.

La perplexité d'Aurélie se mua en stupeur.

— Enfin, Farid, Charles te l'a pourtant dit. Ce sont tes bois.

Il eut un bref haussement d'épaules.

— Ça n'a jamais été mes bois. Bon, un temps, Charles a fait comme si j'en étais le maître, d'accord. Mais Charles, il n'est plus là...

— Et justement, maintenant, depuis qu'il n'est plus là, ce sont tes bois. La preuve, quand j'ai fait remarquer au notaire que le Bouland, il agissait dans tes bois sans ton accord, il en a convenu et il a tout de suite fait arrêter le chantier. Tu peux aller voir. Il a eu le temps de faire des dégâts, le roi de la mécanisation, mais tout est arrêté. Il a rembarqué son matériel.

Elle eut un petit sourire narquois.

— Et même son broyeur, dont on m'a dit qu'il avait dû le repeindre ! J'ai vu la photo. Tu as dû t'appliquer ! Mais ce que je n'arrive pas à comprendre, c'est pourquoi tu as laissé faire. Tu étais chez toi. Personne d'autre que toi n'avait d'instruction à lui donner.

Farid eut un mouvement d'humeur.

— Arrête, tu veux ! Arrête de dire que j'étais chez moi. Qui m'a dit si j'étais chez moi ou pas ? Tu crois qu'ils m'ont demandé mon avis pour me foutre dehors des bois ? Et puis, à la ferme, rien. Juste quelques cadenas ridicules, pendant que j'étais en taule, comme pour m'intimider. Et après, plus rien, pas un mot, pas une explication. Des jours et des jours, j'ai attendu de savoir. Rien, le mépris. On me tolérait, mais je savais bien que du jour au lendemain, quand ça les prendrait, ils me foutraient dehors. Tiens, je les ai bien roulés, j'ai été plus rapide qu'eux.

Aurélie commençait à entrevoir la réalité, même si elle ne parvenait pas à y croire.

— Attends, dit-elle. Tu as bien signé un accord avec Charles ?

— Ben oui, justement, avec Charles. Pas avec sa harpie de sœur et encore moins avec son cousin Bogival.

— Et qu'est-ce qu'ils ont à faire là-dedans, ceux-là ? Rien du tout. Tu l'as lu, au moins, cet accord que tu as signé avec Charles ?

Il se contenta d'un vague geste de la main. Lèvres pincées, sourire narquois, elle acquiesça d'un air entendu.

— Je vois le genre… Tu y as attaché tellement d'importance, à cet accord qu'il t'avait pourtant drôlement bien concocté, mon grand-oncle, qu'en partant d'ici, tu l'as balancé dans les affaires que tu abandonnais. Ne dis pas le contraire, je l'ai retrouvé. Parce que, moi, j'y suis revenue, ici. J'ai veillé à ce que tout reste bien en l'état. C'est comme ça que je suis tombée sur le tas de cochonneries que tu as laissé dans l'étable. J'ai fouillé. Je ne sais pas. Peut-être un pressentiment. Et j'ai tout de suite été attirée par cette chemise verte. Tu t'en souviens, qu'elle était verte, la chemise qui contenait l'exemplaire de l'accord que tu as signé avec Charles ? Remarque, que je l'aie retrouvée ou pas, cette chemise, ça ne changeait pas grand-chose. Parce que je l'avais déjà lu, moi, le texte de votre accord. Je me suis donné cette peine, moi, quand je l'ai trouvé dans les papiers de Charles. Dans une chemise rouge, soigneusement rangée dans les tiroirs de son bureau. Même qu'il avait porté dessus au feutre noir la mention *Clauses incluses à mon testament*. Il savait l'importance des choses, mon grand-oncle.

— Qu'est-ce que ça change ? grommela Farid, buté.

Elle n'en revenait toujours pas.

— Et tu demandes ce que ça change ? Tu aurais répondu au notaire quand il t'a convoqué, tu le saurais, ce que ça change.

— Le notaire ? Quel notaire ?

Les coudes aux genoux, les mains jointes, il l'écoutait sans conviction.

— Mais enfin, Farid, ne me dis pas que tu n'as pas reçu la convocation du notaire, juste après l'enterrement de Charles !

Il se redressa vivement. La lettre du notaire ! Il n'y pensait plus, à celle-là. Et puis après, qu'est-ce que ça changeait ?

— Tu penses ! s'exclama-t-il. Tu sais où j'étais, le jour de sa convocation, à ton notaire ? J'étais en taule. Tu m'excuseras, mais j'avais autre chose à penser. Je l'avais complètement oubliée, sa convocation. Même que, tu vois, depuis, ça m'était complètement sorti de la tête. C'est bien parce que tu en parles.

— Et depuis, il t'a bien reconvoqué ?

Il eut une moue de dénégation.

— Rien du tout. Je n'ai rien reçu. Je te dis, je l'avais oublié, celui-là.

Elle hocha la tête d'un air entendu.

— Alors, évidemment… Il aurait dû renouveler la convocation, plusieurs fois, même si tu ne lui avais pas répondu. Du temps du père Villevieil, le copain de Charles, ça ne se serait pas passé comme ça. Mais là… Ne t'en fais pas que ma grand-mère et l'Alfred Bogival, ils ont dû faire le nécessaire pour qu'on ne se presse pas de te les envoyer, ces nouvelles convocations…

— Et qu'est-ce que ça aurait changé ? s'obstina Farid.

Aurélie y alla d'un profond soupir.

— Bon, rien à faire, il va falloir que ce soit moi qui t'explique. On va même se presser. Ils doivent m'attendre, à la ferme. Tu vas voir l'accueil, quand ils vont nous voir revenir tous les deux…

— T'inquiète, je descendrai à pied avec Embrouille.

— Ça ne va plus, non ? On redescendra ensemble, et même que tu ne seras plus tout à fait le même. Parce que voilà. Enfin, quand vous l'avez signé, cet accord, il te l'a expliqué, Charles, non ?

— Vouai… Bien sûr… Mais…

— Tu n'as pas trop écouté, voilà tout. Tu t'en

souviens tout de même qu'il t'a dit qu'il te les laissait en viager, ces bois et cette ferme ?

— En quoi ?

— En viager, je te dis. Tu sais ce que c'est qu'un viager ?

Il lui adressa un sourire penaud, vaguement moqueur.

— Eh ben, non. Je ne sais pas.

— C'est quoi, ça ? Il ne sait même pas ce qu'est un viager !

À ce rythme-là, on n'était pas près de s'en sortir. Elle eut un nouveau soupir et se mit en devoir de lui expliquer ce qu'était un viager.

— Pour quoi crois-tu que tu lui payais une redevance mensuelle, à Charles ? Il aurait vécu encore cinquante ans que tu la lui aurais payée jusqu'au bout. Dès lors que vous avez signé, qu'il est mort relativement peu de temps après, tous ses bois et la vieille ferme te reviennent en toute propriété. C'est ça, un viager. Et personne n'y peut rien changer, ma grand-mère pas plus que quiconque, même si ça l'a mise dans une rage folle quand le notaire nous a expliqué tout ça.

Pour le coup, Farid était sorti de sa morosité. Il s'était redressé et, sourcils froncés, il semblait chercher à bien assimiler ce qu'il venait d'entendre.

— Attends, dit-il. Viager… Maintenant que tu me le dis, peut-être bien qu'il l'a prononcé, ce mot-là, le vieux Charles, le soir où il m'a expliqué tout ça. Mais moi, comme je ne savais pas ce que ça voulait dire, votre viager... Alors, tu veux dire...

— Eh oui ! Je suis assise là sur une marche de ta maison, je suis chez toi, et tous les bois alentour sont à toi. C'est pourtant simple.

— Et si tu ne me l'avais pas dit ?

Il y avait encore, dans la voix de Farid, comme une retenue, un reste de scepticisme, une dernière incrédulité.

— Ça aurait pu durer des années. Et puis, un jour, on aurait décrété que l'héritier en viager était introuvable, et tout ça aurait été mis en vente. T'inquiète que la Justine, elle aurait bien su la manipuler, cette vente-là. Alors, maintenant, tu vas me faire le plaisir de te mettre en contact dès demain avec le notaire. Il doit te fixer un rendez-vous. Tu iras signer les papiers, comme nous l'avons fait, à l'ouverture du testament. Et là, tu l'admettras, cette fois, que tu es bien chez toi ?

Le regard de Farid s'était échappé loin, très loin devant lui, dans l'épaisseur des bois, de ces bois qui cernaient les quelques prés entourant la vieille ferme. « Ses bois », « sa vieille ferme »... Enfin, l'idée s'imposait à lui. Aurélie, qui l'observait en silence, vit naître au fond de ses yeux une flamme étonnante qui les illumina, les déborda et sembla se répandre sur son visage tout à coup radieux.

Soudain, il se leva. Il semblait avoir grandi. Son geste avait réveillé Embrouille, qui se précipita vers lui. Il le prit à pleines mains et le chahuta quelques instants, pour le plus grand bonheur du chien, en fourrageant dans son épaisse toison. Puis, s'en détournant, il attrapa vivement la main d'Aurélie, l'obligea à se lever à son tour, la prit dans ses bras et la fit tourbillonner avec lui au milieu de la cour, dans un pas de danse aussi désordonné qu'effréné.

— Ma maison, ma ferme, mes bois ! chantait-il à tue-tête. Merci, Charles. Si j'avais su ! Merci, Aurélie. Sans toi…

Puis tout à coup il s'arrêta net.

— Et mes chevaux ?

— Tes chevaux, ils sont bien où ils sont pour le temps qu'il faudra. Quand tu te seras décidé à revenir, tu viendras les rechercher. Tu ne crois tout de même pas que je vais te les remonter ?

Il éclata de rire et reprit sa ronde folle en la serrant dans ses bras. Ils virevoltèrent ainsi quelques minutes encore, entourés des bonds du chien que cela réjouissait au plus haut point, au son d'une musique d'eux seuls audible. Puis enfin, il consentit à ralentir.

— Tu ne sais pas ? dit-il. Tu sais ce qu'on va faire ? On va aller au camp. Peut-être, ils y sont encore. On va y aller et on va leur annoncer qu'ils n'ont plus de souci à se faire pour leur bois de chauffage. Qu'est-ce que tu en dis ? Ce n'est pas une bonne idée, ça ?

Ils s'étaient enfin arrêtés et restaient enlacés au milieu de la cour.

— Très bonne idée, dit-elle. Mais, peut-être, on a encore un peu de temps. Tu ne crois pas ?

Elle lui tendait les lèvres. Il se pencha doucement, l'enlaça plus tendrement encore et Embrouille fut témoin de leur premier et long baiser.

Anost, le 1er octobre 2021

DU MÊME AUTEUR (*suite*)

ALBIN MICHEL

Les Voisins de l'horizon, 2001
Histoires racontées de Bourgogne et du Morvan, récit, 2001
Je reviendrai vers vous, 2002, Pocket 2004
La Muse dans le grenier, 2003, Souny poche 2010
Le Périple du chien, 2004
Les Gens du pays, 2005, prix Henri-Perruchot 2006, Prix Marcel E. Grancher 2007, Poche De Borée 2009
Le Forgeron d'Éden, 2009, Poche De Borée 2011
Le Pays d'où je viens, 2011, Poche De Borée 2013

ANNE CARRIÈRE

Inuksuk, 2006
Le vent des libertés soulevait la terre, 2008, prix du Roman populaire 2008, Poche De Borée 2010

DE BORÉE

La Photo de classe, 2010
Les Indignés de Montservier, 2013
Les Compères, 2014

OUEST-FRANCE

Le Haras de Pompadour, toute une histoire, document, 2007

ÉDITIONS SOLAR, COLLECTION « RANDONNEUR »

Les Vosges, Le Pays niçois et le Mercantour, 1991
La Haute-Provence, Les Cévennes, Les Volcans d'Auvergne, La Margeride et l'Aubrac, 1992
Le Limousin, Le Périgord noir, Le Quercy, Le Rouergue, 1993
Le Jura, Le Vercors, Les Monts du Lyonnais et du Beaujolais, Les Ardennes, 1994
La Bourgogne, L'Alsace, Le Livradois et le Forez, La Haute-Ardèche, 1995
Le Cotentin, La Bretagne – pays de Brocéliande, Le Morvan, 1996

Le Pays d'Auge, Les Plateaux de Bourgogne, Franche-Comté – vallées de la Loue et du Lison, 1997
Bourgogne – la Puisaye, 1998

ÉDITIONS DU CHÊNE

Les Outils de la randonnée, 1995

Vous souhaitez en savoir plus sur les livres
et les auteurs de la collection Terres de France ?

Retrouvez toutes les informations sur le site
www.collection-terresdefrance.fr
et abonnez-vous à notre lettre d'information.

Suivez-nous également sur notre page Facebook,
notre compte Twitter et Instagram.

Composition et mise en pages
Nord Compo à Villeneuve-d'Ascq

MIXTE
Papier issu de
sources responsables
FSC® C003309

L'éditeur de cet ouvrage s'engage dans une démarche de certification FSC® qui contribue à la préservation des forêts pour les générations futures.

Pour en savoir plus :
www.editis.com/engagement-rse/

CET OUVRAGE
A ÉTÉ ACHEVÉ D'IMPRIMER
SUR ROTO-PAGE
PAR L'IMPRIMERIE FLOCH
À MAYENNE EN JANVIER 2022

N° d'impression : 99789
Imprimé en France